備中松山藩幕末秘話

山田方谷伝

振学出版

備中松山藩幕末秘話

山田方谷伝 下

宇田川敬介

目次

備中松山藩幕末秘話 山田方谷伝㊦

第四章　改革という名の試練……4
1　海防掛……4
2　勝静……31
3　帝王学……48
4　元締……73
5　米問屋……102
6　殖産……117
7　奏者番……131
8　里正隊……146
第五章　公武合体という幻想……164
1　小雪……164
2　直弼……186
3　継之助……201

4　久光……219
5　家茂上洛……253
6　天狗党……271
7　朋友死……286
8　十五代……305

第六章　維新という変革……323

1　別離……323
2　賊軍……340
3　開城……352
4　流転……367
5　晩年再会……380

あとがき……384

第四章　改革という名の試練

1　海防掛

牛麓舎と有終館双方で、学問を教える身になって月日が流れた。

このころから、安五郎は自分の歌号である「方谷《ほうこく》」と名乗るようになっていた。

牛麓舎を開いた翌年の天保十年（一八三九年）、弟の平人が早苗《さなえ》と結婚し、待望の男の子を産んだ。子供は耕蔵《こうぞう》と名付けられた。瑳奇が死んで二年後のことである。また山田家にかわいい子供の声が聞こえるようになった。初めのうち進は、少し戸惑った表情をしていた。

「進様、かわいいですね」

そんな進の顔色を見て、すぐに進に話し掛けたのは、しのであった。

「しのさん……でも」

「ほら、かわいい」

なんとなく戸惑いを感じている進の手を引いて、寝息を立てている耕蔵の横に連れて行った。進も引き寄せられるように耕蔵の横に座った。

「でも、私が呼びかけると死んじゃうんです」

「何を言っているんですか。ねえ、早苗さん」

「はい。お義姉様、そんなことはないですよ」

まだ産後で寝ている早苗は、そう言うと耕蔵の方を見て、にっこり笑った。

「そうかなあ」

進も久しぶりに笑顔を見せた。そして瑳奇が死んで以来、初めて子供に恐る恐る手を伸ばした。

「やわらかい」

「そうですね」

銀が、一緒に耕蔵の頬に指を伸ばした。進は、心の中に何か熱いものが込み上げてきていて、目尻が熱くなった。

「進様……」

しのは、進の今までのことや瑳奇の死のことを聞いているだけに、それ以上言葉が出なかった。

「さあさあ、悲しい顔をしていると、赤ちゃんに笑われますよ」

そこにいる皆の分のお茶を持ってきたみつが、早苗の横に座った。みつがくると、その場が急に明るくなる。進としのは、慌てて目尻を袖で拭った。

「それにしても、本当にかわいいねえ。どんな夢見ているんだろうね」

みつは、そんな進をわざと気にしないようにして、耕蔵の顔を覗き込んだ。

「いやいや、また賑やかになったねえ。でも、わたしは西方の村の方が住みやすいけどねえ」

縁側に腰を掛けて、全く自分の居場所がないというように外を向いて座っていた義母の近が、庭の木に話し掛けるように呟いた。

「お義母様、西方というのはそんなに良いところなのですか」

先日、寺島白鹿に連れてこられたばかりの銀は、まだ西方に行ったことはないので、自分の思ったままに言葉を出した。

「そりゃこの松山とは違った意味で、本当に良いところですよ」

近の代わりに、みつが答えた。

「行ってみたいなあ」

「京の都や大坂は何でもあると思いますが、西方は何もないということを楽しめるのですよ」

早苗は、そのように笑顔で言った。

「何もないのですか」

「早苗さん、何もないのではなく、この松山のご城下にはないものがたくさんあるんですよ」

近はそう言うと、振り返ってにっこりと笑った。

そんな早苗と耕蔵を囲んだ女性たちの部屋の隣、方谷の書院には、方谷の前に弟の平人がいた。縁側の一番下座には、佐吉と、その横に茂作が来ていた。

「兄上、お久しぶりです。この度は早苗と耕蔵がお世話になります」

「いや、今まで義母上をずっと押し付けてしまっていて悪かった。この通りだ」

「何を言います。そのおかげで、このように立派にお家再興が果たされたのではないですか」

平人が言うと、父五郎吉や母梶のこともよく知っている茂作も深く頭を下げた。父の時代からずっと、山田家の下働きとして助けてくれた人物である。まだ還暦に入っていなかったと思うが、ずいぶんと頭に白い髪が増えたように見える。

「ところで、平人は何歳になった」

「はい、二十五に」

二十五歳といえば、方谷が大塩平八郎と出会った年と同じだ。あの頃は丸川松陰先生に学問の淵源を探れと言われ、学問の道に悩んでいたころである。そして大塩平八郎から「知行合一」という言葉を教えてもらい、少し光が見えた頃である。

「平人、子供も生まれたことであるし、これからどうするつもりだ」

方谷は、さすがに兄弟だけあって率直に聞いた。

「どういうことでございましょうか」

「このまま、西方で父のように油売りを続けるつもりか」

平人は困った顔をした。そして、方谷のことは気にせずに、茂作の方を見た。西方に住んで油売りを続けていた平人と茂作の間には、言葉に出さなくても通じる何かがあった。なにしろ方谷は幼少のころから新見に出て行ってしまい、また、西方に戻った後もすぐに松山城下に出てきてしまっている。その間、西方の家を守ったのは平人と茂作なのである。方谷も、そのことは十分承知していた。しかし、そのために幸せな家庭のある平人に、心の中には何か嫉妬にも似た感情が湧いてくることを自覚していた。

方谷はそんな心を落ち着かせるために、ゆっくりと息を吐き、そして湯呑に手をかけた。

「兄上にご相談があります。実は、平人は耕蔵が生まれたことを機に、医者になろうと思っております」

「医者に。どうして」

「はい、幼いながらも、母上、また父上が旅立つところを見てまいりました。また西方のような田舎の村には、まだまだ医者がいなければならないと思うところもたくさんあります」

「言いたいことはわかるが、しかし、そう簡単に医者になどなれるものではないぞ」

「はい、心得ております。そこで、茂作さんにお願いして、たまに油売りの合間を縫い、清水茂兵衛殿のところに伺ってお話を聞いていたのです」

「茂兵衛殿のところに」

「はい。勝手なことをして申し訳ありません。しかし、今から思えば、兄上が仕官した折に、お祝いに来てくださった清水殿が、義姉上の様子を見て瑳奇殿の懐妊をすぐにおっしゃられました。病を治すだけではなく、医者は喜びも与えられると思い、薬草などを学んでまいりました」

　そんなこともあったな。方谷にとっては、最も幸せであった時の記憶である。あの時の進の明るさがあれば、なんでも乗り越えることができたはずだ。しかし、その進に甘えてしまい、瑳奇を失うことになってしまったのだ。最も良い思い出は、その後の最も悲しい思い出に繋がる。平人の顔を見て、言葉には出さないが彼はそのことを思っているのに違いない。方谷はそのように理解した。

　それにしても、清水茂兵衛のところに行っていたとは。手回しの良いことである。方谷が断れなくする方法を、弟平人は心得ている。久しく会っていない茂兵衛に手紙でも書いてみよう。

「では、早苗殿と耕蔵はどうする」

「そこでご相談ですが、しばらくの間ここに置いていただければと思います」

「ふむ」

「ここであれば義姉上もいますし、また、みつ殿や佐吉殿もおいでです」

「しかし、義母上は松山のような街には住みたがらぬぞ」

「失礼ながら」

茂作が、二人の間に入った。

「茂作さん」

「はい、私がお義母様を西方にお連れしてお守りいたします」

方谷は何も言わず、じっと茂作の目を見た。まさか、年老いた義母と年老いた茂作だけを西方の家に置くわけにもいかないだろう。

「先生、私からもお願いします。辰吉親方には、今まで以上に……」

佐吉である。

なるほど。ここに来るまでに、平人を中心に皆で話し合ったに違いない。これ以上覚悟を聞いても同じことであろう。

「相分かった。それで、京か大坂に行って学んでくるというのだな。相分かった。自分だけ京や大坂で学んだとあっては、亡き父や母に怒られるからな」

今の平人と当時の自分を重ね合わせると、どうしても後悔ばかりになってしまう。そんな心をかき消すように、晩夏の蝉時雨は一段と大きくなっていった。

それからしばらくの間、早苗と耕蔵を松山において、平人は近と茂作とともに西方に戻った。平人は、今まで通り油売りを行いながら、遊学先が見つかるまで清水茂兵衛のところに行って医者としての知識を蓄えていた。遊学費も自分で稼ぐということで頑張っているようであった。早苗と耕蔵が松山に残ったのは、耕蔵が少し体が弱かったことと、方谷が頼んで、進の相手をしてもらうためであった。進も、赤子の面倒を見ているときは昔のような笑顔を見せてくれていた。

一方、藩校の有終館には、毎年松山藩士の子弟が入学した。その中で、旗奉行谷三治郎の二人の子供たち、三十郎・万太郎が有終館に通うようになった。まだ万太郎は五歳で、よほどわがまま放題に育ったのか、なかなかいうことを聞かない。奥田楽山と数名の講師の目を盗んで火遊びをし、有終館を焼失させてしまったのである。奥田楽山と谷三治郎が板倉勝職に懇願し、再度再建することになってしまったのである。

有終館再建の間、有終館の門弟もすべて牛麓舎で面倒を見ることになり、一時的ではあったが、牛麓舎はかなりの賑わいになっていた。まじめな学生もいれば、剣術ばかりで学問はできない者も、みな牛麓舎に通うことが楽しかった。安五郎が江戸から松山に戻ったころは、本を持っていると学問は役に立たないものとして、街を歩く者に白眼視されたが、このころになると本を持って歩く子供がしだいに増えてきたのである。

一方、幕府は天保九年から、老中水野忠邦が農村の改革や株仲間の解散などを中心にして、幕政改革を行うようになった。いわゆる「天保の改革」である。

寛政の時代くらいから、全国各地の農村における商品生産が発展した。長い間、戦が無かったことから人口が増加し、米の生産だけでは十分な生活を行うことができなくなってきたからだ。しだいに商品生産ばかりで、農業を放棄する農民も出てきていた。その結果、全国の農村が荒廃するようになったのである。天保の飢饉は、このような農村における商品開発と農地の荒廃を食い止めることができなかった政治災害であるとも言われていた。

実際に、方谷の実家でも農業などは現在で言う家庭菜園に近い程度で、生業は菜種油の販売であった。本来方谷の実家が耕すはずであった田畑は、叔父の辰蔵が継ぐはずであったが、結局は、人買いの手先をするような始末であった。隣村のみよ、今では吉原の売れっ子芸妓、松山格子もその辰蔵に売られたのであった。

「安五郎、おるか」

少し話を戻そう。まだ天保の改革が華やかなりし天保十三年、牛麓舎の玄関に突然、梟が獲物を狙うような厳しい目をした大男が、玄関をくぐってきた。門を掃除していた佐吉が止めようとしたが、一瞥しただけで無視をすると、そのまま中に入ってきて大声を上げたのである。

「象山殿、いや懐かしい」

出てきた方谷は、心配する佐吉を目で制しながら、その大男に声を掛けた。江戸、佐藤一斎塾で机を並べた学友、佐久間象山である。方谷の周りで天保の改革により最も大きく変わったのが、佐久間象山であった。江戸にいたころに比べ身なりもよくなっていたし、腰に差している刀も結構な上物である。たぶん銘のある業物であろう。

「牛麓舎か、朴念仁《ぼくねんじん》の安五郎にしてはなかなか洒落た名前をつけたな」

笠を取って方谷に向かい、不器用な笑顔を作ると、玄関にドカッと腰を下ろした。この男の態度のでかさは、今も昔も全く変わらない。象山だけは、今も昔も方谷のことを安五郎と呼び捨てにしていた。

「この城山が元は臥牛山と伺いましたので、その山の麓ということで、このような名前に」

方谷は象山を奥の部屋に案内した。この年にはすでに有終館も再び「再建」されていたので、牛麓舎は元にもどっていた。それでも、この奇妙で少々恐ろしい珍客は、門弟たちの興味の的である。廊下を歩く後ろには、寺島義一郎や進昌一郎が陰に隠れながら付いていった。大石隼雄は何があってもよいように、すぐに牛麓舎を飛び出し、父で家老の大石源右衛門に助けを求めに走ったほどである。

「安五郎、お前のところの若い者は、俺がお前のことを取って食うとでも思っているのか」

「象山殿は、そのような扱いになれてござろう。まあ、象山殿が人を食らっていても全く不思議はないがな」

象山と方谷は、さすがに笑うしかなかった。特に注意しなかったのは、そのまま二人の会話を聞かせた方が彼らの勉強になるのではないかとも思ったからだ。

方谷の部屋に入ってすぐに、しのがお茶を運んできた。このころには、しのも銀も、そして平人の妻早苗でさえも、牛麓舎の手伝いをしていた。耕蔵が家にいてくれるおかげで、進も大分落ち着いていたので、家はみつ一人に任せることができた。

「いい女子がいるではないか」

象山は、吉原で遊んでいた時と同じように、しのの手を握ろうとした。しかししのは、その手を軽く叩いて、さっさと部屋を出て行ってしまう。梟の目が、鳩が豆鉄砲を食ったような顔になり、方谷は笑うしかない。象山はこのようなことを笑われてもあまり怒らない男だ。

「あれも安五郎の教えか」

「象山殿には、そのように説明した方がよいかなあ」

「なんだ、お前の女か」

「まさか、妻と一緒に暮らしているのに他に女などつくれるか。まあ、江戸のころから象山殿より女子に好かれているがな」

「女では安五郎には勝てないなあ」

象山も笑うしかなかった。そしてひとしきり笑った後、昔話も何もせず、みみずくが獲物を狙うような目に戻り、そして、急に声を潜めた。

「実は相談事があって、来た」

「どうした。急に真面目な顔をして」

「実は、うちの殿が老中になった」

「真田様が」

松代藩主真田幸貫《ゆきつら》は、寛政の改革で名高い松平定信の二男である。戦国時代神君家康公を二度も打ち負かし、家康が最も恐れた武将といわれた真田昌幸の長男で初代信州松代藩主真田信之の家である真田家が、継嗣がいなかったために、白河藩から養子に入り、真田家の八代の当主になった人物だ。ちなみに、初代藩主真田信之の弟は、大坂夏の陣で徳川家康を追い詰め「日本一の兵《つわもの》」といわれた真田幸村である。

松平定信の息子とはいえ、外様に籍を移した者の老中抜擢は、あまりにも異例である。それだけ奢侈な暮らしになれ、綱紀粛正を受け入れられない譜代大名が多かったということの表れでもある。

「そうなんだ。それも海防掛を兼務しているらしい。そして、俺もその老中顧問にさせられた」

「おお、それはめでたいではないか。まさか、それで松山まできて祝いに女を寄越せと言っているのではなかろうな」

もちろん、先ほどのしのへの仕打ちのことである。

「おいおい。安五郎、いつからそんな冗談まで言うようになったのだ」

「江戸にいるときは、少し気取っていただけだよ」

方谷は笑った。象山もつられて笑った。しかし象山は、笑いながらも方谷の心の中に何か大きな事件が起きたに違いない、その大きな事件で残った傷を隠すために、無理に明るく剽軽者を装っていると、みみずくの感覚で見ていた。

「ところで、そんな老中顧問殿が、こんな田舎の私塾の私に何を相談するというのだ。まさか鼠小僧次郎吉でもあるまい」

象山は、昔の議論を思い出した。方谷が、子供が死んだという報が入って慌てて松山に帰った後で、佐藤一斎に山田方谷は陽明学をやっているため、学問の裏表をやっているから、象山が負けて当然である、と種明かしをされた。方谷の子供のことが気になるものの、親友に子供が死んだことなど、さすがに聞けるものではない。

「まあ、いい。普通ならば、安五郎の言うように相談なんかできない。しかし、松山藩の板倉勝職様の養子になった板倉勝静《かつきよ》公は、松平定信公のお孫さん、つまり、松代の真田幸貫様の甥にあたる。その松山藩藩校の学頭の山田安五郎先生ならば、腹を割って相談できるというものだよ」

板倉勝職はその血縁がすべて夭折してしまったことから、世継ぎがなかった。このままでは松山藩五万石が改易になってしまうということで、天保十三年幕府が斡旋し、板倉勝職の娘の婿養子として奥州白河藩主松平定永の八男を迎え、板倉勝静《かつきよ》と名乗らせた。ただ、これは全て江戸表で行われたことであり、松山ではまだ誰も次の藩主になる人物の顔などは見ていなかった。

「これは買い被られたな。もう田舎暮らしに慣れてしまって、江戸の頃の山田安五郎とは変わったんだ。だいたい、名前も方谷と変えたしな。それより、なんだ、その板倉勝静公という人物は」

「知らんのか、安五郎の藩のことだぞ」

「だから、方谷と名前を変えたと言ったばかりではないか」

「山田方谷か。本当に、お前は洒落た名前を付けるようになったな。まあ、板倉勝静公もまだお国入りしていないから仕方がないか」

やはり、名前を変えたくなるような何かがあった。それは子供の死と何かあるに違いない。それ以上の方谷への批判は、象山なりに気を使って飲み込んだ。

「いやそれにしても、この俺様ほどの才能と知識がある人物を、ここまで放置してしまう公儀も藩主殿も全く理解に苦しむ。まあ、だいたい海のない信州松代藩の藩主殿に海防を申し付けるというような無知な幕府のすることだから、俺様の才能など評価できないとしても仕方がないことかもしれないが」

相変わらず傲慢《ごうまん》で、なおかつ口が悪い。方谷は、江戸の一斎塾にいたころのことを思い出して、久しぶりに議論を吹っかけたくなった。外はちょうど昼時、頼久寺の鐘の音が山の下の方から低く響いてきている。

「頼久寺の鐘が鳴っているから、蕎麦でも食わないか」

昔のように、安五郎が誘った。

「まだ、相談事は始まってもいないぞ」

「何を言う。腹が減っては戦などできぬ。それは象山殿の口癖ではなかったか」

「安五郎、よくそんなことを覚えているな」

「ああ、象山殿はそういうと、いつも吉原で腹を満たしておったがな」

象山は、自分の自慢話の腰を折られたようで不満そうな顔をしているが、方谷は全く無視して立ち上がった。その立ち上がった音を聞いて、しのがすぐに方谷の部屋に入ってきた。ずっと話を聞いていたのか、襖の向こうには門弟の大石隼雄や林富太郎、進昌一郎などの顔が見えた。

「お出掛けでございますか」

「ああ、江戸にいた時分の友人に、少し松山城下をご案内しようと思います」

「それならば、我らで」

まだ年若い門弟たちが、しのを押しのけるように前に出てきた。

方谷は、象山の方をちらりと見ると、象山の好色そうな目が気になる。

「しの殿、ありがとうございます。でも、募る話もありますし、この佐久間象山殿は吉原でも色男で有名な方ですので。今日は二人で参ります」

「おい安五郎、なにをいう。それで藤田東湖殿などに会えたではないか」

「あれは怪我の功名というものだ」

立ち上がりながら象山は、しのの尻を撫でた。しのは、きゃっと声を上げて瞬間的に象山の手を払い、思い切り象山の頬を叩いた。

「なんなのだ。安五郎のところにいる割には、色男と言われたこの俺様の良さがわからないようだぞ」

本気ではないにしても、大男から見下ろされては、しのも安五郎の陰に隠れるしかない。あまり役に立たない年若い門弟たちは、自然と道を開けてしまう。

「象山殿、ここは松山です。吉原ではありませんぞ。当然、しのも小稲などという名前ではないしな」

「しのと申したな。この佐久間象山殿の血を受け継いだ子は必ず大成し、この日本の国だけでなく世界を動かす人物になろう。しののような尻の大きな娘は、俺の子を産んだ方が良いぞ」

「相変わらず自信過剰だな。でもしの殿の目の方が正しいかもしれないぞ」

方谷は、あっけに取られているしのをそのまま部屋に残すと、引きずるように象山を表に出した。そのまま象山の好きにさせていたら、牛麓舎が吉原のお茶屋になってしまう。しのも銀も、そのような目的でここに置いているのではない。

象山は、悪い人間ではないのであるが、傲慢で自信過剰、そのうえ腕っぷしが強くけんかっ早いと来ているのであるから、始末に負えない。何かがあれば、佐吉などが来て収めてくれるし、また家老の大石源右衛門殿に頼むこともできるとは思うが、そもそも、そのような事件を起こさない方が良いに決まっているのである。

態度が大きくてもあまり問題にならないように、安五郎は武家屋敷を避け、紺屋町の方に歩いてきた。高梁川に沿ったところにある蕎麦屋に二人で入った。

「ところで、最近の江戸はどうですか」

まずは、鯉の洗いで酒を飲んだ。支流の一角に造ったいけすからとった鯉の洗いは、新鮮でなかなか歯ごたえがある。奥歯で噛むと、プリプリとはじけるような食感が舌の上に広がり、そこに流し込む酒が胃に沁みわたった。

「うむ、とにかく異国の船を追い払うことと銭を作ること。江戸の人々の関心事は将軍様から品川堤の夜鷹まで、同じことしか考えていないよ。つまらん世の中になった」

「異国船打ち払いか。あんなもの、今の藩の装備では無理だ。西洋式の大砲ができるまで、水や食料を渡して帰ってもらうしかあるまい」

「老中の水野様は唐津藩で海があるが、松代藩のうちの殿だけでなく、老中堀田様は佐倉だし、側用人の堀様も信州飯田、若年寄の遠藤様は近江三上藩、本庄様は美濃高富藩、と、まあ、海のない藩の人ばかり、そのうえ勘定奉行が跡部良弼殿だ。これで海防と言われてもなあ」

象山は、そう言うと鯉の洗いに酢味噌を大量につけて口の中に放り込んだ。そしてその酢味噌を洗い流すかのように、徳利からそのまま酒を飲む。象山の酒の飲み方は、濃い味の食べ物の後に大量の酒を飲んで、すぐに酩酊する。これが佐久間象山の酒であった。

「今、跡部と言わなかったか」

「ああ、知り合いか。老中水野忠邦様の弟だそうだ。傲慢で頭が悪く、己の出世欲と幕府の上役の人間の顔色しか見ないつまらない人物だぞ」

口は悪いが、象山の人物評はいつも的を射ている。

「ああ、大塩平八郎が乱を起こした時の大坂奉行だ。象山殿の言うような人物ならば、大坂の民が飢饉で苦しんでいる最中に、自分のメンツだけで民を救うことをしなかったのであろう。大塩殿の行動が理解できるなあ。まあ、私ならばそこまではしないと思うが」

「なるほどね。まあ、安五郎はなかなか武力で乱を起こすということはしないな。だから異国の船も、熨斗《のし》を付けて出て行ってもらえとなるんだ」

佐久間象山は、この時すでに方谷が陽明学をしていること、そして大塩と仲が良かったこともすべて知っていた。しかし、さすがに大塩の肩を持つ話は、老中真田幸貫の顧問としては話しにくい。

「象山殿、先ほど貴公が尻を触ったしの殿は、大塩殿のところにいた娘だ」

「なるほど。やはり俺が相手して大塩殿を忘れさせてやらねばならぬな。ちなみに、尻は触ったのではなく揉んだのだ」

「何を言っているのだ」

わざとそのような話にして、方谷の気持ちを和らげる。傲慢な象山のせめてもの気遣いであった。

しばらく二人の間に沈黙が流れた。蕎麦屋の娘が、親父の茹でたざるそばに、川魚の天麩羅をつけてきた。気を利かせて、酒も追加で持ってきている。さすがに蕎麦屋の娘は象山の好みではなかったか、象山は尻を触ったりはしなかった。象山は、方谷の顔もあって自分の懐から財布を取り出すと多めの五分銀を出し、釣りはいらねえよ、と言って、娘を席から外させた。秘密の話をするのに、関係ない娘は近くにいられると困る。

「それで、佐久間象山先生の塾に優秀な人間はいるか」

象山は一斎塾を出た後、自邸のあるお玉が池で私塾「象山書院」を開いていた。

「ああ、さすがに江戸だ。なかなか優秀な人材がいる。もちろん俺のところには限らないが、なかなかだ」

「例えば」

「まず一番初めに名前を挙げるのは長州の吉田松陰。安五郎の師匠の丸川先生と同じ名前だ」

「ほう、松陰という名ならば期待できる」

「あれは、なかなか面白いぞ。目の付け所が違う。普通は藩、次に日本の国だ。しかし、吉田は世界だ。異国を含めた世界全体の視点を持っている。すでに、この日本の国も彼の頭は飛び出してしまっているのだ。世界から考える、あの姿勢は尋常の者ではできない」

「世界の視点か」

「だいたい、内側から考えるか、外側から見て考えるか。それが違うと言ったのは江戸にいたころの安五郎ではないか。物事の外側に立って考えよだったかな。それに、視点があるだけではない。好奇心がある。新しいものに対する恐怖よりも、知りたいという欲が勝る。そして物事を知るために自分で見て、そして知る者と語り、さらに自分のいる長州や日本と比較することができる。それを実現させるための行動力がある。そのうえ安五郎と同じ陽明学の心得もある。あれは将来楽しみな人物だ」

少し目を細めながら、象山は熱く語った。象山がそこまで入れ込む人物ならば、よほどの人物なのであろう。

「長州の吉田松陰か。覚えておこう。他には」

「勝麟太郎《りんたろう》。旗本の小倅《こせがれ》だが将軍家斉様のお孫様の遊び相手として、若い時分から幕府の中枢を見ている。それだけに幕府みたいに大きなところを動かす術を知っている。また、学問から学んで戦をよく知っている。戦の悲惨さも、戦に必要な条件もよくわかっている。見栄だけでいたずらに戦をすることの無駄と、悲惨な結果を最もよく理解している人物であろう。それだけに、戦をしない戦い方を知っているところは面白い」

「戦をしない戦い方。要するに、我らのように議論をして相手を従えるということだな」

「ああ、命の大切さをよく知っているよ。ただ、それだけに、将来いろいろな奴に狙われるかもしれないな。吉田と勝が戦うようになったら、大変なことになろう」

「まあ、そうならないように象山殿が教えねばなるまい」

三本目の徳利が転がった。

蕎麦屋の娘が、また新たな徳利を二本持ってくる。お小遣いが欲しいのか、少し象山の横に立っていた。象山は、いきなりその娘の尻を触った。娘は半分泣きながら、親父のところに逃げていった。

しかし、象山は全く気に掛けるようなところもなく、そのまま話し続けた。

「あとは長岡の人間と会津だな」

「ほう、牧野様に松平様か」

「あいつらは堅物だ。それだけに知恵がある。長岡の小林虎三郎というのは、片目がないのだが、その分よく物事を見ている。一方、同じ長岡の河井継之助《つぎのすけ》というのは、破天荒で、何か天の啓示のような感じで、様々なことが浮かぶ天才であろう。会津の山本覚馬《かくま》というは、甲州の山本勘助の子孫だそうだ。学問よりは砲術など兵法に詳しい」

「象山殿のところの門弟を集めれば、異国も敵ではなさそうだ。天下を語る逸材が揃っているではないか」

あまり酒に酔っていない方谷は、何か外が騒がしくなっていることに気付きながらも、そのまま話をつづけた。議論をし始めると、周囲のことや時間も全く気にしなくなるのが、この二人の悪い癖である。

「そうではない。皆、できは良いし将来面白い。しかし、俺やお前のように、天下国家やその天下国家にいる民という目線が少ない。何か、天下国家、幕府、藩というような、別な大きな生き物がいるかのような感覚で物事を語る。そして、もう一つは心がないのだ。言い換えれば武士の視点しかない。そこが欠点なのだ」

武士の視点、そして国や藩という大きな生き物、佐久間象山の見ている世界は、普段松山では語ることはないが、方谷にはよくわかった。そうだ、大きな視点と小さな視点。この二つをしっかりと、釣り合うように見なければならない。朱子学と陽明学のように、一つの物事を全く違う視点から見ているが、それはどちらが正しいのではなく、双方の視点を合わせなければ真理は得られないということなのだ。

「ところで、相談事とは何だ。象山殿の塾に、それだけの逸材がいれば松山の田舎者の意見などいらないだろう」

「いや海防だ。どうしたらよい」

実に単刀直入である。また、これだけ会話をしていれば、それだけで象山が何を求めているかよくわかる。

「なぜ、海のない松山に意見を求めに来たのかな。まさか、高瀬舟で異国船に戦を挑むわけではあるまい」

「松山は海がないとはいえ、丸川松陰先生は海沿いの津久井郡の開拓を行っているではないか。それに、何も戦の方法を教えろと言っているのではない。いまある物で何ができるのか、何が足りないのか。そういうことを見ることができ、そして信用できるのは安五郎だけなんだ」

象山は真剣に悩んでいる風である。しかし、それでも教えてほしいと頭を下げず、命令口調で言うところが象山らしい。

方谷は、山菜の天麩羅を塩に付けて口に運んだ。口の中に、少し濃い目の塩分と少し冷えた油が広がる。ここの油は妻をいじめ抜いた岸商店藤兵衛のところの菜種油である。古い木の絞り機で絞っているからか、明らかに方谷が絞っていたものとは異なる、何か緩い感じの油であった。

「いつも、何でもご存じの象山殿らしくない物言いだなあ。まあ、明日までに、まとめることにするよ」

「いま簡単に言ってくれ。そうでなければ今夜眠れぬ」

「眠れないのは、女子を呼ぶからではないのか」

「女子がいた方がよく眠れるんだよ」

象山は、何か焦っていた。このような時の象山は、よほどこの課題のことが頭の中に残っているのであろう。一斎塾の時も、これで夜中まで毎日議論になったのだ。焦っている象山に対して、方谷はその状況を懐かしみ、そして楽しんでいた。

「まあ、結局日本の国が異国に劣っているのは、船と大砲であろう。沖にいる船に届く大砲はないし、また、異国まで逃げる船を追いかける船もない。大砲を今から造り砲術を学び、そして、船を奪えば互角に戦える。あとは異国のことを知り、そして、異国の言葉を話せるようになれば、後は大きな問題にはなるまい。そこは蘭学を得意とする象山殿に任せておくが」

「なるほどな。で、船はどうする」

「異国から買えばよい。それを参考にして同じ船またはそれよりも大きな船を造ればよいのだ。今の日本は、どの藩の農民もみな何か作っている。農機具も自分たちで作れるし高瀬舟も三十石船もすべて日本独自だ。今の水野様は、それをやめさせて本来の農村に戻そうとしているが、逆にその物を造る力を集めた方が効率が良い。まあ、老中顧問の立場で、水野様と違うことを言うのは難しいかもしれんがな」

その時、蕎麦屋の引き戸が開き、やくざ者のような者が数名入ってきた。

「お前ら、蕎麦屋の娘をかどわかしたというが」

「はあ」

「表へ出ろ」

酔っ払いと、あまり強そうではない小男である。もちろん、方谷のことは見て知っているのかもしれないが、江戸から来た佐久間象山のことは、そのやくざ者たちは全く知らない。

「おう、かどわかしだと。おもしろい。小遣いくれてやったらそうなるのか。だいたい、お前らみたいな奴が嘘を吐いて人を陥れるから、渡邊崋山殿も腹を召されるのだ。よし、嘘つきはこの儂が成敗してくれる」

象山は立ち上がると、そのまま表へ出た。ちょうどこの前年、佐久間象山が佐藤一斎の塾で最も親しかった渡邊崋山が、罪を着せられて切腹させられていた。方谷にとっては大塩平八郎だが、象山にとっては渡邊崋山が影響を与えた人物であったのか。方谷は、改めて象山の心の中にある大事な事が見えたような気がした。

しかし、そんなことを思っている暇はない。象山が表へ出て行ってしまった以上、方谷も仕方なく席を立つしかない。少し間をおいて表に出ると、象山と男たちが殴り合いになっている。そして普段はあまり見かけない浪人者も何人か混ざっているようだ。

「先生は店の中へ」

騒ぎを聞いて有終館から駆け付けた数名の若者が、方谷の前に現れた。谷三十郎と万太郎である。

「お前ら、こちらにいらっしゃるのが藩校有終館の山田方谷先生と知ってのことか」

「そんなことは関係ない。娘をかどわかそうとした二人を成敗してくれる」

一人の浪人が刀を抜いた。それに合わせて、他の浪人たちも刀を抜いた。

「数年前、有終館を燃やしてしまったにもかかわらず、お咎めがなかった。その恩を今こそ帰すぞ」

「はい、兄上」

門弟の谷三十郎と、万太郎の兄弟が、刀を抜いて佐久間象山の前に立った。象山も千鳥足になりながら刀を抜いた。

そういえば方谷は、江戸の吉原で似たような光景を見た記憶があった。あの時は、たまたま松山格子が連れてきた藤田東湖が救ってくれたが、ここにはそんな人はいない。そう思っている方谷の後ろから声がした。

「助太刀いたす」

そしてその男は、まずは刀を裏返して峰を上にすると風が通り過ぎるように前に出て、そのまま美しい舞を舞うように動いた。刀の刃に少し西に傾いた午後の光が反射して、周辺を数回照らした。目の前で刃傷沙汰が起きているのに、方谷はその光を受けて、意外と長く議論をしていたな、などと全く人ごとのように思っていた。

カチリ、と、刀を鞘に納める音がすると、その男はすぐに方谷の前にやってきた。男の前には、ならず者もそして浪人たちも皆倒れている。きれいに峰打ちをしたのか、血は全く流れていない。皆打たれたところを抑え転がっており、動ける様子もなかった。

「先生、お怪我はありませんでしょうか」

「ああ、私は大丈夫だが」

「お久しゅうございます。熊田恰にございます。ただいま、伊予宇和島の剣術修行から戻ったところ、騒ぎになっておりましたので、余計な事をいたしましたが、そのため修行の成果を先生にお目に掛けることができました」

熊田恰は、数年前、宇和島に剣術修行に行く前に有終館で方谷の弟子になっていた。まだ修行の途中であったのかもしれないが、藩主板倉勝職の婿養子である板倉勝静が松山に入るということで、藩から呼び戻されたのであった。

「いや、助かったよ、危なかった。しかし、熊田殿の刀は舞を舞っているようで、ついつい見とれてしまった。熊田殿が敵ならば、見ている間に斬られてしまうな」

「いえいえ、先生に刃を向けることはありません。ところでこちらの御仁は」

まだ、千鳥足でフラフラしている男を熊田は見た。男は、谷三十郎と万太郎に抱えられるようにして立っていた。谷兄弟のことは、熊田も知っていた。無類の悪ガキであるということも聞いていたが、当然に熊田の敵ではない。

「松代藩士で、老中真田幸貫様の顧問をされている、佐久間象山殿だ。私が佐藤一斎先生のところにいたときにずいぶん世話になった御仁だ」

「そうでしたか、それはご無事でなによりです。では、この門弟たちを連れて戻ります」

そういうと、熊田は谷兄弟に刀を収めさせ、そのまま有終館に連れて行った。悪ガキの谷兄弟が、熊田恰のあまりの強さにあっけにとられたのか、何も逆らわず素直に連れて行かれているのが、滑稽であった。

「おい、蕎麦屋、今度嘘をついて、こんなことをしたら店ごと潰すぞ」

谷三十郎は、最後に一つ、犬の遠吠えのように蕎麦屋に向かって叫んだ。
門弟のおかげで何とか助かった。しかし、佐久間象山の傲慢な態度と自信過剰な物言い、そしてもう一つ女性に対する癖の悪さは、何とかしなければならない。そうでなければ、つまらぬことで佐久間象山という逸材を失ってしまう。安五郎はそのように考えながら、抱えられて歩く佐久間象山の後ろを歩いていた。

佐久間象山は無事に江戸に戻って、海防八策を真田幸貫公に提出したと聞いた。
その内容はこのようなことが書いてあった。
一、全国海岸の要所に砲台を築き、大砲を据え置く
一、オランダ貿易で使う銅を節約して、西洋式大砲を数千門造る
一、西洋式の大船を製造する。江戸を回る商船を難破されないようにする
一、海運に関して人選をしっかりし、異国人と通商はもちろん、全てにおいて不正を厳しく取り締まる
一、西洋式を倣い、艦船を製造し、操縦法を習わせる
一、津々浦々まで学校を整備して、教育を盛んにする
一、賞と罰を明らかにして、日本人の団結を図る
一、優秀な者を推挙する法を興す
いずれも、方谷がまとめたものばかりであった。江戸にある他の人々は、兵を訓練することと武器を揃えることばかりであったが、佐久間象山だけが、人を教育することや、商船など経済や物流を意

識した内容を書き添えていた。そして何よりも、日本人の団結ということを書いたのである。それも、農民も商人も、そして武士も身分に関係なく団結することを強調したのである。もちろん表現方法などは象山のオリジナルも入っているのだが、これが幕府からの通達で松山藩に通知されたときには、方谷は微笑むしかなかった。

翌天保十四年には、佐久間象山とは違って、また懐かしい人物が牛麓舎の門をたたいた。平人が京都に行く前に、清水茂兵衛を呼びたかったことから、牛麓舎を開いたということを多くの人に手紙で書いたのである。その手紙を見て、この時期に来たのが新見の竹原終吉であった。

「久しぶりだな。安五郎殿。いや方谷と名乗りを変えたのだったな」

「終吉じゃないか。それに芳さんも」

なんと、終吉は妻の芳も連れてきた。いやそれだけではなく、二人の間にはもう元服をしたのか、若い男と、そしてその弟になるのか、まだ稚児髷の男の子がいた。それどころか終吉の背中には、赤子が寝息を立てていて、そして、妻の芳のお腹の中には、新しい命が宿っていた。

「子供を全部連れてくるのは大変だったぞ」

「言ってくれれば、こちらから行くのに」

「今日は進殿とゆっくり話そうと思って、皆で来たよ」

「ありがとう」

「方谷殿のお礼を聞く前に、こちらから頼みがあるんだが」

終吉は、方谷のお礼の意味がよくわかっていた。終吉が身重の芳を連れてくるよりも、心を病んでしまっている進を新見に連れてくる方が難しい。そのことを、お互いに口に出せないこともよくわかっていた。

「今晩泊めてほしいと言うのだろ。それならばこちらからお願いしたいくらいだ」

「いや、そうではない。この玄関を上がる前に、この源太郎の入門を認めてくれないか」

そう言うと、間に立っている青年の背中をポンと叩いた。

「入門、牛麓舎で学びたいというのか」

「方谷殿、こう見えても源太郎はもう竹原の家ではない。丸川先生の奥様の実家である平田の家を継ぐことになっているのだ。丸川先生の縁戚になるのに、丸川先生の学問を知らないのでは恥ずかしいではないか。それと、こっちの与三郎も頼む」

「与三郎殿は、いくつになられた」

「はい、十歳です」

竹原終吉の家も大変である。実は芳のお腹の中の子で六人目であった。しかし、源太郎と与三郎の間の子供は若くして亡くなってしまった。しばらく悲しんだ後、芳が生んだのが与三郎であった。終吉が背負っている赤子は女の子である。そして子沢山であることから、芳の実家の丸川家、そして中間として入っている若原家の家籍も継いで欲しいと言われているのである。それだけ終吉の新見での評判が良いのであろう。

「どの子もしっかりとしないと」

「でも、それならば思誠館があるではないか」

「いや、慎齋先生のところには通ったんだ。そして慎齋先生から、この後の学問は、牛麓舎に行くように言われたらしい」

その時、奥からやっと元服したばかりの二人の子供が来た。

「この二人を奥に案内してくれ」

「はい」

この時に案内した一人は、矢吹久次郎という門弟である。天領備中哲多郡井村の大庄屋矢吹栄三郎の長男で、父は鉄鋼業と酒造業を営んでいた。もちろん成羽の辰吉はよく知った間柄である。幼いころから学問を学んでいたが、その中で成羽の辰吉に会い、そして、方谷に憧れを抱いていた。

もう一人は三島貞一郎。後の三島中州である。備中南部都窪郡中島村の庄屋三島壽太郎の子供である。幼い時に父が事故で死亡してしまい、その後、学問で身を立てたいと願い、ちょうど西阿知村にいた医師で丸川松陰の娘婿の龍達に四書五経を学んでいた。その時、山田方谷の書を見て、方谷を信奉し、そして牛麓舎に入塾した人物である。こののち三島は方谷とずっと行動を共にし、明治になってからは人の心を鍛えるには東洋の道徳学問こそ重要であるという堅い信念に基づき、東京・麹町に漢学塾「二松学舎」(現・二松学舎大学)を創設している。日本の教育者として名高く、明治二九年(一八九六年)に川田甕江の死去により東宮侍講に任ぜられ、大正天皇践祚《せんそ》後も、侍講を務めた人物である。二松学舎で学んだ夏目漱石や日本の資本主義の父といわれる渋沢栄一などは、彼の弟子である。

「では、源太郎殿と与三郎殿は少し預かることにしよう。まあ、私のような性格になってしまうかもしれないがな」

「ああ、それもよいかもしれない。今日は進殿とゆっくり昔の話でもするよ」

終吉はそう言うとやっと草鞋を脱いだ。なお、この時の源太郎が後の漢学者、平田豪谷である。

2　勝静

年号が弘化に代わり、世の中が変わった。天保十五年五月に江戸城本丸が火事になったことと、水野忠邦の天保の改革が失敗に終わったという不吉な災禍が続いたことから、朝廷が年号を変えたのである。天保の改革のうち農業回帰や質素倹約、株仲間の廃止に関しては理解を得られたが、都市部から人を農村部に帰してしまった上に質素倹約政策を行ったことで、消費者が都市からいなくなり、社会的に使われる資金も少なくなってしまい、慢性的なデフレ経済となったのである。さらに海防の必要性から、江戸・大坂・京都の十里四方を天領とするという「上知令」を行おうとしたが、領地が召し上げられる旗本や大名に反対されてしまう。特に水野忠邦の腹心、鳥居耀蔵が反対派に寝返り、機密文書などを明らかにしてしまったために、天保十五年に水野忠邦は失脚してしまったのである。

現代の歴史的な評価としては、水野忠邦の考え方が間違っていたわけではないとされている。そもそも、「米本位制」というように米で大名や武士の俸禄を払いながらも、経済そのものは貨幣経済であり、その米から貨幣への変換を、幕府ではなく商人が担っていたので、商人に利益が貯まり武士や庶民が搾取されるという、矛盾した経済構造であった。農民は、そのことを敏感に察知して、生活を守るために手工業を行って現金収入を得ていた。しかし、武士は米本位を変えることはできなかったのである。水野忠邦は、そのような矛盾の中で、できることをやっていたと考えられるが、当時そのような評価をする人はいなかった。なお、この根本的な矛盾を解消し、社会構造が変化するのは幕府が滅びた後のことになる。

水野忠邦の失脚と同時に、真田幸貫も老中を辞任したので、佐久間象山も老中顧問の役目を降りることになった。しかし、真田幸貫は、自らが担当していた海防の重要性を感じ、そのための西洋式砲術の研究を引き続き行うよう象山に命じている。象山は私塾「象山書院」を閉じ、自らの考え方とは全く異なる守旧派で鎖国派の江川英龍に、藩命で弟子入りし、西洋砲術を学んだ。

なお、水野忠邦は弘化元年（一八四五年）に江戸城本丸の再建のため、老中に復帰しているが、昔日の面影は無く、重要な任務を与えられることもなかったため、御用部屋でぼんやりとしている日々が多かったとされ、「木偶人御同様」（木偶の坊のようである）と言われていた。

そのような中、松山藩も大きく時代が動いた。

備中松山に大層な大名行列が現れ、板倉勝静《かつきよ》が入城したのである。

板倉勝静《かつきよ》は、文政六年（一八二三年）、陸奥国白河藩松平定永《さだなが》の八男として生を受けた。松平定永の父は、寛政の改革で有名となり、世の学者の尊敬を集めた松平定信である。つまり、板倉勝静は松平定信の孫ということになる。世子のない板倉勝職の娘銈《けい》と結婚し、そのまま板倉家に婿養子に入ったのである。そしてその勝静と銈の行列が、松山に華やかに入ってきたのである。

山田方谷は、牛麓舎でいつも通りに学びながらその時を迎えた。登城口にある牛麓舎の前には、松山城下の人すべてが集まっているのではないかというほどの人だかりで、とても落ち着いて講義などできるものではない。本来であれば、藩から学校を閉じるように言われるはずであったが、藩の上層部は、方谷の牛麓舎を閉じるのではなく、逆に牛麓舎に子供たちなどを集めるように指示したのであった。街中の悪ガキをすべて一堂に集め、方谷に面倒を見させた方が安心ということで、家老の大石源右衛門が息子の隼雄を通じて依頼してきたのである。それだけ方谷の牛麓舎は信用が高まっていたのである。

「子供たちの元気な声が聞こえますね」

江戸から松山まで、正室の銈とともに入ってきた板倉勝静は、大名の乗る特別な高瀬舟を降りまだ新品で黒く光っている大名駕籠に乗って山上の松山城に向かっていた。牛麓舎の近くを通るとき、その大名駕籠の窓を開けて、窮屈そうに板倉勝静が、聡明な白い顔をのぞかせていた。

通常は、大名である勝職、嫡男である勝静、そしてその正室である銈と関係者が全て江戸を離れるということは異例中の異例である。しかし、神君家康公以来の譜代の板倉家であること、そして嫡男が元老中松平定信の孫であり、養嗣子である勝静であることから、何か事件が起きることは想定されなかった、そして何よりも、勝静も銈も松山に入ったことがなかったことから、特別に三人の松山入国が幕府から認められていた。幼少期の時に白河などに行った以外、ほとんど江戸の町で過ごしてきた勝静にとって、松山の自然は魅力的であった。そして、何よりも、この土地こそ自分が治める土地であると希望を抱いていた。

「あそこでは、何をしているのですか」

板倉勝静は、大名駕籠の中から子供たちの元気な声のする牛麓舎について、そのように尋ねた。道の両側には人が多かったが、少なくとも大声で話をしたり、笑い声を上げたりというような者は、新品の大名駕籠周辺にはいなかった。そのような中、牛麓舎だけは、子供の笑い声も、そして大きく話す声も、たまには足音さえ響くような状態であった。

「牛麓舎と申しまして、藩校有終館の会頭山田方谷の私塾でございます。殿の御到着を歓迎していないわけではなく、子供は私塾の中で学ばせていた方が何かと……」

高瀬舟を降りたところから随行している筆頭家老大石源右衛門は、大名駕籠の高さに合わせて中腰になりながら、恐縮した表情でそのように言った。少し汗がにじんでいるのであろうか、額に光っている。まさか自分の息子隼雄も塾で遊んでいるなどとは言えるわけがない。勝静は、源右衛門の様子を見て何かあるのだろうとは思っていたが、しかし、そのようなことは気にしなかった。

「いや、まだ藩主でもない余所者《よそもの》に気を使う必要などありません。勉学、大いに結構です。ただ……」

それまで笑いながら応えていた板倉勝静は、ふと何かを思い出したような顔をした。その顔が源右衛門には、なにか恐ろしいことの前触れではないかと感じた。

「ただ……、何でございましょう」

駕籠は、中に乗っている人が止めるまで同じペースで進んでゆく。目的地は、御根小屋ではなく臥牛山の山頂にある松山城本丸であった。領内の移動であるから参勤交代のような大名行列はなかったが、正室の鋕と駕籠が二台並び、お気に入りの腰元や、大石源右衛門のような随行の武士などを含めると、かなりの人数になる。

そんな武士や腰元の列の横を駕籠に合わせて中腰で登りながら、勝静の言葉の先を読むのは源右衛門にとってかなり厳しい。いつの間にか息が切れてしまっている。緊張からの冷や汗だけではなく、腰の痛みからくる汗も、しっとりと着物を濡らし始めていた。普段いかに剣術の稽古などを怠けていたか、身にしみて感じていた。

「我が叔父、松代藩の真田幸貫殿が、松山藩には素晴らしい人材がいると。たしかその名は山田安五郎と申したな。山田安五郎と山田方谷という牛麓舎の主は同じ人物であろうか」

「は、はい、安五郎殿が、号の方谷という名を使っております」

　板倉勝静の叔父である真田幸貫が、老中になった時の顧問が佐久間象山であり、そして勝静自身がこれから治める松山にいるのが山田方谷である。いずれも佐藤一斎の門弟で「佐門の二傑」と並び称されるほどの人物が仕えた二人が、叔父、甥の関係でそれぞれ真田家と板倉家に養嗣子に迎えられている。当然に、佐久間象山の口から藩主真田幸貫に方谷の名は伝わっており、松山に行く板倉勝静に幸貫は、いい人材がいるとして、何の気なしにその名前を告げていたのである。ともに、江戸城の中にいればこその出来事である。

「そ、そうでございますか。山田方谷に関して若殿もお聞き及びで」

　てっきり勘気に触れると思っていた大石源右衛門は、ほっと胸を撫で下ろした。それと同時に、山田方谷の江戸での評判が気になった。まさか江戸、それも幕府の重臣である老中から、こんな松山のような田舎の学者の名前が出ているなどとは全く思わなかったのである。

「この松山藩は、山の幸が多く、水の手もあり、また方谷先生のような優秀な人材もある。そして何より子供が元気であるというのは、何とも頼もしい限りです」

「はい、ありがたいお言葉にございます」

「方谷先生とは、どのような方でしょうか。私は、叔父上のところにいた佐久間象山先生のような方だと少し苦手なのですが」

「非常に温厚で思慮深い、それでいて少し剽軽なところのある方でございます」

　源右衛門は、素直に自分の感想を言った。

「そうですか。それならば親しみやすく好ましいですね。子供たちが元気な理由がわかります。早く会ってみたいな」

大名駕籠はゆっくりと本丸を目指して登っていった。


現在の岡山県高梁市の臥牛山小松山山頂にある松山城は、「現存十二天守」の一つで、天守閣が現存する〝唯一の山城〟である。その天守閣などは国指定重要文化財となっている。高さ一〇メートルを超える天然の岩盤を利用した壮大な石垣群や、土塀、二重櫓など見どころも多く、十月ごろからは、雲海の上にそびえる天守閣が幻想的な「天空の城」といわれている。逆に言えば、それだけ峻険な山の上の城郭であり、本丸に登るのはかなりの脚力が必要になることも確かで、日常的に政務に使うには不便な部分も多かったと想像される。

「おお、これは、万之進殿」

天守閣の横で板倉勝職が床几に座って待っていた。勝静にとって幼名の万之進と呼ばれるのは、あまりうれしいことではない。すでに結婚もしているし、白河松平家の時に名乗っていた名前を捨てて板倉家のために尽くそうとしているのに、松平の時の幼名をそのまま呼ぶのは失礼である。しかし、義父のことであるから、ここは我慢するしかなかった。

それにしても、金糸の入った袴を履き、絹の羽織を身に着け、両側に遊女と思われる女性を二人侍らせている義父に、勝静は強い不快感を覚えた。城の本丸とは、その国の象徴であるはずだ。そこを遊女との遊び場にしてしまうなどもってのほかである。そのうえ藩の財政が厳しい折、高価な金糸の服を身に着けているというのは、いかがなものか。

「殿」

そのような勝静の気性を察知してか、銈が勝静に近寄って、そっと左の袖を引いた。勝静は、軽くうなずいた。

「お義父上、私のわがままで、このようなところまで登らせてしまい申し訳ありません。ご同行の皆さんも、恐縮でございます」

「いやいや、ここに立つのは何年ぶりかのう。万之進殿に言われなければ二度と来ないところであった。何しろ山の上は不便であるし、登るだけでも一苦労じゃ」

さすがに、自分の養父を批判するわけにはいかない。ふと横を見ると、義父勝職の後ろの方で大石源右衛門がしきりと恐縮して頭を下げている。勝静は自分の感情を押し殺して苦笑いするしかなかった。

しかし、そもそも武士の棟梁が自分の「館」にめったに来ることがないなどあり得ない話だ。「館」とは自分の本拠であり、先祖伝来の地である。大事があれば、ここを拠点に旗を揚げ、国に号令をかける場所であり、また最後の拠り所として城を枕に討ち死にをするような覚悟も必要なのだ。そのために、藩主は自分の納得がゆくまで手をかけ、普段から不足なところの無いようにしなければならないのである。

松山という場所は非常に良い場所である。土地も肥沃で人も良い。それなのに、なぜ義父勝職は、このようになってしまったのであろうか。勝静は深いため息をついた。

「どうした。万之進殿も山を登るのにお疲れになられたかな。まあ、江戸に長く間お住まいならば無理もありますまい」

「本当に、殿のおっしゃる通りに。御殿住まいが長いと、お山の上まで登るのは骨が折れますわ」

驚いたことに、遊女が藩主親子の話に口を挟んできたのである。お茶屋でもあるまいし、何を考えているのか。勝静が声を上げそうになるところ、鉒がまた袖を引いた。

「なになに、松葉は駕籠でここまで来ているのに、もう疲れたと申すか」

「駕籠の中って窮屈だし、山の上まで来てもお酒も料理もないんですもの」

勝職のお気に入りの松葉太夫である。勝静は、このやり取りを聞いてさすがに吐き気を催した。城の本丸を芸者遊びのお茶屋と勘違いしている。

「よい景色ですね」

あまりのばかばかしさに、必死に袖を引く鉒を置いて、本丸の端から城下を見下ろした。

「ほんに、風流でございますなあ」

勝職よりも先に反応したのは巴太夫の方であった。巴太夫は、敏感に次の時代は勝静になると思い、松葉太夫のわがままばかりを聞いている勝職を離れ、勝静にすり寄っていた。しかし、勝静は、そのような化粧臭い女が嫌いであった。ましてや正室の鉒が横にいるのに、よくすり寄ってくることができると思い、不潔さを感じていた。

一方の勝職は、その次に勝静が、街や施設などを尋ねるのではないかと、大石源右衛門に、その場合は代わりに答えるようにと小声で指示を出した。勝職は、この本丸に上ったこともなければ、城下のこともほとんどわからないのだ。

「これだけの家がありながら、湯気が見えませぬな」

「湯気……ですか。まあ、松山には有馬のような温泉はありませぬからな」

勝職の渾身の冗句に、松葉太夫と巴太夫が一斉に扇で口元を覆って笑った。正直なところ、勝職は勝静が何を言っているかが全くわからなかったが、城下の地理や戦に関することを聞かれたのではなかったので、なんとか口を開けたようなものである。そして、普段から共にいる二人の遊女は、勝職が何かを言えば、大仰に笑うというのが癖になっているのである。

「今ならば昼時、食事の用意で城下の竈の湯気などが多く上がりましょう。ところが、街中はさておき遠くでは全く湯気が上がっているようには見えませぬ」

高梁川に沿って、山が折り重なるように奥まで続いている。眼下の町の中には、様々な人の営みが見て取れるが、その街の外側、高梁川の上流や下流に広がっているはずの農村には、人が住んでいないかのような静けさが広がっているようにしか見えなかった。しかし、養父であり藩主であるはずの勝職は、その言葉の意味が全く分かっていないようだ。勝職には、全く領民の生活を見ようという姿勢が見えない。領民はよくやっているのに、藩主がこれでは話にならないではないか。

勝静が尊敬する祖父松平定信は、天明の飢饉の後の寛政の改革で、農民を大切にすることと、飢饉の際に餓死者を出さないように各藩で社倉や義倉に穀物を備蓄するよう命じ、町で積み立てる救済基金ともいえる七分積金なども行っていた。しかし、この松山藩ではそのようにして飢饉に備えるというような雰囲気すらないのである。このような藩主の下で、よく度重なる飢饉を乗り越えたものである。よほど、領民が優秀であるに違いない。怒りを抑えるため、勝静はそのように考えることにした。

「なるほど、湯気なあ」

うんざりしている勝静の顔色などには全く関係なく、湯気の話に感心しているのである。

「ほんに、湯気が上がらないのならば、皆さん、何を食べているんでしょう」

「いや、食欲がないのかもしれませんねえ」

松葉太夫と巴太夫は何ともたわいのない話をしている。勝静はあきれるしかなかった。今のうちに力を溜めておき、藩の中をしっかり見て、できるところから対策を立てなければならない。

「いや、こんなに長く山の上にいると疲れたな」

「ほんに、退屈でございます。殿」

「早くお茶屋に戻りましょう」

勝職と遊女たちはそう言うと、さっさと引き揚げる準備を始めた。

「義父上、戦になれば籠るはずのご自分の城にいるのは退屈でございますか」

今まで黙っていた銈が口を開いた。あまりにもだらしのない父を、見るに見かねて、少しヒステリックな声である。

「どうした、銈。だいたいこの太平の世の中に戦などあろうはずはない。まあ、銈は戦の夢でも見たのかの」

勝職はそう言うと、怖い怖いといいながら、そのまま駕籠に乗り込んでしまった。銈も勝静も、もう勝職を止めることはなく、三つの駕籠を見送った。

「若殿、申し訳ありませぬ。何よりもうちの大殿には変な御無礼を」

松山城本丸の中には、留守居を含めて藩士は少なくない。その中で大石源右衛門は、躊躇なく土下座をした。源右衛門についてきた勝静のお迎えの藩士も、慌てて源右衛門に倣って土下座をした。

「私からもお詫び申し上げます。あんな父になっていたとは」

銈もその場で膝をついたが、勝静は銈の手を取って、すぐに立ち上がらせた。その後、先ほど勝職が座っていた床几のところに行くと、鉒をまず座らせ、その隣に自分が座った。

「大石殿、そのようなことはよいのです。まずは面を上げてください。鉒から聞いていますが、義父上にはあのようにしなければやりきれない様々な心の傷があるのではないかと推察します。しかし、このままでは松山藩の行く末が心配です。そこで大石殿に折り入って一つ頼みがあるのですが」

「はい、拙者で出来ることでしたら何なりと」

大石は、再び地面にこすりつけるように頭を下げた。

「大石殿、そんなにされたら頼みにくいではないですか。そんなに難しいことではありません。このまま藩校の有終館を拝見し、ぜひ山田方谷先生をご紹介いただきたい」

「恐れながら」

大石の横から、それまでただ大石と頭を下げるだけであった武士が、膝でにじり寄った。

「なに、許す。申せ」

「山田安五郎はもともと松山城下西方郷の農民で、身分卑しく、また家庭を省みることなく遊学をしたため、妻も気が振れてしまっており……」

「うるさい」

大石源右衛門は、いきなり話し出した男を大声で遮った。

「どうした。大石殿、もう少し聞こうではないか。続けよ」

「はっ、では。山田安五郎は遊学の間に娘を死に追いやり、人の情を持たぬものでございます」

「だから」

勝静は、その藩士に一言だけそのように言った。

「そのような者を若殿にお引き合わせするのはいかがかと存じまして、一言ご注進いたした次第にございます」

「その方、名を何と申す」

「松山藩、松山城留守居方、加藤勝左エ門と申します」

加藤の妻であるむつが、小泉信子や岸商店の陽とともに方谷の妻進をいじめ、また加藤の子の伊之助などが方谷の娘瑳奇をいじめて、死に追いやってしまったのである。そのことから成羽の辰吉や西方の郷の茜などが松山城下に押しかけ一時騒然としたが、それを大石源右衛門が何とか収めたのであった。妻や子供の行為とはいえ、松山城下を騒然とさせたのは問題があるとして、加藤はそれまでの町方から松山城留守居方、つまり、誰もいない本丸の警備を命じられていたのである。もちろん左遷である。

「加藤殿は、留守居方になられる前に何をされていた」

「有終館の……」

「加藤殿は、西方の郷の出である山田方谷先生が卑しいと申したが、逆に、そのような卑しい出の者が学問を修め、藩校の学頭を行うに、どれほどの努力があったか知りたくはないか。武士とは違って所領もなく、自ら働かなければならぬ中、どのように学ぶ時間を作ったか」

「それでも、家族を省みぬその態度は……」

「それほど家族を省みぬような者の塾で、なぜ子供たちがあのように、楽しそうな笑い声をあげ、また、揃って論語を素読できるのか、加藤殿の話を聞いてなおさら山田方谷先生に興味が出てきた。では問うが、このように毎日留守居を行い、働きながら貴殿は山田方谷先生と同様に学問を修め、子供たちを楽しませながら学ばせせられると申すのか」

「はっ」

加藤は頭を下げるしかなかった。勝静の言うように、方谷の悪いところをすべて挙げたつもりであったが、では加藤勝左エ門がそれよりも優れているのかと問われれば、もう何も言えなかったのである。

「大石殿、この加藤という者のことは不問に付す。山田殿の奥様にそのような不幸があったのであれば、銈も共に行く方がよいと思いますので、ぜひご同道願います」

「かしこまりました」


「有終館の学頭、山田安五郎にございます」

家老の大石源右衛門から使いが来ていたので、方谷は、牛麓舎を佐吉に任せて有終館で板倉勝静を迎えた。

「板倉勝静と申す」

勝静は軽く会釈をしたが、そのまま奥に入ろうとはしなかった。一緒に姿を見せた銈も、示し合わせたように駕籠の横に立って動かなかった。

「どうぞ奥へ」

頭を下げたままの方谷に代わり、大石源右衛門はそのように勝静を促した。

「いや、方谷先生。私はここではなく、城に登る途中で見た牛麓舎を見たい」

「えっ、それは」

さすがの方谷も驚いた。

「困るところでもおありか」

「いや、あそこは今、子供たちが多くおりますゆえ、まだ整理もできておりませんし、また子供たちがどんな無礼をするかもわかりません」

「だから行きたいのだ」

方谷は、困惑して源右衛門と顔を見合わせた。日頃、腕白で手を焼いている子供たちのところに、次期藩主の若殿をお連れして、何か粗相があれば大きな問題になる。

「かしこまりました」

方谷は、それらのことを考え併せて、ゆっくりと勝静に頭を下げた。

「方谷殿、大丈夫か」

心配する源右衛門に、にっこりと笑ってうなずいた。

普段の様子を見たい。新しい藩主となる人物であるならば、藩の次世代を担う若者がどのような教育を受けているのかということは、非常に興味があるところであろう。逆に言えば、何か粗相があっても、勝静は大きな問題にするとは思えないし、また、普段の姿を見たいというのであるからお見せしたらよい。さすがに礼節を教える朱子学をやっているのだから、それほど変なこともしないであろう。それでも不興を買うようならば、腹を切ればよい。方谷にとっては、切腹の作法などは全くわかっていなかったが、死ぬ覚悟はできていた。

「では、駕籠の方へ」

源右衛門は、勝静と鉒を駕籠に案内した。

「殿、街の中を見とうございますので、歩きませぬか」

鉒は、勝静に言った。

「それは名案だ。大石殿、歩きましょう」

「は、はい」

源右衛門はすぐに駕籠を牛麓舎に回すと、傍らの侍を走らせ、警護の者を増やすように指示した。有終館から塾生の熊田恰が出てきて、方谷の横にぴったりと付いた。熊田は、何があってもよいように全く隙もなく、刀の柄に手を掛けて歩いた。

勝静は、興味深そうに熊田恰を見ていた。何しろ、自分や鉒に警護が付くのは普通であるが、まさか自分よりも山田方谷を優先して守っているということは初めてである。

「そなたは」

たまらず、勝静は熊田に聞いた。

「はっ、剣術指南役熊田武兵衛矩清の息子で恰と申します。山田方谷先生に万一のことがないように常に気を配っております」

次の藩主である自分を目の前にして、家臣の方谷の護衛をするとは、実に面白い。初のお国入りで、目の前にいる人物が松山城下で知られていないということと、そして、普段警護の者に守られている自分が、他からどのように見られているかが見えてくる。そして、自分が次の藩主だと知れたら、この若者はどう反応するのかと、勝静は笑いをこらえていた。同じことを考えているのか、すでに後ろで鉒は袖を口に当てて笑っている。

「熊田殿、松山の城下は、そんなに危険なのでしょうか」

鉒は、街中を歩きながら熊田のあまりにも異常な警戒心に、少し冗談めかして言った。熊田は、話している相手が、近い将来自分の藩の藩主になる人物とはわかっていないようである。完全に方谷の方が上位であると心得ているかのような感じだ。

「滅相もありません。松山藩は我らがしっかり守っているので全く問題はありません。また松山城下の人々は勤勉でまじめですから、女子が一人で歩いていてもほとんど事故はありません。しかし……」

熊田恰は、まるで三十石船の中のお国自慢のように、松山藩のことを語った。熊田にしてみれば、宇和島に剣術修行に行っていたのであるから、他の国のこともよくわかっている。そのように考えれば、松山藩がかなり治安の良い街であると感じているのであろう。

「しかし、どうしましたか」

「いや、先日も江戸から信州松代藩の佐久間象山先生が山田方谷先生のところにお越しになられた時、流れ者が懐を狙うということがございました。天保飢饉以降、安易に他人を狙う者が少なくなく、人の心が荒んでおりますので、我が師である方谷先生の万一に備え我らが守ることは、当然のことと心得ます」

「今言われた流れ者とは松山だけではなく、公儀全体ということを申しておられるのでしょうか」

後ろから鉒が声を掛けた。勝静としては、鉒が積極的に話しかけるというのは初めて見る光景だ。今まで二人で街中を歩くことは、江戸においてもほとんどなかったのである。

「はい、恐れながら、先年、宇和島に剣術の修行に参りました折、町はずれや山の中などでは、やはり流れ者も多く、また他人様の物を狙わなければ生きてゆけないような者も少なくありません。もちろん、それらの者も救わなければならぬのですが、しかし、まずはそのような弱い者を救うために、藩主勝職公や先生を守り、安心して彼らが生きてゆけるような世の中をお作りいただけるよう、まずは我らが守ることが肝要と思っております」

生真面目で剣の道の求道者のような熊田恰は、勝静の方に向き直り軽く会釈をすると、また刀に手を掛けて周辺を見回した。

「方谷先生、なかなか面白い人材でございますな」

「はい、ただ、このような人材もいて、またそうではない人材もいて、藩が成り立っておりますれば、失礼の段ご容赦ください」

「特に、この熊田殿のような者がいてもおかしくはないと申すか」

勝静はそのように尋ねた。

「はい、泥棒にも三分の理と申します。その理をわきまえず、上役の者がすべてを改めさせることなどはできません。自らの信じるところを進むこと、それこそが大きな力になるのではないでしょうか」

「あなたが言い負かされるのを見るのは、初めてかもしれませんね」

鉒は、あえて勝静の身分を隠す言い方をして、また楽しそうに笑った。あまり熊田恰に信念を曲げてほしくなかったのである。

勝静は感心したようにうなずくと、これが、叔父である真田幸貫が自分に推薦するほどの優秀な人物なのかと思った。江戸城に出仕していた佐久間象山と異なり、ありのままを受け入れそれをすべて抱擁するという考え方が、今まで勝静が学んできた学問とは全く異なるものであった。

時に、山田方谷四十歳。数え年で二十二歳の勝静にとってみれば、自分の父親に近い年配の小男の背中が、松山城を含む臥牛山よりも大きな、頼れる存在に見えてきたのである。藩に害悪しか残さないであろう義父勝職が藩主を務める中で、勝静がやっとこの松山藩を治めることができると自信を持てた瞬間であった。

3　帝王学

板倉勝静は、異例ながら山田方谷と会った翌日から、自ら望んで藩校有終館において「帝王学」を習うことを希望した。まだ、藩主ではないので、時間も自由に取ることができた。また、義父板倉勝職が幕府から期待されておらず、近隣からも「愚公」として名高かったことも幸いした。ただ、勝静が松山に残るために、正妻の鉎と義父勝職はすぐに江戸に戻らなければならなかった。

当初、勝静と方谷の間は、すべてが順風満帆であったわけではない。

何よりも、まず学問の始まりから二人は全く異なる姿勢で臨んでいたのである。

「では方谷先生、帝王学を教えていただきたい」

「いや、若殿。実は学問の中に、帝王学という学問はないのです」

勝静が方谷のところで学ぶようになって初めの会話はこれであった。

「先生、では帝王学とは何を学べばよいでしょうか」

「王であるということは森羅万象を全て知っていなければなりません。なぜならば民は、田畑を耕し、商いを行い、また人と人との関係において様々な話をし、感情を持ち、また子供が生まれ子を育て、死んでゆく。その森羅万象を民が経験しているのです。その民を統べるということは、王もその森羅万象を全て知り、そして全ての場面で民を導くことが理想です。学問は、その中の一つ一つの事柄を学んでいるのに過ぎないのです。つまりは、全ての学問が王について書かれているのであり、そしてすべてに理が隠されています」

「なるほど、その通りだ」

方谷は、すべてということを強調することで、陽明学も含んだつもりであった。丸川松陰に実際の生活に根付いたものでなければ、学問は意味はないと言われていたことや、大塩平八郎から教えを受けた陽明学による「知行合一」「心即理」「致良知」という考え方が、方谷の中に自然と備わってきていた。

「そのことをご理解いただいた上で、まず多くの学生とともに朱子学を学んでいただきます。四書五経、そしてその学問の長所と短所を感じていただきます」

「もちろんだ。この私も少しは祖父の手解きで、小さい時にかなり学ばされた」

「はい、そうであろうと思います。しかし若殿、それでは今私が申し上げたことはご理解いただいていないことになります。私が申し上げましたのは、若殿の祖父様、松平定信公のように個別に教えられるのではなく、有終館の他の門弟に混じって一緒に学んでいただきたいと申しているのです。若殿がどのように学ぶかではなく、門弟の多くの者がどのように考えるのかを学んでいただきたいのです。そして、様々な環境の中で育った者たちがどのように考えるか、朱子学にどのような反応をするのかを見ていただきたいのです。努々《ゆめゆめ》、朱子学の本の中のことだけが学問と思われませぬよう、お心掛け下さい」

「よし、わかった。余の苗字が板倉であるということを、誰も気に掛けないように言ってほしい。本当に、その辺の童とともに学ぼう」

「お聞き届けいただき、ありがとうございます」

板倉勝静は、非常に聡明であった。後のことだが、最後の老中となった板倉勝静とともに幕府を最後まで支えた勝海舟は、勝静との間に幕府の役職の上だけではなく私的にも深い付き合いがあった。勝海舟は勝静を「あのような時代（幕末）でなければ、祖父の（松平）定信公以上の名君になれていたであろう。巡り合わせが不幸だったとしか言いようが無い」と評していたほどである。

とかく幕末の激動期を生き抜いて、百花繚乱の英雄揃いであり、その時の「敗者」のトップである老中として敗戦を繰り返していたのであるから歴史的な評価は低くなりがちであるが、幕府という沈みかけた船を最後まで裏切ることなく舵を取ったその手腕は、勝海舟のように評価する者がいてもおかしくはない。

この時もそうで、他の凡庸な藩主または世子であるならば、市井の者と混じって学ぶことを簡単に良とはしなかったであろう。しかし、自分は特別な存在ではなく、早く松山の人々の輪の中に溶け込みたいというような気持ちがあること、そして何よりも方谷の言った「帝王学」ということの考え方を納得し、このような学び方を是とするに至ったのではあるまいか。そのようなことを、身分などとは関係なく率直に受け入れることができる能力は、非常に聡明であるだけでなく、己のことをよく知っているからできたことではないだろうか。

このようにして、方谷と勝静は連日のように、互いに学ぶようになっていた。初めのうちは藩校の有終館に集っていたが、いつの間にか勝静も牛麓舎に来ていた。こちらの方が身分も年齢も関係なく、様々な人が集っていたので、森羅万象を学ぶには都合が良かった。家老の息子である大石隼雄、京都の寺島白鹿の息子の義一郎、新見藩藩校で学んだ進昌一郎、豪商の子である林富太郎や三島貞一郎、庄屋の子供である矢吹久次郎、そして剣術ばかりであまり優秀ではない谷三十郎や谷万太郎、まだ幼いその弟の周平、そして勝静が剣術も習っている熊田恰。身分を見るだけでも、これだけ多彩な人が集まることはまずない。そのうえ、一緒にいるのは佐吉、成羽の鉱山夫の出身である。

年が近いせいもあるのか、勝静も彼らの中ですぐに打ち解け、彼らと全く変わらないように席を並べて学んでいた。町中にも積極的に出て、暑い日などは高梁川で彼らと泳いで遊ぶこともあった。

弘化二年（一八四六年）には、世子の板倉勝静が領内を巡察することになった。本来であれば、家老大石源右衛門をはじめとする藩士が随行するのであるが、勝静の希望により山田方谷など数名が同行することとなったのである。奥田楽山も一緒に回るところであったが、楽山が高齢であることから、方谷がすべてを取り仕切ることになった。

「私どもがご一緒してもよいのでしょうか」

まだ若い彼らのうち、筆頭の大石隼雄、護衛と称して剣術指南の熊田恰そして谷三十郎・万太郎、そして商人出身の三島貞一郎、農村出身の矢吹久次郎、そして鉱山夫出身の佐吉が同行することになった。武士、商人、農民がバランスよく同行し、領内のことを彼らが説明するのである。その中で、馬にも乗れる者が選ばれたのは、なるべく広く多くの土地を見たいという勝静の希望によるものであった。

「領内の者は何を食べているのだ」

「米を食べるのはごく稀で、祭りとか祝い事のある時だけです。日常は、粟とか稗などの雑穀です。

飢饉の時は、それも食べられないから、草とか木の根とかそういったものを食べることもあります」

「米が食べられないのか」

「米は藩に納めるためのものでございますから」

農家の日常を話す久次郎の言葉に、勝静は顔を曇らせた。江戸にいたころは、皆が米の飯を食べるのが普通であると思っていた。農村地帯の松山でも食生活はあまり変わらないと思っていたのである。まさか自分たち武家が農民を苦しめていたとは思っていなかった。

「これが領内の偽らざる姿です」

方谷は、西方の郷に住んでいて、どのような生活をしていたかなどを、久次郎の説明の後に勝静に伝えた。毎日、日々の暮らしだけで精一杯であり、それでもどうにもならない場合は高瀬舟で人が売られて行く。病を得ても、それを治す手段も金もない。それが城下からほんの数里しか離れていない村々の偽らざる姿なのだ。

「人が売られるとはどういうことだ。人を食らうような者があるのか」

「まさか」

さすがに、売るからといって殺して食べられてしまうようなことはないと、一同は笑った。勝静は、彼のまじめな性格も手伝って、遊ぶことも少なく江戸の屋敷で育っているので、世間の事には疎かった。

「若殿。人間は食べ物ではありません。多くの場合、若い女性が売られてゆきます。そして、大坂や江戸の遊郭で遊女となるのです。私の若い頃、西方の隣村にみよという少女がいたのですが、やはり売られてしまい、私が江戸に遊学中、吉原で再会してございます。それは美しい女性になっておりましたが、やはり故郷を懐かしみながらも、吉原から出ることができない身の上を悲しんでおりました」

「吉原か。では吉原は、そのような売られた女性を集める場所であるというのか」

「若殿、男性ならば大店の丁稚や江戸城の普請などを行っている大工になっています」

横から口を挟んだのは、矢吹久次郎であった。矢吹の生まれ育ったのは備中哲多郡井村であり、天領であったが、それでも生活が苦しく子供を売ってしまった家も少なくない。そのことを苦にしてその家の母が自死してしまう例もあったほどである。

「そうであったのか。すぐに、なんとかせねばならぬのではないか」

「しかし、それが悲劇であったとしても、それを禁止することもできないのです」

方谷は落ち着いて言った。

「先生、それはやはり我らが遊べなくなるからですか」

元来の遊び人の谷万太郎は、このように深刻な話の時に口を挟んで笑いを取り、雰囲気を和らげた。本人はいたって本気であるが、その観点は他の人々とどうしてもずれてしまっている。そのうえ、若いくせに女好きで、兄である三十郎にたしなめられても、全く態度を改めることはしなかった。

「万太郎殿、まあ、そのようなこともあるかもしれないが、本来はそうではない。家族は一つの家で一緒に暮らすことがよい。しかし、もしも金もなく、売るものもなく、また、働き手が病に伏せるなど収入の道が無くなったらなんとする。数日間であれば近所が助けてくれるかもしれぬ。しかし、長期間になればそうはならぬであろう」

「それでは、藩の中の治安が悪くなります。また、人が心を失います」

三島貞一郎が答えた。実際に三島の家も父を早くに亡くしており、貧困な状況がどんなものか知っているのだ。

「いや、その前に、民や郷がそんなに貧しくては藩が持たぬではないか」

勝静は叫ぶように言った。自分の思っていたもの、学問として学んでいるものと、現実の世の中は全く異なるものなのである。

「若殿、私の父も母も、早くに亡くなりました。私の弟は、貧しいものを助けるということで、京で医者の修業をしております。我が家は、幸い父が油売りをやっており、またここにいる佐吉たちが助けてくれたために、このように学ぶ時間を頂くことができました。しかし、そのような幸運を得られる家ばかりとは限りません。人を売る、それは良くないことでも、そのようにしなければ家を守ることができないという民も少なくないのです」

「そのようにならぬよう、家族が一緒に暮らし、民が安心して働けるようにすることこそ、藩の御政道ではないのか」

「はい、仰せの通りにございます。しかし、病や空腹は、藩の政が助けてくれるのを待ってはくれません。また今の松山藩では、この窮状を救いたくても財政がそれを許す状態にはありません」

方谷は、少し寂しそうにそういった。

街道をゆく人は一見何事もないように見えるが、多くの人が心に傷を抱えている。勝静はそのことがわかっただけでも、今回の視察の意味があった。森羅万象を知ることが帝王学である、方谷のその言葉が勝静の心に刺さった。

「まことに心苦しいことだが、あの義父を廃し、佞臣を排除しなければ、何もできぬではないか」

「若殿は、まだ藩主ではございません。父君勝職様のことを低く見ては、上下の序が乱れましょう」

「あの義父の横に侍っておる遊女も、そのようにして売られた女子なのか」

「さすがに、そこまではわかりかねます」

高梁川に沿った絹掛の滝の茶屋に座り、勝静は団子を頬張りながら、そのようなことを言った。そういえば、まだ五歳の頃、この茶屋で母の梶とともに団子を食べた記憶がある。絹掛の滝の横には不動明王が鎮座されているはずだ。懐かしく後ろを振り返ると、細く白い滝が天に続いているのが見える。目を戻して見ると、隣に母がいるのではないか。家族のことを話していると、ついついそのような錯覚をおこしてしまう。

「では、このような惨状でも、余は何もすることができぬと申すか」

「いえ、今は学問を修め、世を学ぶ時にございます。物事は政に限らず、偽ったり飾ったりして出来るものではございません。若殿ご自身の心の誠を自分で見詰め直すことではございませんでしょうか」

「心の誠か」

「はい、心中の思いを誠にするには、ちょっとした思いが動く時に考えを回らせて、その思いが自然な心から出ているか否かを見る事が肝要でございます。国の為にする公の立場の思いからではなくて、私欲の思いから出たものならば、譬《たと》え天を驚かせ地を動かす様な大業を成し遂げたとしても、ただ一箇の私事を為した事に他なりません。国のために何ができるのか、民のために何をできるのか、誠を尽くして思いやる心、私欲のない鏡のような誠をつくることこそ、今の殿に最も必要なものと思います」

「そのためにはどうしたらよい」

「心を磨くことです」

勝静は黙って聞いていた。そして何も言わず、団子皿の横のお茶を一口飲むと、すっと立って、不動明王の祠へ向かった。警護を申し出た熊田恰がそれにつき従ったが、方谷はそのままそこにいた。あの時、まだ幼い自分が滝を見ながら不動明王にお参りに行ったとき、母は見守っていてくれた。そのようなことを思い出しながら、勝静を見送っていた。


「もうそろそろ、西方の郷です」

勝静は、何も言わず周囲を見回した。高梁川に切り立った崖、そしてその崖を割るよう小さな川が流れ込んできている。街道わきの農道には、田植えが終わった頃の農繁期であるはずなのに、若い男性の往来が多く、また奥の方の郷からは全く活気が感じられない。

「この時期、農民は何をしているのだ」

「今、どの村でも米はお上に納めなければなりませんので、それだけでは生活ができません。年貢でとられない作物を主に栽培し、それでも苦しいので若者は出稼ぎに出てしまいます。村には女子供しかいないのです」

庄屋の息子である矢吹久次郎が答えた。

「それでは米も作れなければ、いざ異国や盗賊が攻めてきたときは誰が守る。大石、その方家老の息子であろう」

「は、はい、我ら武家が守りに出ねば」

家老の息子と大石が言われたのに、答えたのは、熊田であった。大石の家は家老として政を行っているいることから、実情を知っていて答えにくい。下手に発言すれば、大石家がそのようなことを知りながら放置したことになり、政の責任を負わされることになる。

「それで間に合うか」

「いえ」

恥じ入りながら、小さな声で大石隼雄が答えた。

「どうすればよい」

「恐れながら、この松山を人が働きに来る国にすればよいのではないでしょうか」

三島である。商人として米を江戸や大坂に運ぶ仕事をしていただけに、様々な土地を見てきている。様々な街の中から学んだ自分なりの案があった。

「松山に人が働きに来る」

「はい、そうすれば常に活気が出ます」

「しかし、どうやって」

「若殿、それを、誠の心で探りましょう」

三島貞一郎は、最近勝静と一緒に学ぶようになって方谷から聞くようになった言葉をそのまま使った。三島自身理想はあるが、その道筋がわからないのである。

「それでは答えになっていないではないか。まあよい。ところで、方谷先生に頼みがあるのですが」

「何でございましょう」

「ぜひ、先生が生まれた西方の郷に行ってみたいのです。この川の奥であると場所はわかるのですが」

「いや、それは…」

「できれば、先生が生まれ育った家を見たいのです。そして、どのようなところで育てば先生のような人材ができるのかを、ぜひ教えていただきたいのです」

まさか、方谷の生まれ故郷の家を見たいと言い出すとは思わなかった。しかし、大石も三島も矢吹も、皆それに賛同してしまった。


高梁川の支流津々川を、現在で言えば県道三一〇号沿いに遡って少し行けば、西方の郷である。

「あら安五郎さん、今日はお武家様も一緒で」

庄屋の嫁である茜である。

「西方の茜さんじゃないですか」

「あら、井村の矢吹さんのところの坊ちゃんじゃない。安五郎さんのところで学んでいるのですか。すごいねえ」

茜は感心したように言うと、自分の横にいた娘を方谷の家へ走らせた。

「安五郎さんのところにいる早苗さん、いい娘さんねえ」

「いや、あれは弟の嫁で」

「明るいし、何でもできるんですよ。最近では村の中なら油も分けてくれて」

「早苗が油を搾っているのですか」

「まさか、油は成羽の皆さんが、今も来てくれているみたい。それに村の若い衆も、今じゃ手伝って、いろんなところに売りに行ってるのよ」

「ここでは村が総出で油を搾って売っているんですか。いや素晴らしいですね」

三島貞一郎は感心したように言った。この時期、庄屋や商店が村の人に何かを依頼することがあるが、成羽から人が来て油を搾り、それを村の人が皆で手伝い、皆で売りに行くなどというのはあまり聞いたことがない。方谷がやっていた油の事業は、今や山田家の手を離れ西方の郷の全体の産業になっていたのだ。

このとき方谷は、昔一緒にいた人々が、後の藩主勝静と来たことで心に距離ができてしまうのではないかと、昔の仲間の気持ちを思いやる詩を読んでいる。三浦貞一郎や矢吹久次郎が一緒とはいえ、やはり、若殿である勝静は田舎の人間にはない輝きを持っていたのである。

「ごめんください」

昔と変わらないあばら屋である。隣に油を搾る搾油小屋があるのも全く変わっていない。方谷が少し庄屋の茜などと話している間に、勝静は一人で方谷の家を訪ねて来てしまった。熊田や大石は慌てて勝静を追いかけた。

「はいはい、これはお武家様、いったい何の御用で。ここにはだれも住んでいませんよ。金目のものも何もないしなあ」

義母の近は、城下町の暮らしが嫌でここに住んでいた。しかし、方谷の名が馳せるようになってから、なぜか近隣からこの西方の家に訪ねてくる人がいるようになった。近は、知らない人、特に武士が入ってくると、必ず「誰もいませんよ」と言うようになっていた。松山暮らし以降、近は武士が嫌いになっていたのかもしれない。

「誰もいないといっても、お母さんはここにお住まいではありませぬか」

「いや、あたしはここに残されているだけだよ。息子がいるんだが、松山の御城下に行ってしまってね」

もちろん、方谷のことである。

「それならばお母さんも、松山に住めばいかがでしょうか」

「お武家さんにはわからないかもしれないがね。人間はね、土と一緒に生きていなきゃいけないんだよ。土と一緒にいれば、土や太陽や水が大切な命を恵んでくれる。たくさんの命が笑うから心も豊かになるんじゃ。でもな、城下の皆さんは土と一緒に生きていないから、人の物を奪おうとする。心とか大事な物を盗むのじゃ。土とか太陽とかが恵んでくれないからの。恵んでもらえないから少ない物を取り合い、取れない物がお互いを悪く言う。あんなところは人が住むところではないのじゃよ」

近は、自分が感じたありのままをそのように語った。ふと傍を見ると、大石隼雄も熊田恰も方谷の母のことを知っているようで、勝静とも近とも目を合わせないようにしている。

「そうですか、松山城下の女性たちは……」

「そうだよ、それでうちの孫は病を発して死んでしまった。責任を感じて悲しんだ嫁の進さんまでおかしくなってしまって。安五郎は知らないけれど、何度も進さんは自分で命を絶とうとしてみつさんと、佐吉さん、それに加代さんまで来てもらって、大変だったんですよ。お武家さんは、あんなところで毎日暮らしているから、見えてないかもしれないが、瑳奇は命を、進は心を獲られてしまったんじゃ。でも城下のお武家さんは、本当に土や太陽が恵んでくれるありがたさを何も知らないで、あのような奪い合いに慣れてしまうんだろうな」

「そのようなことがあったのですか」

勝静は、方谷から全く聞いていない話に衝撃を受けた。

「お義母様、お客様ですか」

そこに入ってきたのは早苗であった。早苗は、祝言を上げてすぐの頃の進のように、元気に入ってきた。小脇に盥《たらい》を抱え、その中には水に浸した葉野菜が、生きているかのように輝いていた。いま、近から聞いた話にあったが、土と一緒に生きることがどれほど大事か、この早苗が抱えている野菜を見れば、すぐにわかる。

「お武家様は、どちらからいらしたの」

早苗は水場に盥ごと置いて、すぐに火をおこした。早苗の後ろには六歳か七歳になる耕蔵が、見慣れない侍を見て少し怖いのか、金魚のフンのように早苗の後ろに隠れていた。

「松山からです」

大石隼雄が答えた。

「そうなの、義理の兄も松山にいるんですよ。お義母様はお水しか出さないから、今温かいお茶を用意しますね」

「いやおかまいなく」

そんな時に、また立て付けの悪い引き戸が音を立てて開いた。

「お義母上、何を話しているのですか。いやいや、若殿もそのようなところで。座布団もなく、失礼いたしました」

庄屋などに一通りあいさつを終えて、方谷が入ってきたのである。

「安五郎、おお、安五郎さんかい。いや、こちらの若いお武家様があんたのことをお待ちだと思って、少し話相手をしてたのじゃよ」

「このお武家様は……」

勝静は、身分を言いかけた安五郎に黙るように仕草でつたえた。

「いや、お義母さん、すばらしいお話を伺えました。山田先生がいらっしゃったので、また次回松山にお越しの時は、ぜひまたお話を伺いたいです。お嫁さんの方も」

「あら、お茶もお出ししませんで」

早苗は、恐縮したように頭を下げた。

「そう言えば、山田先生の弟さんは京で医術の修業をされていると伺いましたが」

「はい、主人の平人は今京都に出ております」

勝静は、にっこり笑うと怖がって早苗の後ろに隠れたままの耕蔵のところに近寄って、板倉家の「九曜巴」の家紋の入った印籠を渡した。

「坊主、この中には薬が入っているから、お父さんが戻るまでこれを医者の代わりにしなさい」

「あ、ありがとうございます」

耕蔵は印籠を両手で受け取った。

「そろそろお暇申し上げます」

「そうか、またおいでな」

最後まで近は、自分が話していた若い武士が板倉勝静であったとは、全く思っていない様子であった。

勝静は生活が貧しいことと、心が貧しいことの違いを初めて知った。藩主として生活と心の双方を豊かにしなければならない。そのことこそ、帝王学の目指すところではないか。そう思って方谷を見ても、何も教えてはくれなかった。

視察が終わった翌日、方谷は勝静に二つの書物を渡した。「理財論」そして「擬対策」と表紙に書かれていた。

「これは」

「若殿、これを」

「私が、江戸で佐藤一斎先生のところにいたころ、したためたものでございます。よろしければ、心の誠を見るため、心を磨くための一つのお役に立てばと。いや、今の時点で完成品ではございません。そうではなく、同じように私も道を模索していましたので、迷っている私の姿を恥をさらしてお見せすれば、若殿のお役に立てるかと思います」

「かたじけない。ぜひ読んでみることにする」

板倉勝静は、こうし毎日学び、そして心を磨いたのである。

「それとは別に、殿にはいくつか学んでいただきます。一つは四書五経以外の学問で、有終館では学ばない学問です。陽明学、蘭学、国学、史学など様々な学問がございます。それらに関して、私なりに手ほどきさせていただきます」

「それは楽しみです。しかし、陽明学というのは大塩平八郎や生田万が乱を起こす原動力になったものであり、また蘭学は異国の学問であって、御公儀があまり良い顔をしないのでは」

「その通りでございます。しかし、帝王学を学ぶ者である以上、全ての考え方を学んでいただかなくてはなりません。反乱を起こすための学問などはありませんから、その学問の学び方をどう間違うと反乱を起こしてしまうのかを知ることが肝要かと存じます」

そもそも、寛政異学の禁を推し進めたのが、勝静の尊敬する祖父松平定信である。当然に勝静にも異学に対しての偏見があった。特に陽明学は、使い方が悪ければ大塩平八郎のような反乱に繋がる危険な思想だ。また、蘭学も蛮社の獄の時の渡邊崋山のように、日本国を軽視するような思想になってしまう場合がある。しかし、本来は学んでいるものの国を悪くするための学問などは存在しないのだ。様々な考え方があり、その考え方を間違え、私利私欲に走ったり、全体を見渡す力が無くなったりすれば、反乱を起こし、自分の身を亡ぼす結果になったりするのである。森羅万象を学ぶというのは、それらすべてを知ることが重要である。方谷は、そのことをしっかりと勝静に教えなければならないと思っていた。

「若殿、私が江戸にいた頃、京都で学んでいた時の学友であった春日潜庵という者から手紙がありました。薩摩の西郷隆盛という若者が訪ねてきて、学びたいというので話してみたというのです」

「薩摩の西郷、聞いたことがないが」

勝静は、今までこの西郷という名を聞いたことがなかった。後に、深く関わることになろうとは全く思っていなかったに違いない。

「はい、しかし、その者は民の貧しさと政について話がしたいというのです。春日殿は、私と一緒に学んでいた者ですから、致良知、つまり心の本来のあり方が理と合致するのであって、大学などに書かれているように、万物の理を一つ一つ極めて行くことで得られる知識を発揮して物事の是非を判断することでは、国を救うことが遅くなってしまうのではないか、ということを言ったそうです」

「それで、薩摩の若者はどうした」

「はい、まだ大坂で大塩殿が乱を起こす前でしたので、そのまま陽明学の話になったようでした。手紙にはその二人の議論が書かれており、そして私に対してどう思うかというようにまとめられていました」

方谷は、ちょうど生活の貧困と心の貧困ということに気付き始めた勝静には、最も良い話であると思ったのである。

「それで、先生はどのようにお答えになったのでしょう」

「はい、朱子学だけでは改革は難しく、様々な学問を組み合わせて話をする必要がある。そのためには、誠意をもって学問に臨み、その本質を掴むことこそ重要である。王陽明は致良知に格物を必ず配している。双方が並び進んでこそ誠意が体得できるのではないか。致良知ばかり言い、誠意に関して全く話さないのは、王陽明から遊離して私利私欲に侵されているのではないか、と。そのように手紙に書いて返信いたしました」

「なるほど、学問が人を狂わせ、乱を起こすのではなく、人が学問をゆがめて解釈することによって政が歪められ、乱が起きるということですか」

板倉勝静は、何かを会得したように言った。方谷から見れば、急に顔が輝いたように見えるので、わかりやすい。

「若殿、物事を学ぶには、その文字だけを追っていては学ぶことはできません。そのことを言った者、その本を書いた者が、どのような人物で、どのような時に書いたのかを考えるべきです。つまり本を書いた人物と本を書いた時代の研究がなければ、本に書かれた真実を知ることはできません」

「罪を憎んで人を憎まず、とはいうが、乱を憎んで学問を憎まずということか」

学問の神髄が一つ見えた気がした瞬間であった。

後に、方谷が京で医学を学ぶ平人に手紙を送ったことがある。

「世子の君は文武をご研精なされ、敬服しています。学問としては、前学頭奥田楽山が『名臣言行録』を、私は『資治通鑑綱目』を用い、隔日に会読しています。唐の時代の過半はお済みになりました。時には卓越な議論もあります。作詩はことに上手で五言、七言の長編詩もお出来になり感心いたします。文学はご家中に及ぶ者はないと思います。武術も毎日なされ、弓術と馬術は抜群のご上達です。寒中でも炉辺へ寄られず、これまで夏の昼寝と冬の暖炉はしないとのこと。桑名侯の厳しい家風が分かります」

この手紙の中に桑名侯とあるのは、松平定永公が白河藩からお国替えになって桑名藩に移っていたことから、このように書かれているのである。

また、ここで言う『名臣言行録』と『資治通鑑綱目』とは、中国、宋の学者朱熹とその弟子李幼武とが著わした伝記集や史書のことである。唐・宋の歴史を学び議論することによって、君主としてのあり方を共に考えるということを学問として行い、一人の考え方になると良くないので奥田楽山と分けて学ばせたのである。

弘化三年（一八四六年）に仁孝天皇が崩御し、孝明天皇が即位していた。勝静の学びはかなり進み、その間に方谷との間に深い信頼関係ができていた。

この頃になると田舎町の松山城下でも、清国における「アヘン戦争」の噂が話題に上るようになっていた。異国船が攻めて来たらどうするか、異国と戦争になったらどのように戦うのかというような話が、街の中でも聞かれるようになっていた。遅れて情報が届くことのメリットは、ある程度結論が見えた議論が一緒に入ってくることである。この時までに佐賀藩では、オランダ軍船の中を見学し詳細に研究をしているし、江川英龍は、伊豆の韮山に反射炉を造り西洋式の大砲を鋳造し、海防意見書を提出している。また、水戸藩も内外情勢の意見書を提出していた。松山には、これらの国内の情報や意見もすべて入ってくるのである。当然にそれらの意見書の研究は、藩校有終館の仕事である。方谷はそれらを読んで板倉勝職に意見書を出さなければならない状態になっていた。

学問の世界でも、アヘン戦争の敗戦国である清国の学問でもよいのか、勝った蘭学を学ぶべきか、学問の優劣を付けるような風潮になっていた。方谷も、佐久間象山からの連絡を受け、またアヘン戦争などを学んでいて、西洋式砲術も学ぶようになった。

「松山城が異国船に攻撃されることはないと思うが、先生はいかが思いますか」

板倉勝静は笑いながら、熱心に蘭学の書を読んでいる方谷に聞いた。

「いや、異国船と一緒になった隣国やほかの藩、または不心得の一揆などから藩を守らなければなりません。そのような不埒《ふらち》な者は、異国のものと同じ武器を使うでしょうから、その研究はしなければなりません」

大塩平八郎の乱などを研究してきた方谷にとって、西洋式砲術を西洋や異国船ばかりが使うとは思っていなかった。異国からの直接の攻撃などは、この山奥まで来るはずがない。それよりも、異国にかぶれた国内の人々の乱が最も恐ろしいと考えていた。

方谷は、家老の大石源右衛門の許可により弘化四年四月、津山藩や庭瀬藩に赴き、西洋式砲術を学んだ。

「これを使うようになったら、松山藩は終わりだな」

西洋式の武器は、武士でなくても使うことができる。つまり、町人や農民もみな西洋式砲術であれば戦場に出て戦うことができるのである。方谷はその危険性を併せて書面にまとめた。

その津山藩からの帰り、久しぶりに新見を通った。すでに思誠館には、丸川松陰の姿も慎齋の姿もなく、縁者の丸山鹿山の時代になっていた。また安養寺に世話になった円覚住職も鬼籍に入っていた。何か寂しいものを感じながら、方谷はどこにもよらず松山に戻った。

「素通りしてしまうとは冷たいなあ。まあ、方谷殿が忙しいのは知っているけど、一声かけてくれればよいのに」

戻って数日後、方谷を追いかけるように竹原終吉と清水茂兵衛が松山に現れた。

「いや、まさか終吉殿が丸山鹿山先生の下で、思誠館で教えているとは思わなかったよ。それに茂兵衛殿も新見にいたのであれば、一献上げればよかったな」

「何を言う、俺だって一応思誠館で長く学んでいるからな」

終吉は、茂兵衛がなぜ新見にいるかは言わなかった。

「そうだな。ところで源太郎殿や与三郎殿は元気にしているかな」

竹原源太郎と与三郎は、竹原終吉に頼まれて牛麓舎で学んでいたが、一年ほど前に新見に戻っていた。竹原家の本家である若原家の彦之丞が隠居したので、それに合わせて終吉が呼び戻したのであった。

「いや、いろいろあって、源太郎の方は丸川松陰先生の奥様のご実家である平田家を継ぐことになったんだ」

「ほう、平田家に養子に入ったのか」

「竹原の家よりも格が上だし、芳の子供だからね」

源太郎は、後に平田豪谷として新見藩の中で影響力を持つ人物になっていた。

「では家は与三郎殿が継ぐのか」

「ああ、俺はいつまでも竹原姓で、若原の家は与三郎が継ぐことにしたんだ」

昔馴染みは話が絶えない。みつがお茶を出してくれたが、にっこり笑ってそのまま部屋を後にした。

「芳殿は昔と変わらず元気だなあ。子沢山は羨ましいよ」

「ああ、ところで進殿はどうだ」

茂兵衛がやっと口を開いた。今日は、何か話しづらいことでもあるのだろうか。それにしても、茂兵衛は昔から慎重な物言いをするのだが、黙りすぎである。

「瑳奇が死んでからずっとふさぎ込んでいて。しばらく大坂から来ているしのさんが話し相手になってくれているが、なかなかなあ。」

「それで、方谷殿には子供がいないのか」

「ああ、まあ、子供は弟子がたくさんいるからよいのだが」

「そういうわけにはいかない。それでは、せっかくお家を再興したのに意味がないではないか」

「でも、進がいるのに、他の女性と子供をつくるわけにはいくまい。進が気に入る養子でも取ることにするよ」

「銀殿はどうした」

終吉は、何か事情があるように言った。

「銀殿は、大坂に帰したよ」

「そうか、残念だなあ。銀さんの方が好みだったんだが」

「何を言っているんだ」

しのは、男好きのする顔立ちで、身のこなしもよい女性であった。さすが大塩平八郎が気に入った女性だけある。大坂の小さい蕎麦屋の娘であったが、天保の飢饉で父も母も失い、大坂に帰るところもなかったのだ。一方の銀は、もともと京都の公家に出入りする奉公人の娘であるらしい。大塩が京都の鈴木遺音のところに向かわせたのも、そのようなことが関係しているのであろう。しのが松山に来て暫くは、大塩平八郎に関係する者を捕縛するような状況であったので、しばらく匿っていたが、さすがにもう月日が経ったということもある。

「ああ、いつまでも田舎にいるわけにもいかないし、それに世子勝静様が来たのに、大塩平八郎に関係する者を置いておくわけにはいかないだろう。まあ、しのは進のお気に入りだし、もう帰るところもないから」

「そうか。まあ、しの殿もいい女だからな」

茂兵衛は、相変わらず軽口を言う終吉を笑った。もう三人とも四十歳を超えている。しかし、このように三人で集まると、思誠館に通っていたころの青春時代に戻ってしまうのが嬉しかった。

「ところで言いにくいのであるが、若原彦之丞様が亡くなられた」

清水茂兵衛は、声を潜めて言った。

「なに」

いつかは来ることである。しかし、まさか。方谷は言葉を失った。

「一度進様に新見へお越しいただくことにはならないだろうか」

若原彦之丞と進は、進が駆け落ち同然に西方に来て以来一度も会っていない。進も、もう一度実父と会いたかったに違いない。

「うん、でも、瑳奇が死んでから、人の死には敏感になってしまって」

「わかるが、しかし、本当の娘は進様しかいないのだ」

終吉が、少し大声で言った。

その時、三人のいる襖が音を立てて開いた。

「お父様が死んじゃったの」

しのとみつが必死に止めたにもかかわらず、進が入ってきてしまったのである。

「進」

「瑳奇も、父上も私を残して」

進は崩れ落ちるように突っ伏してしまった。瑳奇が死んだ時からもう枯れて流れないと思っていた涙がポロポロと落ちた。

「進、すまない」

「安五郎様、お暇をいただいて新見に参ります」

終吉と茂兵衛は進を見た。今まで気を病んでいたのが嘘であったかのようである。

「お父上と話ができるのは、私一人にございます」

「わかった」

「私もご一緒いたします」

しのが襖の向こうの廊下で頭を下げていた。

「しのさんは待っていてください。私が参ります」

みつと佐吉がすぐに現れた。

「終吉殿、頼めるか」

「ああ、茂兵衛殿もいるし、大丈夫だよ」

後日、新見から戻ったみつが、手紙を携えていた。進からの離縁状である。

自分の夫である方谷が、勝静とともに藩の政を行っていることが誇らしい。しかし、そのことで家にいる時間が少なくなってしまい、一人でいると、どうしても瑳奇を思い出してしまう。しのさんには迷惑をかけたが、これではいたたまれないので、離縁させてほしい。

手紙には、か弱い女の流れるような美しい文字で、そのように書いてあった。

「進、すまぬ」

思えば、自分が阿璘と名乗って丸川松陰先生の思誠館にいた頃が、進にとって最も良かったのかもしれない。なるべく安五郎に迷惑をかけまいとして、どんどんと自分の中に辛いことを溜め込んでしまい、無理をしてしまって自分の心を壊してしまったのに違いなかった。亡くなった娘と年が近い板倉勝静が松山に入ってから、瑳奇のことを思い出して、毎日泣いていたが、自分の夫に寂しさを訴えることができなかったのである。

方谷は、夜に行燈もつけない暗い部屋で、瑳奇の残した簪を見ながら座っている進の姿が忘れられなかった。

4　元締

進と離縁した年の冬、弟の平人が京都から戻ってきた。平人は、早苗と耕蔵を西方から呼び松山城下の紺屋町（現・高梁市鍛冶町）で医者として開業するようになった。早苗と一緒に近も松山城下に呼ぶことになった。もう、茂作も亡くなってしまい、近だけを残すわけにもいかず、松山城下は嫌だという近を無理に連れてきたのである。

進もいなくなった方谷にとって、もう自宅に戻る必要はなかった、自宅は、辛い思い出だけが方谷を待っている場所になってしまっていた。ちょうど佐吉とみつの子である藤吉が、紺屋町の鮎という町娘と祝言を挙げたことから、お祝いの意味も込めて自宅を佐吉とみつと藤吉夫婦に明け渡して、方谷はしばらく牛麓舎に住むことにしたのである。

「早苗さん、精が出るねえ」

「いえ、うちは困っている方が来るので、これでも足りないくらいです」

朝から家の前に水を打っている早苗に、町の人々が声を掛けていた。貧乏人から料金を取ることもなく、治療も良いという平人の名声を聞いて、毎日遠くからも病人が押しかけ、戸外にあふれていた。早苗は水を打ちながらも、朝早くからきて外で待っている人々に優しく声を掛けていたのである。藤吉も鮎も、自然と平人を手伝うようになっていた。

「いや、もうあたしたちは年とったけど、平人さんがいると心強いねえ」

みつは、そんなことを言って喜んだ。方谷は、藩のことに没頭するようになっていた。平人の医者としての評判の良さを耳にしながらも、方谷はなかなか足を向けなかった。なんとなく昔を思い出してしまい、辛かったのかもしれない。

「兄上、義母上や山田の家のことは、全て俺がやるから、兄上は、藩のお役目をしっかりとやってくれればいいいよ」

平人は、方谷の心を気遣うかのように言った。あまり一緒に子供時代を過ごしたことはなかったが、それでも五郎吉と梶という二人に育てられ、長じては兄方谷を最も近くで見ていたことから、方谷と似ているところがあった。

「平人には世話を掛けるな。まあ、こちらは勝手にやるからいいよ。それより、もう一人子供をもうけたらどうだ」

進との離縁で、最も心に傷を負っているのは方谷である。平人から見た兄方谷は、学問の世界で論理的に割り切れる話に関しては何も問題はないが、感情の世界で、頭の中で割り切れない時は、いつまでも心の中に引きずって一人で悩む性質である。そんな方谷は、外では気丈に見せていても、進や瑳奇のことだけでなく、今でもどこか母梶を追い求めているような様子を、平人は感じ取って心配していたのである。

そんな風に見てくれる平人に、心の中ではありがとうと言えるのに、なかなか素直にその言葉が出てこない。

「兄上、たまに西方や新見に行って困っている人たちを診てあげようと思っているんだ。それで、西方の家、譲ってもらってよいかな」

「もちろんだ。でも、そんなに手を広げたら平人自身が倒れてしまわないか」

「私は大丈夫ですよ。それよりも藩のために、お家のために頑張っておられる兄上の方が心配です。もう、父上や母上の悲願であったお家再興も果たしたのですから、たまにはお休みくださいい」

「そうもいかないだろう。心配してくれるのはありがたいが、お家再興は、お家を認めてくれる藩があってのことだから」

山田の家は、西方の郷を見捨てているわけではない。そのように示めすために、西方の家をそのまま使ってくれる。そして、方谷の悪い評判が立たないようにしてくれる。平人の気遣いをありがたいと思いながら、方谷は笑顔で平人の言葉を返した。


時がたって嘉永二年（一八四九年）、正月を過ぎたあたりから、藩主板倉勝職の体調が優れなくなった。奏者番を辞職し、病気療養と称して勝職は松山の御根小屋に戻ってきていた。

「万之進殿」

御根小屋に板倉勝静が呼ばれた。いつものように傍には松葉太夫と巴太夫が侍っている。しかし、いつものような艶色な感じは全くなかった。

「はい、お義父上」

「もう私も長くない」

「何をおっしゃいます。どうなされました」

「勝静様、お殿様は最近体がなかなかお動きにならず、また、熱が下がらずにいらっしゃいます」

横にいる松葉太夫が勝職の代わりに言った。

「ご体調がすぐれないということでしょうか。それはお休みになられないと……」

「いや、もうよい」

勝職は軽く手を上げて、勝静の言葉を遮った。

「万之進殿、貴殿に家督を譲ろうと思う。大石源右衛門を呼べ」

近くの小姓がすぐに走り、大野源右衛門を呼んだ。同じ御根小屋の中で政務を執っているものの、御根小屋そのものが広く、少し時間がかかる。その間、巴太夫は盥を近くに置き、手拭を絞って額から首にかけて冷やしている。勝職は、脇息に体を預けぐったりしているところを見ると、よほど体を起こすのがつらいのかもしれない。

「お義父上、かしこまりました。松山藩を発展させるよう精進いたします」

「頼むぞ」

大石に事の次第を伝えると、勝職はそのまま奥に入っていった。一人では歩くのも苦しいのか、松葉太夫と巴太夫が急に細くなった勝職の体を支えていた。

翌日、大石源右衛門は江戸に使いを出し、藩主の交代の届けを出した。

勝静は、勝職の御根小屋を出ると、そのまま牛麓舎に足を進めた。このころは、前年家督を継ぎ、松山藩の剣術指南役になっていた熊田恰が勝静のお側衆として常に護衛をしていた。


「先生、ご相談が」

牛麓舎では、いつものように多くの門弟たちの元気な声が聞こえる。学んでいるのか遊んでいるのか、外からではわからない感じだ。

この頃、牛麓舎の内向きなことを取り仕切っていたのは松という女性であった。松は、門弟の荒木主計の姉であった。もとは松山城下の落合の柳屋という茶屋の遊女をしていた松であったが、御家再興を目指して弟の荒木主計を牛麓舎に入塾させたのである。遊女をしながらなんとか生計を立て、塾の費用を払うという松を不憫に思った方谷がそのまま引き取り、住み込みで牛麓舎の手伝いとして雇っていたのである。もちろん佐吉やみつも通いで今まで通り手伝ってもらっていた。

「はいはい。若殿様、おあがりください」

松の顔を見ると、勝静は勝手を知った牛麓舎であるため、特に気にすることなくそのまま方谷のいる奥の部屋に向かった。

「先生、ご報告をいたします。本日、義父勝職様より家督を引き継いでございます」

「それはおめでとうございます。しかし大変ですな」

「はい、そこで、先生にご相談を。ぜひ、この勝静が何をすべきか教えて下さい」

方谷は、何も言わず黙って勝静を見た。

方谷もこの年、すでに四十五歳。江戸時代では学問を教える立場でもかなりのベテランの域に達している。その目で見ても、板倉勝静という人物はかなり優秀であり、将来松山藩ばかりか幕府全体、または国全体を背負う立場になる人物であることはわかっていた。それだけに、独り立ちするこの時こそ、注意しなければならない。邪《よこしま》な心を持つ人間も近付いて来るであろうし、また様々な誘惑もある。特に、何か功を成し遂げなければならないというような焦りや功名心が、勝静のような有能な人材にとっては最も注意しなければならないことである。

「私から申し上げることは、ほとんどないと思います」

方谷は静かに言った。

「いや先生、お世辞にもお義父様は名君とは言えない人物であり、この藩の財政も悪いというのは、詳細は分からなくても町中の評判や大坂から来た商人の言葉でわかります。また、異国の船が頻繁に日本国沿岸に来ており、幕府が海防ということを考えることもよくわかっております。また、その場合は海に接してはいないものの、この松山藩も海防の一翼を担う必要があると考えておりますし、また、幕府において……」

「殿、そこまででよろしゅうございます。殿は、優秀な方ですから、そこまで見えておいでなのでしょう。しかし、それだけのことをすべて一時に行うことができるでしょうか」

今度は勝静が黙った。やらねばならないことは山積している。しかし、方谷の言う通り、すべてを行うことなどはできないのである。

「では、何からすればよいのでしょう」

「殿。あなたは白河藩主松平定信公のお孫様として江戸でお育ちになり、松山の田舎などは全く知らずにいました。そして、この雑駁としたどこに向かってよいかわからない叢《くさむら》の中に突然落とされたような思いでしょう。しかし、今は叢が生い茂って混沌としていても、よくかき分けて見れば、その中にまっすぐな進むべき正しい道が見つかるものです。あとは、いつも言っているように良心が曇らぬよう、心を磨きなさい」

方谷は、何をすべきかということは具体的に言わなかった。何からすればよいか、それを探すのも、また、それを決断するのも勝静の判断である。勝静なら、ここ数年自分が教えてきたことと、今の言葉でわかるはずと信じた。もしも、それで全く異なることや大きく道を外れることを行うようであれば、それは自分の教え方が悪かったということで、責任を取って腹を切ればよいことである。方谷には、そこまでの覚悟ができていた。

「先生、ありがとうございます。義父上より突然の沙汰があり、正気を失っておりました。これからも先生の指導を受け、教えていただいたことを大切に、良心をもって国を治めたいと思います。今後もご指導よろしくお願いいたします」

勝静は両手をついて頭を下げた。横にいる熊田恰が驚いたほどである。そして、顔を上げた瞬間、すべての曇りがなくなり、晴れやかな明るい顔になっていた。

はたして、勝静はその後御根小屋に入り、まずは藩の中を徹底的に調べた。混沌とした叢の中で道を探すように、人、米、金、産業、他の藩との関係や、幕府との関係まで様々に調べた。方谷が森羅万象を知るべしと、教えたとおりに行ったのである。

その間、大石源右衛門が牛麓舎に入ってきた。

「方谷先生」

鬢《びん》に少し白いものが混じっており、また御根小屋から走ってきたのか、額には汗が光っている。

「ご家老、お呼びいただければ参りますのに」

「いや、殿から直々で」

「お呼び出しですか」

「いや、方谷先生が選んだ将来有望な者を連れて、津山で洋式砲術を再度習ってきてほしいということです」

数年前に、アメリカの東インド艦隊司令官のビッドルが伊豆の下田に来て通商を求めたが、代官江川英龍が何とか追い返した。その後、幕府内は、西洋式砲術を学び、異国船と対等に戦うことを奨励した。これに伴い、薩摩藩は西洋砲術の演習を行い、また水戸藩も砲術を学んだ。何よりも勝静を焦らせたのは、叔父である信濃国松代藩の真田幸貫が西洋式の軍備を行い、佐久間象山に西洋式の大砲を鋳造させたことであった。また、藩主を襲名しただけに、勝静も一度江戸へ出仕しなければならない。自分が江戸に行って留守の間、方谷に西洋砲術を学ばせておこうというのである。

「若殿も、私が兵法を最も苦手にしているということをよくご存じなのですな」

「佐久間象山殿も西洋砲術をやられているとか」

「まあ、象山殿は私と違って万能ですから。殿には、かしこまりましたとお伝えください。江戸までの道中ご無事でと。それとその間、源右衛門殿は松山に」

「はい、留守居役でございます。そろそろ先生のところで学んでいます隼雄を呼び寄せて、少し手伝わせようかと思っております」

「それでは私もいませんのですぐにお連れください」

「しかし、西洋砲術も隼雄に習わせた方が」

「いえ、大石隼雄殿は武士、それも将来家老になられるお方ですから、西洋砲術などは直接やられる必要はないでしょう。将は将の器を習い匹夫の勇を競う必要はありません。遠慮なく」

大石源右衛門は、勝職の隠居に合わせて隠居し、息子の隼雄に家督を継がせようと思っていたのである。若い勝静の時代は、自分の時代ではないと、源右衛門も引き際を心得ていた。

その年の八月二十三日、前藩主板倉勝職が息を引き取った。自分の子供たちが次々と夭折し、その悲しみから逃れるように奢侈な毎日を過ごし、諫言する者に対しては即座に謹慎・閉門・逼塞、酷い時には切腹と言うように横暴であった君主の最後は、お気に入りの遊女二人がたまたま座をはずした時に、一人静かに息を引き取ったという。

江戸において、将軍をはじめ様々な挨拶を行っていた藩主板倉勝静も、一段落したら国へ戻る予定となっていた。本来はすぐに戻るべきであったが、実の娘である鉒が悲しみに暮れていたために、先に鉒を松山に戻し、鉒が江戸に戻ってから自身が戻ることにしたのである。

一方、方谷の家にも問題が起きていた。

「兄上、すまない」

平人が病に倒れたのである。

「いや、松山に西方、それに成羽まで足を延ばしていたそうじゃないか。少し無理しすぎだ」

成羽の鉱山に往診に行っているときに倒れたらしく、辰吉とその息子松吉が若い衆を連れて松山まで運んできたのである。

「久しぶりに会ったと思ったら、弟先生の看病かよ」

すでに五十になっている辰吉は大八車に平人を載せて、山道を走ってきたようだ。草鞋が片方ちぎれて、裸足になっている。

「親方、お久しぶりです」

佐吉とみつが、すぐにあいさつに来た。

「何ボケっとしているんだ。すぐに先生を連れてこい」

「先生って言っても、先生が倒れているんだから」

佐吉が言うと、辰吉は思い切り佐吉を殴った。

「少し、方谷先生の下で先生の真似事していたら、すぐにそんなことを言いやがって。もう一人頼りになる先生がいるだろう」

「あっ、わかりました」

佐吉はそういうと、もう夕方なのにいきなり走り出した。辰吉に背中を押され、松吉と藤吉も佐吉に従って走り出した。

「辰吉さん」

「医者も人間だ、病にかかれば診てもらわなきゃならないのは当たり前だろう」

翌日、早駕籠をしつらえて、遠路清水茂兵衛が佐吉に連れられてやってきた。駕籠は、松吉と藤吉も担いできたようだ。

「なんだ、平人殿が大変らしいではないか」

「茂兵衛殿、ありがとう」

「昔を懐かしむのは後だ」

茂兵衛は、さっそく佐吉に持たせていた薬箱を取ると、平人の寝所に入った。しばらく平人や、早苗などと普段の様子を話していた。

「西方の郷で、広島から来た熱病の患者を診たのだが」

苦しそうな平人は、口を開いた
「それはいつ頃」

「少し前かな」

茂兵衛が慌てて平人の腕をまくると、そこに、赤い斑点があった。茂兵衛は、薬箱の中から「金龍散」と書いた袋を取り出した。

「茂兵衛殿、その薬は」

「気にするな」

茂兵衛は平人にそう言うと、早苗と耕蔵に平人に近付かないように指示した。そして、佐吉に家を差し出すように言ったのである。佐吉の家は、同居といっても蔵を改造した離れであった。

「茂兵衛、どうなんだ」

短気な辰吉は茂兵衛の胸ぐらをつかんで怒鳴った。

「疱瘡です」

「ホウソウって、あのブツブツができて、熱が出て目が見えなくなる」

茂兵衛は黙ってうなずいた。

当時疱瘡といわれた病は、現在では「天然痘」といわれるものである。天然痘は世界保健機関（WHO）によって一九八〇年（昭和五十五年）一〇月二六日、全世界からの撲滅が宣言されたが、江戸時代を通して日本人の死因で高い位置を占めていたひとつといわれており、例えば飛騨のある寺院の江戸時代後期の過去帳には死因のトップは疱瘡で、そのうちの多くは乳幼児であったと記録されているほどである。病状は「発疹期」に始まり「小疱」「膿疱期」を経て痂《かさぶた》のできる「結痂期」となり、最後「落痂期」で終わる。発症から不摂生が続き合併症が出ると高熱を発し、死に至る場合がある。また死に至らぬまでもあばた（痘痕）面になって、一生不遇に過ごす場合があり、女性などではそのまま自殺をしてしまう場合もある。映画で有名な座頭市も、疱瘡の後遺症で目が見えなくなったという設定である。

「それもかなり悪いものです。手遅れかも」

「手遅れだと、そんなこと俺が許さねえ」

そう言いながらも、佐吉や松吉が平人を蔵屋敷の方に移すのを手伝った。

「主人は、平人は大丈夫でしょうか」

ここ数年、平人の医療を手伝っている早苗は、茂兵衛に詰め寄った。

「何とも」

茂兵衛が何も話せなくなると思い、方谷は茂兵衛と辰吉、それに松吉を牛麓舎に連れて行った。

「今広島では、もっとも質の悪い疱瘡が流行している。どうも長崎からオランダ人が持ってきたものらしい」

「異国の病ですか」

まだ若い松吉が、思わず声を出した。

「ああ、そうなんだ。だから、今までの日本の治療法が効くかはわからない。医者としては困難なんだ。さっき聞いたら、平人殿は、西方で広島から戻ってきた者の治療をしたとか。たぶんその時に」

「茂兵衛殿、嫌なことを言うな」

方谷はそう言った。そして手を叩くと、松が酒と少しのつまみを持って入ってきた。

「おお、美人だね」

「あら辰吉様、もうお忘れ」

辰吉は、まさか自分の名前を覚えられているとは思わず、自分の法被に名前などが書いてあるのではないかと、きょろきょろし始めた。

「なんだ、気持ち悪いなあ」

「あんなに落合にお越しでしたのに、忘れたのですか。松でございます」

「松、ああ、柳屋の松姐さんか」

松はにっこり笑うと、辰吉の隣に座ってお猪口に酒を注いだ。

「辰吉殿は、以前から松さんをご存じなのですか」

「ああ、昔、いや最近まで、成羽から松山に来た時、ちょっと遊びに行った店のなじみなんだ。その柳屋っていう店で一番のいい女だったんだ。阿璘、それよりなんでそんな女が、ここにいるんだ」

「いや、牛麓舎に来ている門弟で、井原からきている荒木主計の姉でね。松さんが遊女をしながら学費を稼ぐというから、それなら兄弟で手伝ってほしいといってこちらに来てもらったんです」

「なんだ、最近いい女がいないと思っていたら、いつの間にか新見の神童に取られていたわ」

辰吉は大声で笑った。

「あらあら、そんなに大声で。こちらのお医者様が驚いていらっしゃいますよ」

松が新しい酒を持って入ってきた。

「いや、松さん、私は昔からこれくらいでは驚きませんよ。何しろ子供のころから仲間ですから。それよりも井原といえば、戦国時代の荒木村重と縁がある土地ですが、松さんは何か関係があるのですかねえ」

医者をやっていると、どうしても出自などが気になる。茂兵衛はそんな話をし始めた。

「さあどうでしょう。私にはわかりません。それよりも皆さん仲がよろしゅうて」

「ああ、私が五歳のころからの仲間なんですよ」

茂兵衛は、どことない品の良さや色の白さ、そして、ちょっと俯いた時の表情など、進に似たものを感じていたのである。しかし、茂兵衛は、口に出して進に似ているとは言わなかった。それでも、幼いころから学びの場を同じにしている二人は、なんとなく視線で通じていた。

「ところで、平人はどうだ」

「難しいかもしれない。早苗さんには、しっかりと言わなければならないと思っている」

茂兵衛は酒を飲みながらでも神妙に落ち着きを払っていった。辰吉も方谷もそれ以上は何も言わなかったのである。

十一月二十七日、清水茂兵衛の治療で一時は持ち直した平人であったが、その後、高熱を発してあっけなく亡くなってしまった。三十六歳であった。

葬式は頼久寺で行い、板倉勝静もお忍びで参列したのである。それまで、平人にも四人扶持の俸禄が出ていたが、息子の耕蔵にその俸禄を引き継ぐことも認められた。藩主となってしまい、自由が効かなくなった勝静のせめてもの香典代わりであった。妻の早苗の悲しみ方は尋常ではなかった。周囲の者が掛ける言葉がないくらいの落ち込み方である。そして方谷も、その早苗と同じくらい落ち込んでいた。それでも人前では必死に耐えていてなんとか体面を保っていたが、牛麓舎に戻った時には、あまりの悲しさから崩れ落ちるほどであった。

方谷は、悲しさや寂しさを紛らわすために仕事に没頭した。家に帰れば進のこと、そして、瑳奇のこと、そしてそれをずっと陰で支えてくれた平人のことが頭に浮かんでしまう。それを振り払うように、夜遅くまで牛麓舎の一室で本を読んでいた。茂兵衛が神妙な顔をしていた時に覚悟はできていたのであるが、それでも、もしかしたらと期待してしまっていた。その期待した分、悲しさと寂しさが大きくなってきていた。

「方谷先生、私でよろしければ、お話の相手をいたします」

そのようなところに、松がお茶を持ってきた。少し暗い行燈の灯りの中に、松の白い肌が浮かんで見える。茂兵衛が感じたように、どことなく若いころの進に似た感じがある。そして、松も方谷に好意があるように感じられた。

「もう遅いからあがりなさい。私に付き合っていれば、このままここに泊まることになってしまいます」

上がると言っても、松の部屋はこの牛麓舎の中である。方谷は、牛麓舎を造る時に、自らの経験から、中で何人かが住み込みで学べるように部屋を用意した。大塩平八郎の洗心洞でも、しのや銀が暮らし、地方から塾生や客人が来た時に宿泊できるように、布団などの備えもあった。

遊女を辞めた松は、さすがに弟とはいえ、荒木主計の家に上がり込むわけにはいかなかった。これから仕官する荒木主計の部屋に元遊女が住んでいるとなれば、それが兄弟であっても変な噂が流され仕官に影響することが考えられた。方谷は、進も瑳奇の例もあったので、荒木主計に余計な負担をかけず牛麓舎に松を招いたのであった。もちろん、学ぶ部屋と住み込みの部屋はなるべく離してあった

「いえ、先生に牛麓舎の奥を任されておりますので、塾が開いている間は、お休みをいただくわけにはまいりません」

松はそう言うと、方谷の横にお茶とお茶菓子を置いて、襖の外に出ていった。

傍に居させて下さいと言いつつ、外に出てゆく。まあ、台所にでも行ったのだろうと、あまり気に

も留めず方谷はそのまま本を読んでいた。周囲に家もなく外に虫の鳴き声が聞こえるくらい静かで、本を読むのに集中できる。

また、しばらくすると松がお茶を持って来た。

「いいかげんに寝なさい」

「いえ、先生もお役目で本をお読みになっておられます。私も先生の身の回りの世話をさせていただくのがお役目です」

お茶を持ってくるのが三回目になると、さすがに根負けしてしまう。

「わかった。今日は遅いからここに泊まる。それでどうだ」

「はい、そう思い、お布団を用意しております」

松は、もともと遊女であっただけに、非常によく気が利く。現代人の間で遊女というと、体を売っているというイメージが強いのであるが、明治時代くらいまで芸者・遊女ほど気が利き、また座敷などのマナーができる女性はいないとされていた。そのうえ、気が強く男あしらいがうまく、口も堅い。大店の旦那や武士、明治時代の政治家などに位の高い遊女を妻に迎えることこそ、立身出世の近道であるといわれていたほどだ。

田舎町の遊女とはいえ、躾の厳しさや気を利かせるところは同じであった。そのような意味で、先代の板倉勝職は松葉太夫や巴太夫を傍に置いていたのであろう。気の利かない小姓よりも、ずっと役に立つし、痒い所に手が届く存在であったに違いない。

「これは」

「本日は寒うございます。先生にご病気になられては」

方谷が布団の中に入ると、松も部屋の中に入りそして布団の中に入ってきた。

「私では到底進様の代わりにならぬと思いますが。せめて一夜」

方谷には何か懐かしい、今まで忘れていた人間らしさを感じた。松の白い肌は、何か進を思い出させた。牛麓舎の夜は更けていった。


「方谷先生、これをどう思われますか」

火急の用事であるというので、御根小屋に方谷が来てみると、勝静が待ち構えていた。目の前にうず高く積まれたのは、藩の御政道に関する書類ばかりである。藩の財政、藩の収入や年貢の徴収に関わるもの、そして、藩の中における訴訟沙汰の解決記録、藩の中で出したお触書などである。


門弟で家老になった大石隼雄から、最近、勝静が書面を見ながら頭を抱えてばかりいると聞いていたことを思い出した。

「殿は、叢の中で道を見つけられましたのでしょうか」

「方谷先生の言うとおりに、まずは叢の中をかき分けて、道を探すことをさせていただきました。その道が正しいのか、ぜひ先生に伺いたいと思ったところでございます」

方谷はうなずいた。そして目の前の紙の束を手に取って、一つ一つ見るようにしたのである。

方谷が驚いたのは、まず何よりも、書いてある数字が合わない。細かく算盤《そろばん》を弾かなくても、明らかに数字が異なるのだ。まず「一」と書いてあるところが、頁をめくると「三」に水増しされている。酷いものでは突然に桁が一つ水増しされている。そのうえ、各藩が独自に藩内で流通する藩札も限度を超えて発行されていて、どれくらいあるのかも不明であった。

それでも細かく精査すれば、表向き備中松山藩は五万石であったが、天明・天保の二回の飢饉で財政が窮乏しており、また、勝静が視察の時に聞いたように農民が米を作らず出稼ぎに出てしまっているので、年貢の量も少なくなってしまっており、実質的には一万九三〇〇石程度しかないのではないかと思われた。

それならば、その歳入に合わせたことをするかといえばそうではない。先代の勝職は、改革も緊縮財政もしないばかりか、奢侈な生活をしていた。そのうえ一切の諫言も受け付けず、現実のこれらのことを見て見ぬふりをしていたのである。特に、お気に入りの松葉太夫や巴太夫にかかる費用に関しては、だれも手を付けられなかった。

政治の改革を行わず、収入が減って浪費によって支出が多くなる。そのうえ、組織のトップにモラルがなくなり、藩全体に浪費や不正が横行することになる。また、組織のトップに取り入るだけのイエスマンが増えてしまい、組織が硬直化する。これでは改革はできないし、藩の運営をするために借入金を増やすしかなくなる。

案の定、藩の借入金は総額一〇万両を超える膨大な金額となり、その利子だけでも年間一万三千両も払わなければならない状態であった。

日本銀行金融研究所貨幣博物館の資料によれば、この一〇万両が現在のどれくらいの価値になるかは比較できないという。というのも当時は豊富であったものもあれば、当時希少価値であった物もあったからだ。参考に、米で比較すれば、現在の価値に直せば一両が四万円程度、また蕎麦の値段で比較すれば一両が約十二万円程度であるという。また別な比較で、現在の米の価格を一〇キロ三三〇〇円とすると、一石は五万円。当時の松山藩が五万石であるということは、総生産が二十五億円。当時の歳入で四公六民なので、歳入が一〇億円となる。一方、借金の方は消費ということを考えなければならないので一両十二万円で計算する。つまり一〇万両の借金というのは、一二〇億円、金利払いで一五億六千万円となる。この時点で歳入の総額を超えて完全に債務超過であった。しかし、それでも借り続けなければならないために、帳簿を改竄するしかなかったのである。

「これではどうにもなりませぬな」

方谷は、書類を重ねて揃えながら言った。

「そこで先生に、この藩を立て直してもらいたいのですが、お願いできますでしょうか」

「ええっ」

方谷にとっては、意外な一言であった。火急の用事というので、間違いなく頼みにくいことを頼むのであろうと思っていた。藩の財政が逼迫していることは明らかであったので、藩校を閉めてくれないか、と言われるのではないかと予想していたのである。

学問しかやらず、今まで武士の生活も、武士のメンツも全く気にしない方谷に、藩の財政の立て直しを依頼されるとは予想外だった。

「先生、私は先生からお預かりしている『理財論』と『擬対策』を今日まで熟読してまいりました。しかし、あれだけ教えていただいているのに、いまだに先生の考える域には達しておりません。この勝静では、とても藩を立て直すことができるとは思えません」

勝静は方谷の前に進みより、そして両膝をつき頭を畳に擦り付けた。まさか若い殿が、ここまで思い詰めているとは思いもしなかった。よく見れば勝静の肩は小刻みに震えている。潔癖に近い勝静の性格をよくわかっている方谷は、ここまで覚悟を決めた勝静のことを見捨てるわけにはいかなかった。

「今しばらく待っていただけませぬか」

「何故」

「かなりの困難が予想されます。そのために、理財論を書いた時の心に戻りたいのです。一度佐藤一斎先生のところで話を伺い、そして、江戸や大坂の賑わいを見てきてから、お受けしたいと思います。このわがまま、お聞き届け願いますでしょうか」

「わかった。必ず戻ってきてくれ」

勝静は、その場で答えがほしいと思っていたが、しかし、佐藤一斎のところに行きたいという方谷を止めはしなかった。いや、方谷ならば江戸や大坂に行って様々なものを見聞きし、森羅万象を捉えて、常人では考えも及ばぬような妙案を作ってきてくれる。そう信じていたのである。


「佐藤一斎先生は、いらっしゃいますか」

一斎塾の門をくぐるのは何年ぶりであっただろうか。昔と変わらぬところに懐かしさを感じる。中から佐藤一斎の門弟たちの議論の声が聞こえるのも昔のままだ。ちょうど師走で周囲が喧騒に包まれているだけに、塾の静けさが冬の寒さに沁みるのである。

「安五郎殿、ちょうどよいところに来た。松代から友人が来ているところだ」

佐藤一斎は、まさかの訪問客に驚いたような表情をつくりながら、すぐに方谷を招き入れた。松代の友人というだけで誰かすぐに分かる。実際に、この困難な役目を引き受ける前にはどうしても会いたい仲間の一人、佐久間象山であることは間違いない。真田幸貫が老中の時、つまり水野忠邦が天保の改革を行っているときの老中顧問であれば、何か自分では思いつかないような妙案があるかもしれない。

「これは松山藩の山田方谷先生ではありませんか」

佐久間象山は、彼特有の大仰な物言いで立ち上がって、方谷を迎え入れた。

「安五郎殿は、方谷先生と名前を変えたのかな」

すっかり年老いた佐藤一斎は、大きな体の佐久間象山と並ぶとより小さくなったような気がする。それでもまだその鋭い目つきと、それを隠す剽軽な物言いは健在である。

「まあ、座れ」

象山は、方谷の肩に手を回し、親しさを全身を使って表現すると、相変わらず大きい態度で方谷を座らせた。しかし、その態度の大きさと傲慢さが、方谷にとっては懐かしく感じる。

「ところで、方谷先生は何か相談事であろう。松山藩は、いま板倉勝静様の治世になって最も忙しい時期であろう。わざわざ江戸に来るというのは、一斎塾の再入学でもあるまい」

「はい、もちろんです。いや、象山先生のお知恵も一緒に借りたく、ここでお会いできなければ松代まででも行くつもりでした」

「でなんだ、水臭いぞ。相談事なら、一斎先生ではなくこの、老中顧問まで務めた俺様のところに先に来ればいいではないか」

「象山殿はいつもそのような物言いをする。一応、この一斎が方谷先生の師匠ということになっているのだ。象山殿はせいぜい兄弟子といったところであろう」

一斎は少し笑いながら言った。もちろん本気で象山を責めているわけではない。このようなやり取りをすることが、この三人の間では習慣となっていたため、一斎もこのように言わないと調子が出なかった。

「実は、板倉勝静公に藩政を改革せよと仰せつかっております。受けてよいものかどうか」

「大変なことを頼まれたなあ。老中の詰め所にいたからわかっているが、先代の板倉勝職様は、それはお世辞にも名君とは言えないお人柄で、松山藩の財政はかなり逼迫しているのに浪費が全く治らなかったという。その藩政を改革するといっても並大抵ではあるまい」

「象山殿のおっしゃる通りで、まず収入がいくらあるかもわからない状態です」

「なぜ。松山藩は五万石ではなかったか」

「いや、それは表向きでございまして、天保の飢饉などで農村が崩壊してしまい、人が売られ、耕す者なく田畑が荒れている状態。実質的には一万八千石しかない状態と思われます。藩の担当者はそれを隠すために帳簿を改竄し、また、真実の姿を藩の上層部には言わないような状況になっています」

「それでは、何もわからないではないか」

藩政をしたことのない一斎には信じられなかった。

「先生、そんなもんですよ、地方の藩なんて。松山藩も真実を明らかにして金がないなんて言えば、前藩主勝職様に何を言われるかわからないであろうし、自分の首も危ない。だから危ないこととは承知しながら、毒食らわば皿まで、まあ、行き着くところまでやってしまうということなんですよ」

全く理解しない一斎に対して、象山が助け舟を出した。松代藩も、備中松山ほどではないにしても、似たようなことがあったに違いない。

「ということは藩政改革は、それまで毒を食らってしまった人ばかりだから、すべてが敵になるということであろうな」

　方谷は神妙な表情になった。

「藩政改革といえば、私の門下の渡邊崋山も見事にやり遂げた。ただ、開国ばかりを説いて、結局命を縮めたがな」

「はい、残念なことです」

「象山殿、君が老中顧問になった時もかなり心配したのだ。渡邊よりも君の方がはるかに傲慢で不遜な態度であるし、蘭学に関しては世間の目が冷たいから、救うに救えない状況もあったのだ。方谷殿は、性格が温和で傲慢なところがないが、芯が強いからやり遂げるとは思うものの、周辺からはかなり嫌われるであろう。そのためにすぐに結果の出るところからやらなければ、足をすくわれることになる」

「それに、必ず人が見ている。だから見えないような改革ではなく、どのように藩の人々や、大坂の商人に見せるかということが大事になる。改革という見世物芝居を演じていると思った方がよい。それをしくじったのが水野忠邦様なんだよ」

　一斎と象山が相次いで言った。象山の話は水野忠邦の天保の改革の失敗談であるが、実際に近くで見ているだけに、その言葉は重かった。

「まあ、この方谷殿ならば心配はいらないでしょう。それにこの佐久間象山もついていますから」

「その態度が不遜と言っておるのだ」

　三人は笑った。ひとしきり笑うと、佐藤一斎が本を閉じ、そして立ち上がった。

「さて方谷先生をご接待しないと。行くぞ」

「行くとは」

「何を言う。男が三人いても面白くあるまい。そうなれば行くところなど決まっていよう。今日は塾頭の私の奢りだ」

佐藤一斎が飲みに誘うなど珍しい。もちろん佐久間象山は方谷の顔を見た瞬間に、飲む気満々ではあったが、まさか師匠から誘われるとは思わなかった。佐藤一斎は、時間に厳格で常に時計を見ながら話をするほどの几帳面な人物。時間を忘れて飲みに行くなどは、方谷の記憶にもないのである。

「お供します」

「もちろんだ」

二人はついていった。


吉原の中之町から少し行った路地に入った。「稲」と書いた小さな店の暖簾を佐藤一斎はくぐった。

「先生、なじみですか」

上がりのところで、刀を預けると、佐藤一斎に続いて二人が慌てて付いて行く。慣れたもので店の者の案内もなく、そのまま二階に上がると、一つの部屋の襖を開けた。

「先生、お待ちしておりました。おや、そちらは山田安五郎殿と佐久間象山殿ではありませんか」

奥には、三人の男が飲んでいた。そのうちの一人が佐藤一斎を中央の上座に招き入れた。

「東湖先生、以前この若者どもが大分世話になりまして」

一斎が入った座敷の中央には、水戸藩の藤田東湖が座っていた。

「いやいや、あの一件で、この店も出すことができたし、松野や小稲、雪野、小丸とも仲良くなることができました」

　この店は、佐久間象山が吉原で暴れ、藤田東湖に助けられたときの女中、小稲が暖簾を分けて建てた茶屋であった。

「藤田様は私のことはお忘れですか。このお店を借りたのは、この私も手伝っていますのよ」

　みよ、いやここでは松山格子という一流の花魁が、藤田東湖の袖を引っ張った。その関係がただならぬものであることは、誰の目にもよくわかるものだ。

「いやいや、松山はこちらの山田安五郎殿と幼馴染であったはずだから、わざと名前を言わなかったのだ。松山と言ってよいか、津々村のみよと言ったほうがよいか」

　藤田東湖は笑った。横にいるのは武田耕雲斎と戸田蓬軒であることは、何も言わないでもわかる。藤田と松山のやり取りを聞いて苦笑いを浮かべるものの、松野に酌をされて喜んで口をつけている。三人とも世情で言われているような優秀な人物ではあるものの一方で、夜の方もかなり長じていることは明らかであろう。

「しかし、一斎先生と東湖先生が親しくなったとは思いもしませんでした」

「君たちのおかげだよ」

「まさか。非常に心強いことでございます」

「幕府の学問所昌平黌の学頭と、将軍様のご意見番である水戸斉昭公の懐刀であれば、何の不思議もございません」

　佐久間象山もこのように答えたものの、さすがに意外であった。片方は幕府を中心にした儒学者で、片方は尊王攘夷の思想的な中心である。

しかし、そのように考えれば、佐藤一斎の門弟、林鶴梁《はやしかくりょう》は、藤田東湖の推挙で幕府に出仕するようになっており、寒河江の代官となっていたし、また若山勿堂《わかやまぶつどう》は佐久間象山に招かれて松代で講義を行い、勝海舟や板垣退助、谷干城などに兵学を教えている。横井小楠は松平春嶽《しゅんがく》の顧問となり、そして大橋訥菴《おおはしとつあん》はもともとは一斎の塾生であったが藤田東湖に感化され、後に坂下門外の変の中心人物となってゆくのである。

「みよさん、いや、松山殿、お久しぶりです」

方谷は東湖の隣に座るみよに声を掛けた。吉原では押しも押されもせぬベテラン花魁であることは間違いはないのであるが、やはり、方谷の中ではいつまでも津々村のみよでしかなかった。この日も裾模様に池の鯉とその横に咲く水仙の花があしらわれている。二人の、というよりは、みよにとっては津々村の良い思い出なのであろう。

「安五郎さんは、みよと呼んでいただいてよいのですよ」

もう年は三十を超えているのではないか。この店も金を出したと言っていたが、それくらいのことはできてもおかしくはない。身請けの話もたくさんあったと思うが、それでもここにいるのは、想う人がいたのであろうか。

「東湖先生には優しくしていただいているか」

「優しくどころではないぞ」

東湖の隣に座る武田耕雲斎が、赤ら顔で笑い出した。

「山田殿も松山がお好みか」

いつも落ち着いて、ほとんど話さない戸田蓬軒が、珍しく口を開いた。いつも静かに笑っているだけの戸田は、常に何を考えているかわからない。しかし、常に楽しそうにやわらかい笑顔をたたえている人物である。藤田東湖や武田耕雲斎が外で目立った活躍ができているのは、この戸田蓬軒が内側をしっかりと支えているからに他ならない。三人が揃って、江戸表、水戸、そして内向きの話、全てが揃うのであろう。

「いや、みよ殿は幼馴染でございます。ただ、どうも年齢も重ねてきましたので、若い女性よりは落ち着いた女性の方が良いような気がします」

「おお、方谷が女子の好みを言うなど珍しい」

象山が最も驚いた。確かに方谷は、普段そのようなことを会話の中に出すことはほとんどしないのである。

「ところで、東湖先生に相談があるのだが」

方谷に話題が向いたところで、佐藤一斎は言葉を挟んだ。あまり宴会が盛り上がらないうちに聞かなければならないのである。

「一斎先生の相談であれば喜んで」

「ここにいる山田方谷が、備中松山藩主板倉勝静公に懇願され、藩の財政立て直しを任せられそうになっている。いかがお考えになりますでしょうか」

「ほう、松山藩は立て直しをしなければならぬほど酷い状況ですか」

「そうです。先代板倉勝職公はかなり凡庸であったし、また、譜代としてのお役目もある。そう考えれば飢饉で土地が荒廃し、借財が一〇万両で返せないような状態ではないかと、この佐藤一斎はお見受けしております」

ほう、と一同からため息が出た。

「まあ、貧乏板倉と、公然と江戸では言われているくらいですからな」

「そりゃそうだ、駕籠かきの間でも、貧乏板倉の駕籠はかくなと話題だ」

藤田東湖も武田耕雲斎も、そのように言った。二人とも松山藩板倉家の藩政改革には悲観的な様子である。しかし東湖の隣にいる戸田蓬軒が口を開いた。

「まあ、そうは言っても、藩そのものが潰れるはずがありますまい。安五郎殿、強気で言えば、藩が潰れて利息が入らなくなってしまえば、困るのは金を貸している商人ということになりましょう」

「それは、どういうことでしょうか」

「板倉勝職公は、奢侈な方ではありましたが、やはり譜代板倉家の血を引いた方でした。つまり、まじめで信用を重く考えています。大坂の借りは、しっかりと払っていたのです。しかし、大坂の商人は、藩がなくなってしまえば自分たちが最も損をします。そう考えれば、借財を待ってもらうことは可能です。もちろん払わないと言えば、藩を潰してしまうのと同じですから抵抗は大きい。しかし、待ってもらうだけでそれなりに返してもらう見込みを感じれば、彼らは待てます。大坂商人は金がないわけではありません」

「長州の村田清風殿は、下関の港をうまく使われました。ただ、家臣一人一人に借財の交渉をさせたので家臣の間に不満がたまった。また薩摩の調所広郷殿は、五〇〇万両の借金を二五〇年払いとして、琉球との交易を含めて二〇〇万両の貯えを作った。ただし商人と交渉するときに信を使わず脅迫を用いたことから信を失い、その貯えを作った琉球貿易を密貿易とされて死を賜ることになった」

藤田東湖は、さらさらと答えた。さすがの佐久間象山も、まさか東湖がここまで様々なことに詳しいとは思っていなかったようだ。しかし、このころ長州の、後に幕末の志士といわれる人々は盛んに藤田東湖のところに通ってきていた。その中でこのような長州の話などもすべて聞いていたのである。

「聞くところによると、安五郎殿は陽明学を得意とすると聞きます。致良知で事を成せばなるのではないですかな。ただし、心即理で物事をまとめようとするならば、その心は常に公にあらねばなりません。そうでなければ村田清風殿のようになってしまいます」

　武田耕雲斎がまとめた。

「それと、松山格子の故郷をもう一度素晴らしいところにするために、安五郎殿には頑張ってもらわねばなりません。この藤田も、戸田も、武田も、みな山田安五郎殿に力を貸しますから、精いっぱい思うとおりにやってみられれば良い」

　東湖は笑うと手を二回たたいた。

「はーい」

　襖の外に控えていた女性たちが、一気になだれ込んできた。

　方谷は何も言う暇もなく、その女性たちと酒の波に揉まれていった。松野は、商売を超えた尽くしようで方谷をもてなした。一斎も東湖も、皆朝まで小稲の店で過ごした。その間、異国の話に天下国家の話、そればかりではなく、妻の話や将来の話、なんでも包み隠さず話をすることができた。方谷は少し気後れしていたが、東湖は自分よりも年下であることなど、驚くことも多かった。

　江戸から備中松山城下までは、飛脚で八日間、方谷が船や駕籠を使って約二十日間かかる。翌朝、方谷は勝静に手紙を書くと、そのまま松山に戻って元締役を引き受けると伝えた。

5　米問屋

「農民出身の私が何を言っても、武家の人々は従いません。ましてや今まで奢侈な生活をしていたものを質素倹約せよと言われても、なかなか従えるものではないでしょう」

板倉勝静が、山田方谷に藩政改革を任せたことはすぐに広まった。学者をあまり面白く思っていない者が多いので、すぐに江戸屋敷には山田方谷をこき下ろす落首が詠われるようになった。

山だしが　何のお役に　立つものか　へ（子）の曰（のたま）はくの　ような元締

御勝手に　孔子孟子を　引き入れて　なほこのうへに　空（から唐）にするのか

「わかった」

勝静は、これらの落首を見て、西方村で方谷の義母から聞いた松山城下の武士の心の病のことを思い出した。この武士の心の病はかなり重症と思われるだけに、改革は方谷にしかできないと思えた。

翌年、参勤交代明けで領国に戻るとすぐに、御根小屋に家臣を集めた。方谷の指導に従い、上下節約・負債整理・産業振興・紙幣刷新・士民撫育・文武奨励を掲げ、藩政改革を進めることを宣言した。そのうえで、自分の刀を抜いてこうも付け加えた。

「元締役山田方谷の言うことは、すべて余の言うことと同じと思え。逆らえば処罰する」

今まで方谷を揶揄していて、奢侈な生活をなかなかやめることのできなかった藩士も、表面上は従うしかない。

「その方らの妻や子供が、嫌がらせをして、山田方谷の子供を死に至らしめたことも知っておる。そのような風紀の乱れがあれば、この勝静が許さぬ。また、江戸屋敷では嫌がらせの落首も出ている。

それほど学問や孔子孟子が嫌ならば、それを学んだ余に直接言いに参れ。その方たちが、この藩の財政を悪化させたと自覚させてやる」

潔癖症の勝静は、恨みの籠った目で見回した。

しかし、その勝静の行為は、かえって多くの武士たちの方谷への妬みを募らせる結果になってしまった。そして、松山藩の中に禍根を残すことになる。

「方谷先生、この後はどうしたらよいでしょう」

「すでに理財論に書きましたように、事の外に立つことが肝要と思われます」

「ああ、それだ。そのことがよくわからなかったのだ。教えてください」

勝静は、群臣が帰った後の大広間で、方谷の前に座った。

「人心が日に日に邪悪になってても正そうとはせず、風俗が軽薄になってきても処置はせず、役人が汚職に手を染め、庶民の生活が日々悪くなっても、引き締めることができない。文教は日に荒廃し、武備は日に弛緩しても、これを振興することができない。確かこのようなことを書いていたと思います」

「そうだ。しかし、借財はいかがする」

「そのようなことよりも、政の姿勢を正して、人心の引き締め、文武をはかり、治国の大方針を確立する事こそが第一義であります。金のことばかり口にして、本来行わなければならないことは何もできていません。金銭は治国の手段であり、金を目的にしてはならないのです。しかし、政治経済の上に立つ者は、空腹という事の内に屈せず、事の外から眺め、大局的な立場から対策と大方針を確立するようにしなければならないでしょう。殿は、まず多くの人に、そのようにするように指導してください」

「先生がそのように言うならば、余はそのようにするが、他は何とする」

「政の根本は、至誠惻怛《しせいそくだつ》の仁心より起こりて、功業の華やかなるには、初めより少しも目をかけざるを大切とします。つまり政治にとって最も大切なことは、誠意を尽くして人を思いやる心を持って取り組む事であり、初めから華やかな業績をあげようなどとは考えないことです」

至誠惻怛とは、現代の人にわかりやすく言えば「誠意を尽くして人を思いやる心」というようなことであろうか。この言葉の実践こそが、方谷の藩政改革の中心となった。そしてそのことを板倉勝静にも、そして藩の全ての人に意識させることが、この藩政改革の成功の秘訣なのである。

「では、余は風紀を直し、質素倹約を求めることとします。他のことは方谷先生に教えていただきます」

一方で、方谷は勘定方にすべての帳簿を出させ、そして実体を把握したのちに、牛麓舎の門弟たちにその再建策を作らせた。農民も、商人も、鉱山夫も、身分を超えて集まっているのは牛麓舎しかなかった。以前、勝静に帝王学とは森羅万象すべてを学ぶことであると伝えた通り、身分を超えて藩内全ての人に改革の効果が出なければならないのである。

「先生、しかし、これではいつまでたっても、借財を返済できる見込みが付きません」

塾長の三島中州（貞一郎）は、手を墨で黒くしながら笑顔を作った。三島はこの時まだ二十歳の青年である。また矢吹久次郎は十五歳でこの仕事を手伝っていた。進昌一郎や寺島義一郎などの初期の門弟たちも参加して、毎日書類と格闘している。

一方、谷三十郎や谷万太郎などは、牛麓舎の前に立ち、藩士などが嫌がらせで来ないように護っていた。このころ団藤善平という藩士が熊田恰の紹介で入塾している。熊田恰と同じように、他藩に剣術の修行に行くのに、文字も学問もわからないのでは恥であるとして、学びに来ていたのだ。この者も十一歳なのに、本を持ちながら刀を構えて警護の真似事をするほどであった。

「皆さん精が出ますね」

平人が死んで、未亡人となった早苗が、荒木主計の姉である松とともに皆にお茶を配り、差し入れをしている。早苗も一時は落ち込んで家の中から出なかったが、最近では平人を失った寂しさを忘れるためもあって忙しさを求めていた。

「先生、まずは藩の生産量を五万石に戻すことが大前提です」

矢吹は庄屋の息子であるから、その方法を具体的に言った。農民は水野忠邦のやったように、強制的に農村に戻してもまた逃げてしまう。そのことは方谷自身、叔父の辰蔵が田畑も耕さず、人売りを手伝っていたことでもわかる。

「先生、強制的に勝静様が命じて田畑を耕すのは、武士だけです」

「つまり、松山城下から侍を農村に移して、田畑を耕させよというのか」

「はい、その侍に田を耕させせながら農村を監視させるということをすれば、すぐに五万石に戻りましょう。侍は初めのうち、剣の道がどうこう言いますでしょうが、しかし、耕せばその分自分の収入が増えるのですから、問題はないものと思われます」

「次に、収入を増やすのは産業を興すことでございます」

三島中州である。米の収入だけでは、とても借財など返せるものではない。それを補填する方法を三島は商人なりに考えたのである。

「まずは、産業を興さなければなりません。方谷先生が若い頃、菜種油を売っていらっしゃったことはよく存じ上げております。農民でも収入がなければ、何か手に職をもって収入を増やします。ならば、松山藩とて同じことではないかと思うのです」

「では何をする」

「タバコ、お茶、高級和紙、そうめん、柚餅子。三島の家でもそうでしたが、備中で取れるものはどこでも品質が良いといわれております」

「しかし、それらは他の土地でも取れるではないか」

「先生。例えばお茶でございますが、宇治茶といえば、その名前があるだけで高い値段で売れます。同じように松山茶、松山タバコのように名前を付けて売ったらいかがでしょうか」

「しかし、宇治茶といえば、栂ノ尾高山寺で明恵上人が茶の種を蒔くように言って育った由緒正しいお茶。栂山の尾上の茶の木分け植えて、迹ぞ生ふべし駒の足影という和歌にまで表現されている」

「それは先生がよくご存じなだけでしょう。では、江戸や京のお茶を飲む人々が明恵上人のことをどれくらい知っているというのでしょうか。伝説は我らが創ればよいのです」

なるほど、と方谷は思った。高級で名前が通っていて、なおかつ物語がある、そのような商品を多くの人、特に大坂の商人は望んでいる。大坂の商人が売りやすく「伝説」を創ればよいのである。

「よし、その方針で考えを進めよう」

方谷は、すぐにそれをまとめると、御根小屋に出向き勝静に会った。

「このように、藩政を再建しようと思います」

勝静は方谷の出した書面を見て、目を見張った。方谷の後ろに控えた大石隼雄や三島中州など、方谷の門弟はその勝静の表情を見て内心喜んだ。

「方谷先生、大変すばらしいと思いますが、しかし、このように行うための金はどうするのでしょうか。大坂の商人はこれ以上貸してくれないと思いますが」

「殿、支払いは待ってもらえばよいのです」

方谷は、ここで戸田蓬軒から習ったことを、そのまま勝静に伝えた。商人は藩を潰せるはずがなく、時間がかかっても確実に回収できる方法を選択する。武士として育った勝静には、そのような商人の気質は説明しないとわからない。

「なるほど、そううまくゆくでしょうか」

「殿、私自身が説得してまいります」

勢いに押された勝静は、そのまま方谷が大坂に行く許可を出す以外はなかった。


事前に手紙を書いてから大坂に入った方谷は、靫油掛町の美吉屋に入った。先代の店主五郎兵衛は、大塩平八郎を最後まで匿った人物であり、陽明学や大塩平八郎に非常に理解があった。五郎兵衛の一族は大塩に連座して処刑されていたが、しかし、手代などが生き残って再度同じ屋号の「美吉屋」を名乗り、その主人が五郎兵衛を名乗ったのである。もちろん大坂城代や奉行所は良い顔はしなかったが、そのようなことは気にしなかった。城代も奉行も、商人から金を借りなければ何もできなかったのである。

そこに松山藩の山田方谷が訪ねてきた。何よりも、方谷の家に長くいたしのが、ここに嫁ぎ、もう子供も二人生まれていたのである。

「五郎兵衛殿、この度はお世話になります」

五郎兵衛は、しのの方を見ながらにっこりと笑った。

「しのが大層お世話になりました。大塩殿もしののことは最期まで気にかけておりました。そのしのを無事に匿っていていただき、こちらこそ感謝いたします」

「いや、本当にかたじけない。それに、天王寺屋までご説得いただくとは」

天王寺屋とは、大坂で米相場を仕切っている銀主（両替商）の中心的な商人であった。松山藩だけではなく、西日本のほとんどの藩に金を貸している大店であったが、大塩平八郎の乱で一度家が燃やされている。しかし、乱の前より大きな店になったと有名になった。

「米問屋は船場の相場が好きな人々。人よりも金が好きな人々ですが、まあ、商人ですから、損を嫌い利を説けば必ずなびきます」

「それと、天王寺屋には銀もいますから」

しのが口を挟んだ。

「銀、あの銀か」

「はい、今回旦那様と一緒に米問屋を集めてくださったのは、銀です。いつも会えば方谷先生の話をしているんですよ」

「お二人の話題になっても、くしゃみは出なかったが」

「でもこれ、方谷先生だからやるんですよ。あの梟の目のような恐ろしいお武家様でしたら、絶対にやりませんでした」

しのは一度、佐久間象山が来た時のことが、まだ忘れられないようだ。方谷にしてみれば象山が意外なところで役に立ち、好感度がアップしているのである。

「そんな男がいたのか」

「旦那様、冗談です。旦那様は心配することはございません。すべて方谷先生が守ってくれましたから」

しのは、すっかり大店の奥方になって、袖を口に当てて笑っていた。変われば変わるものだ。すでに、世の中では年増といわれる年齢であるはずだが、女盛りと言う方が表現的にあっているような気がする。

「しかし、先生がお金の話をするなんて、なんだか不思議ですね」

「ああ、最も苦手とするところだ。ただ、自分の金ではないから、まだよいです」

「そうですね。先生のことですから、その後も何か策がおありでしょう」

「私はそんなに策略深く見えていましたか」

方谷は、しのがどのように自分を見ていたのか、なかなか興味深かった。長く家にいたが、進の相手を任せていたこともあり、また大塩の影がどうしても抜けなかったので、しのとはあまり深く話をしなかった。一方、いま牛麓舎にいる松は、どうなのであろうか。

「さて、お集まりの皆さん」

米問屋の回り番である鴻池屋の二階の広間に、松山藩に金を貸している商人が集った。その中に美吉屋五郎兵衛と、しのも入っていた。また、ここにいる皆に茶を出しているのは銀である。外には谷三十郎と万太郎の兄弟が刀を携えて立っているはずだ。これから勝負というときに、知っている顔があることは心強い。

「まず、回り番の鴻池が言わせてもらおう」

よほど贅沢をしているのか、少しでっぷりした腹の鴻池善兵衛が声を上げた。

「これだけの商人を一堂に集めるなど、どういう了見だ。貧乏松山藩が一気に金を返すわけでもあるまい。借金の棒引きならば、一人ずつ呼んで談判するのが普通であろう」

「その方法でないと、話を受けてもらえませぬか。それとも、看板によって条件が異なるのでしょうか」

方谷は毅然とした態度で言った。看板によって、とは、店ごとに異なるというだけではなく、看板にある店の格式などを一言で表現したのだ。もともと小さいながらも油商売をしていた方谷ならではの言い方だ。この表現一つで、そこに居合わせた米問屋たちは顔を見合わせた。この男は商売のことを知っている、他の武士とは違うというような空気が彼らの間に流れた。

「いや、そういうわけではない」

「初めから借金の話と分かっているならば前置き入りませぬな。松山藩は返さぬというのではございません。しかし、さすがに十万両もの金銭をすぐに返すことなどできませんし、その金利を払うだけでもお役目を全うすることはできません。そこで、一時棚上げしていただきたい。五〇年据え置きして、すべてお支払いしましょう」

武士であるからといって、脅迫で条件を飲ませても薩摩の調所広郷のようになってしまう。信頼を得て納得の上で条件を飲んでもらわなければならない。

「五〇年ですか」

場内からはため息が出た。

「まあ、これをご覧ください」

牛麓舎の門弟たちにまとめさせた、松山藩の財政に関する書面を配った。ここで、今までお茶を配っていた銀がまた書面を配っているのを見て、天王寺屋も美吉屋も何かを悟っていた。

「ひどい、ひどすぎる」

商人たちは、口々に言った。

「ご覧の通り、我が藩は五万石といっているが、実際は二万石の収入もありません。皆さんをだましていて大変申し訳なく思います。この通りお許し願いたい」

方谷は躊躇なく頭を下げた。昔、油商人を行っていた時はいつも愛想笑いをし、頭を下げていた。それと同じく、今回の件は自分が何か悪いことをしたわけではない。

「要するに、松山藩は我々をだましていた、ということであろうか」

何かと文句を言う鴻池善兵衛である。

「はい、ですからこの通り頭を下げております」

「貴殿の頭を下げられても、一銭の得にもならない」

鴻池善兵衛はそう言うと、再生計画が書かれた書類を投げ出し、横を向いた。

「鴻池さん。では、松山藩をお潰しになられますか」

方谷は、鴻池善兵衛の方に向き直り、射貫くような視線を向けながら言った。鴻池一軒では藩を潰せるはずがない。先の見えているやり取りは、方谷の最も得意としているところだ。

「確かに、藩を潰すなどということはできませんなあ」

少しの間の後、すっかり気が抜けたような声を上げたのは、美吉屋五郎兵衛である。特に事前に示し合わせたわけではなかったが、しのがいるというのは、方谷のやっていることをすべて肯定的に見るということを意味している。

「山田方谷殿、まあ、藩を潰すことはできませんが、しかし、次の金を出すわけにも参りませんな」

天満屋吉右衛門である。これも大店であり、また廻船問屋もやっているのでかなり羽振りが良い。

「そうですね。そのことは覚悟の上でございます。しかし、これもご覧ください」

今度は、方谷が書いた七か年の再建計画書を出した。

「ふむ」

皆その書類を黙って読んでいる。赤とんぼが、開け放った障子を通って鴻池善兵衛の空になった湯呑に止まった。赤とんぼが時を止めてしまったようであった。

「この計画書ならば、もう一つ我らに要求がございましょう。まあ、現在担保となっている今年、そして来年収穫する米の抵当を抜くという感じでしょうか」

天満屋は、さすがすぐにこの内容の鋭さを見抜いた。方谷は自分たち以上に経済に関する感覚がある。その感覚で考えれば新たな計画のための原資が必要であり、それは間違いなく今大坂商人が預かっている米でしかない。

初めに噛み付いた鴻池善兵衛は、秋なのに扇子を開いて忙《せわ》しなくあおぎだした。今まで自分が相手にしてきた武士とは全く異なる。商人のことを知り尽くし、そのうえで、商人が嫌と言えないくらい、またほかの人々が見ても、一点の曇りもない計画を出してきたのである。

「それだけではございません。年間一千両の管理経費のかかっている蔵屋敷も廃止いたします。米は藩で有利な時期に売り、負債は現金にて支払います」

「要するに、担保なしで五〇年払いにせよと言うのか」

　鴻池善兵衛はさらに噛み付いた。

「善兵衛さん。ごもっともです。しかし、この再建計画書がうまくいけば支払いは確実、それどころか一緒に組んでいる方が有利であるということになりましょう。これをできないと見るか、できると思うか、もっと言えば、ここにいる山田方谷殿を信用するかしないか、そういうことでしょうな」

　天満屋は、そう言って紙束を置いた。

「うちは、この山田殿を信じますよ。ここに書かれた計画には無理はない。つまり五〇年などかからずに金は戻ってくるでしょう。そうでなくても、これならば儲かることは間違いがない。天王寺屋は新しい儲け話を信じますぞ」

　天王寺屋与兵衛は大声でそういった。天王寺屋は、大坂で一の米問屋である。この一言でこの集まりの大勢が決まった。鴻池は不満そうであったが、自分だけ反対するわけにはいかなかった。

「私もこの再建計画を支援いたします」

　美吉屋五郎兵衛もそういった。銀のいる天王寺屋と、しのが妻に入った美吉屋が声を出した。事前に打ち合わせをしたわけではなかったが、やはり好意的に見るということはこういうことなのかもしれない。

「私も松山藩を支援しましょう。ここで松山藩に返してもらわないと商売が傾くという方がいれば、私が一時肩代わりいたしましょう。それに、うちは廻船問屋ですから、蔵屋敷の米は、私が松山まで責任をもってお運びいたします。もちろん、金などは要りません。この再建計画書通りになった暁には、ぜひ、うちとお取引ください。いや、他の商品も、うちの船を使っていただければ、今までの借財など返していただかなくても結構。それくらい曇りのない計画でございましょう」

天満屋吉右衛門はにっこりと笑った。計画書の中にある松山の特産を江戸に売るという仕事を一手に引き受けた方が、このようなところで貸した金の利息を得るよりも得なのは明白である。大坂商人は、商売で稼げばよく、武家を攻めたてて金をとっても意味がない。それよりは、新しい儲け話で商売をした方が得なのである。また、天満屋や天王寺屋には、これで鴻池を出し抜けるという腹もあったに違いなかった。

方谷は天満屋の申し出に素直に頭を下げた。美吉屋と天満屋の言葉で、方谷の案はすべて受け入れられたのである。もちろんそのすべてが、裏でしのや銀がとりまとめていたのに違いない。しかし、そのことは米問屋の間でも、全く話題にならなかった。美吉屋五郎兵衛の横に座っているしのが、涙を拭いているのが見えた。


「おめでとうございます」

天王寺屋与兵衛は家に方谷を招き、酒宴を催した。酒宴の席には谷兄弟も一緒に入った。

「今回の山田方谷先生の収支計画。あれは素晴らしい」

天満屋吉兵衛と美吉屋五郎兵衛もいる。今回の米問屋の会合で、美吉屋や天満屋、天王寺屋というように松山藩を助けようという大店がこの酒宴に集まっていた。彼らにとっては、他の藩に対しても貸付金はある。その解決策として、この山田方谷のやり方が参考になるのだ。幕末、薩長のような西日本の雄藩と、奥羽越列藩同盟で商業や金銭に関する考え方が大きく異なったのは、西国の藩に金を貸した大坂商人たちの考え方の違いがあったためではないか。

「ところで、あの中に書いてある、名産とは一体何でございましょう」

「鉄にございます」

天満屋は驚いた。鉄の鉱山はすべて天領である。いくら譜代の板倉家でも、天領の資産を勝手に使うわけにはいかない。もちろん、板倉勝静の松山藩も鉱山は少し持つのであるし、また、鉱石を扱う商売屋があるが、普通に取引できるものではないので、それほど流通するものではない。

「まず鉄は、これから西洋砲術が盛んになれば必要になってきます。西洋の大砲相手では木と紙の家では対抗できません。そうなれば鉄は高騰することになるでしょう。鉄の鉱山を多く持つ松山は有利に働きます」

「確かにそうだ。しかし鉄の鉱山はすべて天領であり譜代の松山藩でも勝手にはできないでしょう」

天王寺屋はそういった。天満屋と同じ疑問を持っていたのである。

「戦国の昔、堺の商人は各大名から独立して独自に鉄砲や南蛮物の交易を行っていたといいます。今は、公儀の力が強く、独立して幕府の鉱山から富を得るなんてできないでしょう」

「鉄の鉱山を直接管理すれば問題があります。しかし、鉄を扱う商人もまた鉱山夫の組合も多く、今まで使っている鍬や鎌などを作り変えるのには何の問題もありません。彼らの知恵が最も役に立つのです」

方谷は辰吉を念頭に置いていた。辰吉の本家は、成羽で大きな福田屋という鉄を扱う商人である。

「鉄の需要が多いとなれば、南蛮との交易が始まりますな。商人だけでは南蛮と取引はしにくいが松山藩が一緒ならもう一つ儲けが増えますすな」

「鴻池さんは、そのような先読みができませんからな」

天王寺屋は笑いながら言った。酒宴といっても、乾杯に酒を使うくらいで、泥酔するような飲み方はしない。あくまでも話をするときの潤滑剤として酒をたしなむ程度だ。

「ところで、うちにいる銀という女性は、なかなか気が利くし、かなり学があるようだが」

「天王寺屋さん、もうご存じでしょう」

美吉屋五郎兵衛が笑いながら言った。

「いや、このようなことを見通して方谷殿が銀を遣わしたのか、あるいは、山田方谷殿の仁徳なのか、そこが知りたいだけです」

天王寺屋は、そう言うと手を二回鳴らした。すぐに銀が部屋の中に入ってきた。

「銀、そなたが会いたがっていた松山藩の山田方谷先生だ」

「は、はい」

「銀、事前に何か方谷殿より繋ぎはあったか」

「ありません。お疑いならばお暇いただきますが」

銀はきっぱりといった。銀はもともと公家に関係する家の娘である。疑いをかけられることに関しては、あまり潔しとしない。

「まさか、そのようなことを言っているのではない。銀のことをほめていたのだ」

「はい、ありがとうございます」

銀は、ふと目を配って御膳の上の空き皿が多くあったので、それを集め始めた。

「方谷殿、せっかくの機会です。うちの子供たちや女子たちを、貴殿の塾で学ばせていただくわけにはいかないでしょうか」

「それは」

「利息代わりなどというつもりはありません。ちゃんと塾の費用は払いましょう。そんなものではない。あの再建計画書を見れば、方谷殿の算盤勘定も優秀であることがわかる。今の学問は武士が君主となることを教えるが、算盤だけではなく、商人のための塾や職人のための塾があってもよいのではないか。方谷殿、数人ずつでよいから、面倒を見てくれませんでしょうか」

「うちもお願いしたいですな。この先、方谷先生と縁を深くした方がよいと思いますのでね」

天満屋もそういった。

「わかりました。お引き受けいたします」

「ちゃんと支援させていただきますよ。まさに、藩を潰すことなんてできませんからね」

大坂の夜は更けていった。

大坂から、松山に戻った方谷には不幸が待っていた。母の梶の死後ずっと陰になって支えてくれた義母の近が亡くなったのである。義母とはいえ、死に目に会えなかったのは、やはり悲しいものである。平人の未亡人である早苗が、一人むせび泣いている姿が、進の時と重なっていた。

6　殖産

近の葬儀を終えた方谷は、矢吹久次郎を伴って、そのまま辰吉の鉱山を訪れた。辰吉もすでに五十を超えていた。名義上はまだ辰吉が鉱山夫の長であったが、実際の鉱山仕事は、息子の松吉が仕切っていた。

「方谷先生ではないか。それに若いのも、ご苦労さん」

大きく屋号の入った羽織を着た辰吉は、鉱山の管理小屋の囲炉裏の前にいた。鉱山といえばもっと男臭い現場だと思っていたが、実際は女性が多く働いている。辰吉の妻の加代がその多くの女性に指示を出している。手伝っているのは松吉の嫁であろうか。働いている女性たちはみな笑顔だ。二人とも辰吉よりも人望があるのかもしれない。

「辰吉さん、ご無沙汰しております」

「松山藩の元締役様がこんなところに何しに来た。元締ならば、藩の真ん中で采配振るわなきゃダメだろう」

言葉はきついが、愛情のこもった口調である。加代が近くにいるのに、お茶を出しに来た女性の腰のあたりに手を伸ばしているが、ここの女性は慣れているのか嫌がりもしない。挨拶か何かのつもりなのかもしれない。彼女たちにとっては、辰吉の横にいれば「ありがとう」の代わりに触られることが当たり前のようだ。

「辰吉さんのところには、女性が多いですね」

矢吹久次郎が驚いたように言った。

「ああ、女がいなきゃ鉱山仕事なんざできねえさ。そりゃ、穴の中に入って石を掘ってくるのは男の仕事だ。でも、その石を篩《ふるい》にかけて、銅鉱石や鉄粉を集めるのは女の仕事だ。鉱山仕事は、男と女が別々な仕事をするから全体がうまく回るんだ」

「そういうものですか。辰吉さんには習うことが多い」

方谷は、何か驚きにも似た声を上げた。

「武士の世の中ってのは、男ばかりになってしまう。でもな、世の中には男と女二つあるんだから、両方使わねえとうまく回らねえ。ところで、元締役様は女でも探しに来たのか」

「まさか」

方谷は笑った。しかし、女をうまく使わなきゃならないという辰吉の言葉には、何か鉱山の世界だけではない重みがあった。そういえば、まだ新見にいた頃、進に身分とか男とか女とか、学問では答えられないことをずいぶん聞かれたような気がする。

「今回はどうしても、辰吉さんじゃなきゃ頼めないことがあって来たんですよ」

「ほう、なんだい。丸川松陰先生のところで弟弟子といえば、本物の兄弟以上の繋がりだ。その弟が困ったことがあるなら、なんでも言ってくれ」

「鉄を分けてほしい」

「鉄だと。そんなもの売るほどある。勝手に持っていけ。公儀の方は俺が何とかしてやる」

「辰吉さん。そうではないんだ。鍬を作りたいんだ」

「鍬だと。農作業に使うあれか。俺のところに来るってのは、よほど特別なもんだな」

「ああ、あの鍬、先が三つに割れているものを作りたいんだ。その方が力が少なくてよいし、作業効率もよい。ここにいる矢吹久次郎が説明するから少し話を聞いてくれるか」

「おう、弟の弟子か。話してみろ」

久次郎は、簡単なイラストを描いた紙を懐から出して、詳しく説明した。

「ほう、久次郎という奴はなかなか説明がうまいじゃねえか。内容は分かった。元締様が農家の心配までしてくれてありがたいじゃないか。そのうち鉱山の道具も頼むな」

「もちろんです。しかし、私は農業と商業は経験しているが鉱山のことはやったことがないのでわからないのです」

方谷は笑いながら言った。

「まあ、気にすんな。鉱山はこっちがちゃんと仕切ってやるよ。それで、鉄を集めてそのような鍬を作ればいいんだな」

「お願いします」

横で矢吹久次郎が金を出した。

「お安い御用だ。おい加代」

向こうで女たちに指示を出していた加代が、笑顔で方谷の方に来た。それまで女たちに指示を出して鉄鉱石を篩にかけ、砂鉄を集めていたので、上げていた裾を治しながらである。

「方谷先生。この前新見に行ってきましたよ。進さん。すっかり元気になって、今は思誠館を手伝っていましたよ」

「それは良かった」

方谷は安心した。まさかここで、進のことを聞けるとは思わなかった。そういえば、進の顔を見なくなってから、かなり時が過ぎたような気がする。新見に戻って少しは気が楽になったのだろうか。なにかとても良いことを聞いたような気がする。

「加代、そんなことを聞きたいんじゃないんだ。これを作ってほしいらしい」

「ほう、これなら福田屋の友之助さんのところに行って、作ってもらえばいいじゃない」

「友之助さんとは」

「鍛冶屋よ。この辺の刃物を作るのはすべて友之助さん。もちろん刀とかじゃなくてね、農機具とか、堀具とか、全てやってくれるのよ。それも、文字が読めないから、こうやって絵を描けば作ってくれるし、いつでも直してくれる。結構いい人なのよ」

「おい、安五郎のところの若いの。この辰吉をなめてかかるなよ。弟分の頼みで金を取ったりしねえ。その辺のけちな商人と一緒にすんじゃねえぞ」

辰吉は、矢吹の差し出した袋に入った金を、ザクザクと音を立てながら手の上でもてあそんで、少しニヤリとすると、その金の入った茶巾袋を矢吹に投げて返した。

「俺に渡す金があるなら、友之助にその分そっくりくれてやれ」

久次郎は、ありがたいと思いながらも、そのドスの利いた辰吉の声に震え上がった。同門ということはこういうことか。久次郎は改めて方谷の仁徳とか、新見の思誠館丸川松陰の偉大さが理解できた気がする。自分も将来そのようになることができるのであろうか。

「おお、いいところに、広兼の旦那。ちょっと頼みたいことがあるんだが」

福田屋友之助のところに来ると、そこに身なりの良い男が先に来ていた。

「鉱山の辰吉さんかい。おやおや、お武家様と一緒で」

「おお、広兼さんは、このお方をご存じないのかい。このお方こそ、松山城下にこの人ありといわれた元締役の山田方谷先生よ」

広兼といわれた男性は、慌てて頭を下げた。

「ところで、お見受けしたところ、鍬の修理を友之助さんに頼んでいるみたいじゃねえか」

「は、はい。いや、元締役様がご一緒とは露知らず。いや、この辺の農家のまとめ役をしているものですから、小作人の使っている鍬をお願いしているところです」

「では、私からもお願いが」

「元締役様のおっしゃることでしたら、何なりと。いや、まさか辰吉さんとご一緒とは思わなかったので」

いやに恐縮している。広兼の性格なのか、あるいは武士が嫌いなのか。もしかしたら辰吉のことを恐れているのかもしれない。

「俺から言うよ。今こんな形の鍬を作ろうとしているんだ。それ、試しに使ってみて、どうなのか教えてくれ」

「ほう、このように先端が三つに分かれた鍬ですか。面白そうですね」

「ああ、この方が力が分散して少ない力で広いところが耕せるはずなんです」

横にいた矢吹久次郎が、少し詳しく説明した。やはり農家には農家の方が、説明は良く伝わる。

「わかりました。では友之助さんからその三つに割れた鍬を受け取って、私自身が使って、その使い心地をご報告差し上げたらよいのですね。かしこまりました」

広兼は、自分が修理に出した鍬も、その三又の鍬に変えるように友之助に指示した。友之助はうなずくと、そのまま作業に取り掛かった。

こうしてできた鍬は「備中鍬」といわれた。方谷は「松山鍬」としたかったのであるが、鍛冶屋の友之助や広兼など、松山藩の者ばかりではなく天領の者の協力もあったので松山をつけるわけにはいかなかった。

「これは江戸に持って行っても飛ぶように売れるでしょうな」

廻船問屋の天満屋吉右衛門は、方谷が持ち込んだ備中鍬を見てそう言った。方谷は、広兼が使い、少し改良した備中鍬を、まずは天王寺屋、天満屋、美吉屋に集まってもらって披露した。この時点で広兼の村の人々は、女子供でも少ない力で田を耕せると好評で、村全体が備中鍬に変えていたのである。

「大坂では売れないということでしょうか」

「まさか。それよりは、上方よりも土の硬い江戸、そして奥州や越後などの米どころでたくさん売った方が松山藩のために良いのではないかと思います。もちろん、大坂でも売れるでしょう。しかし、大坂よりも江戸表の方が高く売れますし、日本全国に流れるならば江戸で評判になった方が良いに決まっています。もちろん我らはその上がりをいただきますので全国で売れた方がありがたいのです」

「さすがは天満屋さん、抜け目ないですな。鍬以外のタバコやお茶は天王寺屋が扱わせていただきます」

天王寺屋は、笑いながら天満屋の方を見た。

「ところで、うちの女どもが、山田方谷殿のお持ちになったお菓子がおいしいといっておるのですが、あれはいったいなんでございましょうか」

美吉屋五郎兵衛は、妻のしのだけではなく他の女中にも方谷が持ってきたお菓子を食べさせていた。

「ああ、これですか」

巾着袋から笹の葉で包んだお菓子を取りした。白玉粉を水でこね蒸して作った求肥に、柚子の擦り下ろした皮や汁と水あめなどを加え練った菓子である。方谷は、しのと銀に土産で持ってきたつもりであったので、天満屋吉右衛門には用意して来ていなかった。京菓子がすぐ手に入る大坂で、こんなお菓子が話題になるなどとは思っていなかったのである。

天満屋は方谷が取り出した笹の包みを見て、初めて見るもののように、笹の葉から取り出すと一つ口に入れた。

「これはおいしいですね。甘さと柚子の風味が素晴らしい。そのうえ、この柔らかさは女性でなくてもおいしく頂けます。なんというお菓子でしょうか」

「これは柚餅子《ゆべし》と申します」

「ゆべし？」

「はい、昔松山を領していた小堀遠州殿が好んで召し上がられたと伝わるものですが、その真相はさすがに学問では知ることはできません」

「備中鍬は皆さんにお譲りしますので、これを、この柚餅子は美吉屋に扱わせてはくれませぬか」

美吉屋は、そう言って方谷に頼み込んだ。横でしのが一緒に頭を下げている姿を見てなんとなく、しのが遠くに行った気がする。

「ほう、柚餅子を。大坂で売れますか」

「大坂だけではなく、京都でも江戸でも売れるでしょう。小堀遠州殿が好まれたということは、さぞかし茶席で話題になります」

伝説を創るとはこのことか。方谷は膝を叩いた。小堀遠州が好んだなど、松山では当たり前のことが、ほかの地方では伝説になる。気付いていないだけで伝説になるものは少なくないのかもしれない。

このようにして方谷は、美吉屋・天満屋、天王寺屋を通じて、柚餅子のほかにも「備中たばこ」

「備中松山和紙」「備中鴨川手延そうめん」「やぶきた茶」を中心に、「おくゆたか茶」や「あさつゆ茶」などのお茶などを流通させたのである。これらの特産品は「撫育局《ぶいく》」を設置して生産者の利益が重視されるように藩が買い上げ、そして藩が一手に販売を行ったのである。生産者も潤い、そして藩も儲かる仕組みであった。そして何よりも藩が売ることによって値崩れを防ぐこともできたのである。

天満屋と天王寺屋は、それらを扱うのと同時に、若者や女性を学ばせてほしいと言って連れてきた。その中にみどりと楓という二人がいた。


「先生、いつもお疲れ様です」

牛麓舎の自分の部屋に戻ると、住み込みの松がいつも迎えてくれる。最近、大坂でしのや銀に会うことは多いが、なかなか松山でゆっくりすることがないので、しばらく顔をゆっくり見ることがなかった。

「先生、最近は早苗様が手伝ってくださるので、本当に楽させていただいております」

もともと遊女をしていたというが、もうすっかり牛麓舎の一員として認識されていた。気も効くし、仕事もできるので門弟にも慕われていた。

「塩田を呼んでくれるか」

塩田虎尾の親子は、牛麓舎の門弟であった。山田方谷が藩の元締役として藩の財政を行っているので、個人の会計と混ぜていると思われるのは良くない。そこで、山田家の会計はすべて塩田虎尾に任せていた。松の弟、荒木主計もそれを手伝っていたのである。

「先生、会計のご相談でしょうか」

「ああ、今回の大坂はこれだけ使ったので、余った金を返しておこうと思う」

「はい、先生が先生のお金を使うのに、何か恐縮です」

「それと、松に少し給金を上げてもらえないか」

「松さんですか。はい、かしこまりました」

塩田仁兵衛は、何も言わずに頭を下げた。そういえば、これだけずっと住み込みでいるのに、松はほとんど給金をもらっていない。その分、荒木主計の塾の入金が少ないこともわかっているのであるが、それにしても少なすぎる。

「先生、私は先生のお役に立てれば、それで良いのです」

「そういうわけにはいかないだろう」

松が横で言ったが、塩田はそれを制した。

「それと、大坂から楓とみどりという名の女性が入ることになった。松の隣の部屋を使わせるように」

「その女性は」

塩田虎尾は、松よりも先に聞いた。まさか松のほかに、女中が増えるのもおかしな話だ。そもそも早苗もいれば、少し年長だがまだみつも来ているのである。

「いや、大坂の天満屋や天王寺屋が自分のところの女中を学ばせたいそうだ」

「しのさんや銀さんが刺激になっているのでしょうね」

荒木主計は口を開いた。確かに、女性でも学問があるものと学問がないものとでは、その差は歴然としている。大坂の商人の世界では、女性が気働きできるとできないとではかなり違うことは、しのや銀のことですぐにわかる。何よりも、女友達ができることで松の顔が明るくなったような気がする。

「松殿は、今までのまま、ここの住み込みで。ただ、給金を上げるのと一緒に、ここに藩主勝静様が来てもいいように、少し良い着物を」

「先生、特別扱いは。まあ、私たちも松さんには世話になっているので何とも言えませんが」

「先生、姉のためにありがとうございます」

少し渋い顔をする塩田に対して、荒木主計の方は感激している。

「他に、何か変わったことはないか」

「先日、このようなものが」

塩田が持ってきたのは、くしゃくしゃになった紙であった。広げてみると「方谷殺す」と書いてある。質素倹約を藩士に強要したことからか、それとも何かうまくいっているのが気に食わないのか。

「本当に殺すのであれば、このような予告をせずに殺しに来ればよいものを」

「まさか、殺されては困ります」

松が、悲鳴に近い声を上げた。

「大石隼雄様に言って、身辺をお護りしましょう」

松の悲鳴にこだまするように、荒木主計が言った。

「それには及ばぬ。そのようなことをすれば、腰抜けと揶揄されることになろう。谷兄弟か団藤善平に注意をするように言っておけばよかろう。大石殿にはなるべく苦労を掛けないようにせねば藩が傾く。それよりも君たちも気をつけて帰りなさい」

荒木主計と塩田虎尾は、頭を下げると帰っていった。

「先生、温かいお茶でも入れますね」

松は奥にお茶を取りに行った。方谷は、何かその松に、また進を重ねて見送っていた。

「方谷先生のところに脅迫文が届いたらしいではないか」

藩主板倉勝静と、山田方谷、それに家老になった大石隼雄、年寄役の大月外記などが集まった場所で、その場に谷兄弟がいることから、脅迫文の話題になった。おそらく塩田あたりが大石に相談したに違いない。

「殿、誰かのいたずらでしょう。本気で殺す気ならばいつでもできます」

「まあ、それならばよいが。改革を依頼して道半ばでいなくなられても困るし、また先生にもしものことがあったらもっと困る」

このような時の勝静は、一時的に子供に戻ったかのような感じだ。勝静は常に順風満帆な中で生きてきていたし、また常にだれかが助けてくれる環境にあった。そのために、自分一人で何かを考え、そして、何かを成し遂げなければならないというような立場に追い込まれると、逃げてしまう癖があった。方谷はそれを早くから見極め、そしてそれを治してきたつもりであるが、それでもたまに出てきてしまう。

「改革をしているのは殿でございます。我らはそのお手伝いをしているにすぎません」

「しかし、せっかく大坂の商人たちが味方に付いて、またタバコや紙、柚餅子、そして備中鍬など様々なものが売れるようになってきた。これもすべて、方谷先生でなければできないことです」

「殿、事を行うにあたっては、その困難さにとらわれて、負けてしまってはいけません」

久しぶりに、方谷が勝静に対して厳しい口調で言った。しかし、勝静の態度はなかなか変わらない。それだけ、今やっている藩政改革が困難であり、また、暗中模索であるということである。

「しかし、どのような技を使って大坂の商人たちを黙らせたのか、いや、協力させたのか。そのこともまだ聞いていないのです」

「殿、いいかげんにしなさい。すぐれた人格を持った人でなければ国を立派に治めることはできません。才能や知恵だけの人で国が治まるものではないのです。どんな技とか、どんな知恵を使ったかなどではなく、天に従って人として行うべき道を一筋に歩むだけのことなのです。その道は利己的でなく公正さを持って誠を尽くすものだけが歩むことができる道なのです」

「はい」

「聖人君子、徳は目立たなくとも、日々の行動に表れてくるものでございます。人の徳も密かに精進していれば、明らかになることを望まなくとも、その美徳は自然に表れることになりましょう。殿、人に本来備わっている良心を失わないように守り養うための方法に特別なことなどはございません。人は、生まれてから死ぬまでひとときも休みなく、自ら省みて努力し修養することが良心を守り養うことなのです。困難があっても逃げてはなりません。もし私が何者かに殺されても、それは天の命ずるものであり、殿は、その天の命ずる中で、しっかりと誠意を示して藩を改革ください」

周囲の者は、初めは止めようとしたが、途中から方谷の言葉に聞きほれていた。大石隼雄にいたってはその言葉を懐紙に書き留めているほどである。

「殿、帝王学とは森羅万象すべてを学ぶことと申し上げました。大坂商人という一つを学んでも帝王学には近付けませせぬ。よろしいですね」

勝静をはじめとした一行は、そのまま松山城下の撫育局の蔵を視察した。

「そういえば、森羅万象を学ぶとして、領内を一緒に見に行きましたね」

「はい」

「あの時、誰であったか、人が出稼ぎでいなくならないようにするためには、人が働きに来るような国にすればよいといっていたが、まさにそのようになったな」

「あれは三島中州殿であったと思います。今、牛麓舎の塾頭をしております」

「いや、今、先生に久しぶりに叱られて目が覚めました。三島殿のあの時の言葉は、先生の教育の賜物でしょう。このように撫育局の蔵で、これだけの商品の山を見ると、多くの人が、この松山に来てこれらを作る技術を学ぼうと思うでしょう」

勝静は、藩主となり江戸と往復する多忙の中で、学ぶ姿勢が少し薄くなっていたのかもしれない。もしかしたら、自分でそのことに気付き、わざと方谷に叱られようとしたのではないか。方谷は、そのように考えるようにしていた。

「それならば、藩校も私塾も身分の隔てなく、領民で希望するものすべてに開放していただけませぬでしょうか」

「武士だけではなくと言うことか」

「いえ、それだけではございません。女子も学ばせたいと思っております」

「女子に学ばせてなんとする」

「この備中鍬を作っている辰吉と申す者の鉱山では、男も女も分け隔てなく働いております。ちょうど車の両輪のように、両方がうまく組み合わさって素晴らしい効果を上げております。それを藩を上げてやってみてはいかがでしょうか」

「百姓の女に学問を学ばせるのか」

一緒にいた大月外記が唸るように言った。方谷の改革がうまくいっているので、何とも不満は言いにくい。しかし、まさか武士と農民を、それも男と女を机を並べさせるというのはどうなのか。

「はい、私もその百姓出身でございます。以前の妻、新見藩士の娘の進に、まだ若いころ、なぜ百姓と武家の娘が一緒になってはいけないのかと詰め寄られ、私は答えることができませんでした。身分、男女、これらをすべて超えてうまく組み合わさって行うことが、藩をより早く立て直す秘訣かと思います」

勝静は腕を組んだ。方谷の言っていることはわかる。しかし、その結果がどうなるか想像もつかなかった。藩士からも、場合によっては女子からも不満が出て、何も全てがおかしくなる可能性もあるのだ。しかし、方谷には勝静自身に見えていない何かが見えているはずである。

「まあ、余にはわからぬが、先生がそう思うならそうしてくだされ。この勝静が、命じて何とかなるものならばそのようにしよう」

「ありがとうございます。折を見て相談いたします」

このことが、次の藩政改革の段階に駒を進めることになるのであった。

7　奏者番

一、年月を期して藩士の穀録を減ずる。

一，衣服は上下共に綿織物を用い、絹布の使用を禁ずる。取次格以上は常服を裃《かみしも》とし中小姓以上は尻割羽織、十分以上は丸羽織、十分以下は羽織とする。地は麻、袴は夏は麻、厳冬は小倉織とする。

一，簪《かんざし》は士分の婦人は銀かんざし一本、以下は真鍮かんざし、櫛などは木竹に限る。

一，足袋は九月節句から翌年四月までに限る。

一，饗宴贈答はやむを得ざる他は禁ずる。飲食は一汁一菜に限る。吉事酒を用いるときも一肴一吸に限る。領分中これに準ずる。

一，結髪は男女とも人手を借らず。

一，家政は主婦がこれに当たり、やむを得ざる他は下婢を使用せず。

一，奉行代官等、いささかの貰い品も役席へ持ち出す。

一，巡卿の役人へは、酒一滴も出すに及ばず。

藩政改革は藩士に倹約を強いることにもなる。方谷は元締役として、藩主板倉勝静にも、晩酌を三合までとするよう言った。

「余の酒も少なくせねばならぬのか」

「藩主が範を見せませぬと、下の者が付いてきませせぬ」

この時ばかりは勝静も歯切れが悪かったが、藩のためと思い勝静自身が我慢するようになった。方谷も酒を少なくし、また、方谷自身贅沢ができないように俸禄を中級武士並みにしたのである。もしも疑いがある者がいれば、誰が来てもその帳簿を見せるように塩田虎尾に命じた。

「しかし、方谷先生には困ったものよ。せっかく立身出世しているのに、逆に生活はどんどんと貧しくなるんだから」

　佐吉もみつも、明るくそのようなことを言いながら、松山城下で買い物をしていた。そんな二人の姿を、みどりや楓もいつの間にか手伝いながら笑って見ていた。

「あいつら、何とかならないかね」

「本当に、牛麓舎の連中が街を歩いているだけでいやになる」

　もう頭に白いものが多くなってきた、小泉信子と加藤むつがそのような話をしている。

「母上、何か思案しましょうか」

　母上といったのは、加藤むつの息子加藤伊之助である。

「お忘れでございますか。あなたの父上はあの山田という農民のおかげで有終館を追われ、そのことを藩主勝静様に申し上げたら、それだけでお役御免になったのですよ」

　勝静が初めて松山にお国入りした時、松山城の本丸で方谷について意見をしたのは、加藤勝左エ門であった。しかし、勝静は、加藤の注進に関して意に介せず、また方谷を自らの師匠として頼みにしたことから、加藤勝左エ門をお役御免としたのである。進をいじめ、瑳奇を死に追いやって、一度閉門にされた逆恨みが、逆に自分たちに降りかかった感じだ。

「どんな妙案があるんだい」

「先代様のお気に入りの太夫二人が、松山城下の落合の方で茶屋をしております。そして、このような質素倹約ばかりでお茶屋も傾いているとか」

　小泉信子の息子新之助である。

「傾いているならば、少し助けてあげないとねえ」

「岸商店に相談してみましょうかね」

小泉と加藤が、油売りだった方谷の商売敵の岸商店の若旦那となった藤兵衛も連れだって、落合のお茶屋「ともえ」に来たのはその日の夜であった。「ともえ」は、先代板倉勝職が亡くなったことから、御根小屋を出ねばならず、それを不憫に思った勝静が店を用意して松葉太夫と巴太夫に与えたものであった。初めのうちこそ、先代に世話になったと言って多くの侍が来たが、方谷が藩政改革を行ってから、あまり人が来なくなったのである。

「先代様の時にはお世話になりまして」

若い男三人は、座敷に上がると、松葉太夫と巴太夫を呼び、頭を下げた。

「いったい何のつもりだい。あんたたちなんて顔も知らないよ」

ともえに客が来ないのは、松葉太夫と巴太夫の態度と言葉遣いが悪いからに他ならない。多くの藩士は、先代勝職がいたから二人に頭を下げており、また若殿勝静が金を出したというから義理で来ていたにもかかわらず、何かを勘違いして偉そうに昔話をされたのではつまらない。客足が遠のくのは無理もないのである。そのうえ、勝職が死んでからは化粧なども手を抜くようになってしまい、昔の面影もなくなってしまっているのである。

「いえ、父加藤勝左エ門がお世話になりましてございます」

「ああ、誰もいない山の上のオジサンね」

加藤伊之助は、内心腹を立てたがぐっと我慢をした。

「松葉殿と巴殿には、今のような質素倹約では苦しいかと思います。それも、父加藤勝左エ門が勝静殿にご注進申し上げたにもかかわらず、山田方谷なる農民を重用し、武士に農民の生活を強いているためでございます」

「そう、大変ね」

巴太夫は、全く興味がなさそうにキセルに詰めたタバコをふかした。

「そこで、お名前をお借りして山田方谷を藩から追放し、昔の繁栄を取り戻したいと思います」

松葉と巴は顔を見合わせた。二人もさすがに、藩の財政が苦しいことくらいは知っている。そうはいっても、誰も店に来ないのは面白くない。まあ、どうせあまり変わらないのだから、話に乗ってみてもよいかもしれない。巴太夫は興味がなさそうであったが松葉太夫はかなり乗り気であった。

「具体的にはどうするつもり」

「我らの仲間で昔、山田方谷の娘瑳奇に水を掛けて病にさせ、死に至らしめた鈴木元之進というものがいます。今その者は井原の代官所にいますが、その井原で一揆を起こし山田方谷の責任とするのはいかがでしょう。もちろん一揆は演技ですが」

「あら、戦争ごっこは面白そうじゃない。領民のための改革で領内に不満があれば、方谷の責任は重大ですものね」

松葉太夫は、かなり乗り気になった。一度奥に戻ると十両ほどの金子を持ち込み、そして、その話を進めるように言ったのである。

「大石様、大変でございます。井原の農民たちが、これ以上倹約しては死んでしまうと一揆を企ててございます」

数日後、小泉新之助は、その情報が自分のところに入ってきたかのようにして御根小屋に駆け込んだ。

「一揆だと」

大石隼雄は、怪訝な顔になった。数日前の巡察の報告ではそのようなことは伝わっていない。

「倹約も度を越えれば反発を買います。薬も飲みすぎれば体に悪くなるのと同じです。貧農の出身の山田殿にはその辺の下限がわからぬのかもしれません」

同行した加藤伊之助が大仰に言った。大石隼雄はあからさまに嫌な顔をしたものの、実際に一揆があればそのようなことは言えない。

「相分かった。よく知らせてくれた。その方どもは帰ってよい」

「われらも一緒に参ります」

「黙れ、その方らは自分の役目に戻れ」

藩主勝静は江戸に出仕しており、松山藩のことは留守居で対処するしかない。しかし、小泉と加藤の態度は何かが引っ掛かる。

「誰か井原を見てまいれ」

大石は、別な藩士を二人馬で様子を見に行かせると、少し成り行きを見ていた。案の定、加藤と小泉は視察の二人の後を追っていた。大石は兵を集めるように指示すると、一人で牛麓舎へ向かった。

「先生、井原で倹約に反対する一揆という話が来ております」

「井原。さてさて。ところで大石殿、話が来ておりますというのは、何か奇妙な言い方ですが」

方谷は、大石の方を見ることなく、動かしている筆を止めることなく大石に対応した。

「先生。加藤と小泉が知らせに来たのですが、何か引っかかるのです」

「先生、井原ならば私が見てまいります」

　井原出身の荒木主計である。ちょうど方谷が書き終わったものを渡すために部屋に呼んだところであったため、部屋の隅に控えていたところである。

「先生、井原の者を行かせれば、あまり良い結果にはなりません。一揆勢に取り込まれるか、あるいは真っ先に生贄《いけにえ》にさせられるか。それに小泉と加藤のことです。奴らは何か罠を仕掛けているかもしれません」

「大石殿、ならば、われらと一緒に荒木も連れてゆきましょう。一揆が本当なのか、あるいは加藤や小泉が、罠を仕掛けているのかわかりませんが、いずれにしても標的は私ですから荒木殿には影響がないはず。逆に首謀者を見極めるのに井原の人がいた方が好都合です。そもそも今回の改革で、井原は松山タバコの産地ですから最も潤っているはずです」

　大石は兵を率い、方谷と門弟の荒木主計と一緒に井原に向かった。もちろん、途中で何か仕掛けられていないか、兵を分けて注意しながら進んだのである。


「大石様、いやまさか山田元締までいらっしゃるとは」

　現地に着くと、小泉と加藤が番所の兵を率いて、山に立ててある筵《むしろ》旗と対峙していた。しかし、一揆というような雰囲気ではない。だいたい、番所と筵旗の間を農民が談笑しながら歩いているのである。大方誰かが金を払って、一揆に見せかけたに違いない。

「先生、いかがいたしましょう」

　加藤伊之助は、一応具足を着けて大石の前に膝をついた。

「番屋の当番は誰だ」

「鈴木元之進にございます」

「百姓といえども、元はといえば善良で年貢を納めている者たちであろう。その者たちがこのようになるというのは、ここを担当している武士の治め方が悪いからに他ならない。大石殿、攻撃をするのは良いが、その場合はこの者たちの首を刎《は》ねよ」

「ええっ、今なんと」

慌てたのは鈴木、小泉、加藤であった。まさか相対喧嘩《あいたいけんか》で何の被害もないのに、自分たちの首が刎ねられるなど、想像もしていなかった。方谷を嵌《は》めたつもりが、そのまま死罪になるところである。

「だから、百姓が一揆を起こすまで放置した、ここを治めている番屋の者どもの首を刎ね、その首を一揆の者たちに渡した後、話し合いで解決しようではないか」

家老の大石隼雄は、さすがに方谷との付き合いも長い門下生である。すぐに部下に命じて、鈴木、加藤、小泉に縄を打ってしまった。そのうえ、荒木主計に命じて兵を一隊分け与え、山で筵旗の横にいた岸商店の藤兵衛も逮捕したのである。

「われらは何の関係もありません。番所は鈴木だけでございます」

「うるさい。お前らには役目に戻れと申したはずだ。それにもかかわらずここにいるということは、お前らの役目が井原の番所ということであろう。一揆は謀反と同じ重罪である。なおさら首を刎ねなければなるまい」

大石は、きつく言った。縄を打たれた四人の表情がみるみる青ざめてゆく。

「ただ首を刎ねる前に、何か言い残すことがあれば機会を与えるがいかがいたす」

大石は、少し情を掛けてそう続けると、小泉と加藤は何事か大きな声で叫びだした。しかし、鈴木元之進は俯いたまま何も言わない。

「鈴木、何か言いたいことはないか」

「大石様、山田先生のおっしゃる通り、我らに治める能力がないために、この者たちの言いなりで、このような演技を行いました。申し訳ございません」

「演技であったか」

一揆は一日で片付いた。方谷は、温情をもって首謀者全員を不問に付した。


この事件を機会に、方谷はさらに次の策を打った。

藩士には、今まで花などを活けていた庭に、竹や桑など役に立つ植物を植えるように指示した。そして桑で蚕を飼うようにして絹を求め、また蚕の糞から火薬を作らせた。

その火薬を使い、大規模な河川や港湾、道路の整備を行った。火薬を扱い慣れている鉱山夫が活躍するようになった。備中鍬開発の恩返しとして、辰吉にも多くの工事を任せた。

一方、天満屋が大坂の蔵屋敷から運んできた米は、すべて領内四〇か所に設置された「義蔵所」に入れた。災害や飢饉の時の援助米として、各地に置いたのである。そして、一揆が起きないように目安箱を設置して、領民の提案を広く受け入れ、また、犯罪の取り締まりを行った。一方で、人足寄場を作り、そこで犯罪者を働かせることによって、早期復帰を助けるに至った。

治安が良く、産業が活発となり、領内は豊かになっていった。徐々に近隣はもとより遠方からも人が集まり、松山城下には、活気が出てきた。

「いや、山田様が元締めになられてから、明るくなったなあ」

いつしか、このような声が領内の様々な場所で聞かれるようになった。

松山藩が良くなってきたということは、すぐに江戸の噂になった。勝静は、この藩政改革の功を認められて、奏者番《そうじゃばん》となるように命じられたのである。

奏者番とは大名、旗本が将軍に謁見するとき、姓名や進物を披露し、下賜物を伝達する取次ぎの役のことを言う。先代板倉勝職の時にはまったく沙汰がなかった幕府の役職に、勝静が命じられたのである。それだけ、幕府からの信頼を取り戻したということになる。

「さて、次を行わなければなりませぬな」

「先生、まだ策があるのですか」

勝静が奏者番として江戸にいるために、一応一揆の騒ぎや藩の財政の内容を知らせるため、そして奏者番になったことのお祝いを兼ねて、方谷は江戸に来ていた。

「もちろんです。次は藩札を何とかしなければなりません」

藩札とは、江戸時代から明治初期にかけて諸藩で発行された紙幣のことである。松山藩は先代勝職の贅沢が原因で、兌換準備金を大きく超えて藩札を発行していた。そのために藩札の信用は地に落ち、大坂や江戸の商人が取り扱ってくれない場合もあった。まさに「藩札」の信用が、その藩の財政的な信用であり、藩の政策や領国経営の評価というようになっていたのである。このことは水戸の戸田蓬軒に指摘された通り、藩札の信用が戻らなければ、改革が終わったとは言えないのである。

「昨今、大坂の商人と親しくしておりますが、その商人より女性たちの教育を要請されております。その者たちの言によれば、松山藩の藩札は大坂では引き取ってくれないとのこと」

「どうしたら、藩札の信用が上がるのだ」

「はい、少々手荒ではございますが、以前、この江戸で水戸藩の藤田東湖殿や戸田蓬軒殿に教えていただいておりますので、ぜひそれを試してみたいと思います」

「うむ、余が最も信頼している方谷先生に全てお任せします。ぜひお願い申し上げる」

勝静は、藩主であるにもかかわらず、素直に頭を下げた。

江戸から牛麓舎に戻った方谷は、久しぶりに人を集めて議論をした。各々が自分の経験で自由に議論をすることが、方谷門下の特徴である。

「藩札の信用は、藩そのものの信用を反映しているので、藩そのものの財政がうまくゆけば自然と信用が上がってくるのではないでしょうか」

進昌一郎は、非常に学問的な観点から、そのように言った。藩札の信用を語るのではなく、藩そのものの信用を上げるということになる。そのために藩札だけ独立して信用を語る必要はないという考え方である。

「いや、昌一郎殿、それでは信用は取り戻せません。そもそも、板倉家は貧しいという印象を払拭するには、それを世に示さなければなりません」

矢吹久次郎は、庄屋の集まりの元締めの家からきているため、改革が出てきてからも松山藩の藩札が敬遠されていることを肌で知っていた。改革の成果ではなく、藩札そのもののイメージの問題があり、良い評判が庶民や商人の間で広まらなければならないということを指摘したのだ。

「なぜ、そのやり方ではできないのか」

「それはそうでしょう、人間の心は学問とは異なります。我々は学んでいるからわかることでも、学んでいない人は今までの評判や噂を先に信じてしまうのです」

「まあ、久次郎の言うことはわからないでもないな。罪人を捕まえたというだけではダメで、獄門にさらし、そして瓦版で広めなければ、いつまでも罪人が跋扈《ばっこ》していると思われてしまう。それと同じだな」

家老として政の現場に立っている大石隼雄は、獄門の例をとって納得した。

「具体的にはどうする」

学頭の三島中州は、そのように言った。進は、江戸の昌平黌で学び戻ってきて藩校有終館の学頭をしながら牛麓舎に来ていた。方谷の口癖である「実際に使えない学問はいらない」という意味合いを言うことで空論を避け、そして自分の意見の正当性を主張した。

「獄門に今までの藩札をさらして、瓦版で書くつもりか」

進昌一郎は、自分の意見が通らなかったことから、大石隼雄の例えをそのまま言った。

「昌一郎殿、まさにそれだよ。以前佐久間象山殿に聞いた時に、水野忠邦様の幕府改革は見せ方が悪いといっていた。皆がわかるようにしなければならないと。そうか、獄門にかければ皆が見るではないか」

方谷は横から口を出した。いや、自分で納得するために声を出したような感じである。

「ああ、そうしよう。大石殿、藩札を逮捕するんですよ」

方谷は笑いながら言った。解決策が頭の中にできたときの機嫌の良さだ。方谷が解答を得たことで議論が終わった。

翌日から、「世に流通している五匁札を、三年の期間内ですべて買い取りいたします」とお触れを出した。松山城下は騒然とした。改革が成功したことによって藩に金銭的に余裕ができたからといって、すでに信用が失われた藩札を買い取るなど気が触れたとしか思えなかったのだ。

「山田殿は、とうとう、おかしくなってしまったのではないか」

藩の勘定方からはそのような声が聞こえた。それでも安原定次郎と中村市次郎に五百両ずつ預け、すぐに藩札の買取りを始めさせたのである。奉行役の野中丈左衛門などは、藩主板倉勝静が方谷に従えと言っているから、しぶしぶ従っていたのに過ぎなかった。

「お縄にしました」

勘定方は七一一貫三〇〇匁金換算で一万一八五五両相当分を買い取ったのである。すべてが五匁札であるからかなりの量だ。蔵一つ半の量がある。

「では来月の満月の日に獄門、いや、火炙《ひあぶ》りの刑に引き出しましょう」

大石は笑顔になってそう言うと、近在だけでなく大坂の商人にも、そのことを告げさせたのである。

十五日、高梁川の河原の処刑場に、五匁札の山が二つ現れた。周辺に飛び散らないように木で枠を作り積み上げられている。「五匁札の処刑、見物人には柚餅子とお茶を配る」と触れたので、大勢の見物客が集まった。中には美吉屋五郎兵衛や天満屋吉右衛門の姿も見えるのである。

「それにしても、藩札を火炙りの刑にかけるとか、どうなっているのかな」

「とうとう、板倉様のところもおかしくなってしまったのか」

集まった人々は、口々にそんなことを言い始めた。あまりにも人が集まってきたので、周辺の店は、見物客用に団子や酒を出すところまで出て、若い女性が売り子のように売り歩く光景も見られた。普段の獄門とは、全く雰囲気が異なる。

「お祭りのようだな」

観客に紛れて、進昌一郎は呟いた。集まっている人々の熱気はかなり高まっている。

「いいではないか。それより、この団子なかなかおいしいぞ」

矢吹久次郎は、団子を片手に見物している。どんなに金持ちでも、銭を燃やすなどやったことがない。今回はそれを見ることができるのであるから、一生に一度見ることができるかどうかの見世物である。

「あれで焼き芋作ったら、やっぱり高級な味がするのかしら」

「焼き芋だけじゃなくて、大きな鍋でもいいかも」

松と楓、みどりも団子を頬張りながら、さらに食べる物のことを言っている。三人とも花より団子のタイプなのであろう。集まった人々は様々なことを語りながら「処刑」の時を待った。前代未聞の刑場はこれから火炙りの刑なのに盛り上がっていた。

「それでは、これより、藩札を刑に処す」

辰三つの刻、現代の時間に直せば午前八時になって、松山藩の勘定方奉行、野中丈左衛門が大声で宣言した。

その声に応じて方谷は、懐から書状を出すと、大声でその内容を読み上げた。

「告　藩札七一一貫三〇〇匁に対し、いたずらに徒党を組み、松山藩の信用を大きく傷つけ、人心を惑わし、松山藩の財政を逼迫させた罪、許しがたく。よって、火炙りによる死罪を申し付ける。なお、今後藩札の仲間が出た場合、すべて処断いたすものとする。松山藩元締役　山田安五郎」

少し演技がかった感じで方谷が読み上げる。目付の上原平馬と西川貞熊が藩札に油を掛けた。そして安原定次郎と中村市次郎が火を放ったのである。

「も、もったいない」

火をつけたときの歓声とともに、見物客からはそんな声も上がった。しかし、物事のわかっている美吉屋五郎兵衛は別な感想を持った。

「すごいなあ、方谷殿は。藩札が信用不安ならば、藩札をなくしてしまう」

「いや、少ししたら新しい藩札ができるでしょう。藩政改革が終わった後の新しい信用で出した藩札ならば、我々も取り扱わざるを得ないし、信用も大きい。さすが、あれだけの再建計画を作る才のある御仁だ」

天満屋吉右衛門は唸りながら見ていた。

「山田方谷殿は、本物だよ。後世に名を遺す素晴らしい人材だ。これで松山藩は生き返る」

天満屋は天を衝いて燃え上がる炎を見ながら、その煙とともに、龍が登ってゆく姿を見た気がした。松山藩には良い人材がいる。その人を見て信用が生まれ、金が集まり、そして商いがうまくゆく。それどころか松山には龍がいる。龍を信用できなければ、何を信用すればよいのか。

この「獄門火刑」は、後世になって「火中一件」と呼ばれるようになった。藩札焼却のお祭りは、申三つ刻（午後四時）まで続いた。このことは、すぐに大坂の銀主の組合で広まった、もちろん、現場で藩札焼却の祭りを見物した美吉屋や天満屋、天王寺屋が、そしてしのや銀、楓やみどりが様々に噂を広めたことは間違いがない。それだけではなく、これだけ大きなパフォーマンスをすれば、通りがかりの商人を含め多くの人が口々に噂を広めたである。

そして一月後、方谷は満を持して「永銭」という新しい藩札を発行した。この永銭は、発行されるや絶大な信用を民衆から得た。大坂の商人たちだけでなく江戸の商人までも永銭を扱うことを嫌がらなくなっていた。新しい藩札の信用力は松山藩を越え他藩にまで流通するようになり、流通量が増えるにしたがい、藩の蔵には両替準備金である正貨がうずたかく積み上げられてゆくことになったのである。

8 里正隊

「方谷先生、これをどう思う」

江戸の備中松山藩上屋敷は、江戸城祝田橋前にあった。目の前には江戸城の石垣があり、そして上杉家の米沢藩上屋敷が隣にあった。ちょうど現在の法務省の辺りであり、警視庁の斜め前くらいであった。松山に戻れない勝静に代わって、方谷が江戸に出てくる機会が多くなり、勝静は、方谷が江戸に来るたびに何か相談事を持ちかけていた。

この時、勝静は書面を示した。「別段風説書」と書かれたその書面は、長崎の出島のオランダ商館長ヤン・ドンケル・クルティウスが定期的に海外のことを幕府に報告するものである。そこには、アメリカが日本との条約締結を求めており、そのために艦隊を派遣すること、そしてその司令官がオーリックからペリーに代わったこと、また艦隊は陸戦用の兵士と兵器を搭載していると書かれていた。

「老中首座阿部正弘様より回覧されたものなのだが、これが真実であるならば松山藩も何か対策を打たねばならぬ」

「それで、幕府はどのように」

「いや、幕閣はオランダ人を信用していない」

勝静は、さも当然のことであるかのように言った。要するに何もしないということである。しかし、勝静は不安を感じているのであろう。

「殿、しかし、いくらオランダ人が信用できぬとはいえ、全くの絵空事でこのようなことを書くとは思えません。事が起これば幕府は藩に何かを命ずるのですが、藩はそれまでに備えておかねばなりません」

「その通りだ。幕府は信用できないといいつつも、一応江戸の周辺の海防はしっかりとするようである。雄藩で言えば、佐賀の鍋島殿や薩摩の島津殿は、独自に大筒を造っておる。そういえば、佐賀藩には方谷先生の友人の佐久間象山殿が大砲を納めたそうではないか」

佐久間象山は木挽町で和漢兵学砲術指南の塾を開いていた。この時期には「蘭学者」としての風評の方が高かったが、一部では西洋かぶれなどというように揶揄される時もあった。この時期の佐久間象山の塾の門弟には、勝麟太郎・吉田松陰・橋本左内・河井継之助・坂本龍馬等多くの有能な人物が集まっていた。

「幕府には、佐久間殿や江川英龍殿がいますから、江戸の海防は幕府が本気にさえなれば、すぐに対応できるでしょう。あくまでも本気になれば、ということですが」

「佐久間殿のことは、叔父上の真田幸貫様に伺っている。なかなかの人物らしいが」

「はい。佐久間殿は、博覧強記で聡明、また学識だけではなく実行力も抜けてすごい方であります。しかし、傲慢不遜で、温・良・恭・倹・譲の五徳の一字は何れもない人物でもあります」

勝静は、笑うしかなかった。要するに、ずば抜けて優秀であるが、人格的には破綻しているということである。

「まあ、佐久間象山殿の話はよい。それでこの件、我が藩はどのように手を打つ」

「まずは、優秀な人材を多く召し抱えましょう。そのうえで国を富ませ、そして兵を強くする。それしかありません」

松山藩は急激に改革を行った。このことによって財政は良くなったが、それでも反対派は根強くいる。そのうえ、どの藩も人材を欲しているので外から人材を求めるのは難しかった。

「どうやって優秀な人材を集める」

「以前にも申し上げました通り、身分もそして女子も、関係なく学問を授けましょう」

この時の勝静の決断で、家塾一三、寺子屋六二が領国内にできた。これは、周辺の藩よりもはるかに多い数である。また女性も多く塾に通うようになり、後に順正女学校を創設した福西志計子《しげこ》や木村静《しず》のような人材を多く輩出することになる。ある意味で、松山藩は教育に関しては時代を先取りしていたといえる。

「異国対策はどうする」

「これらの異国船は、大砲を放ち鉄砲を撃ち、攻撃をしてきます。そして武家が守る街に来るのではなく、海辺の漁村など、どこに来るかわかりません」

「たしかに、どこに来るかわからぬな」

「ということは、藩の民すべてが戦える準備が必要です。西洋式の砲術は、武士でなくても簡単に扱うことができます。身分に関係なく学問を施すように、農民や商人、下級武士を組織し、西洋式の兵学を学ばせてはいかがでしょうか」

「ふむ、それでは武士の誇りはいかがする」

「異国の者が、武士と農民の区別がつくとは思えません。身分などにこだわっていては国を守れないのではないでしょうか」

方谷が身分のことを言い始めたときは、勝静が一歩引かなければならないのが、二人の間の暗黙の了解であった。方谷は、若いころから進の件も含めて身分に関して考えている幅が違うので、勝静に反論できるものではないのだ。下手に反論をすれば、西方に戻るといわれてしまう。

「わかりました。藩のことはすべて先生に任せます。幕府に関しては、もうしばらく様子を見ていることにします」

「かしこまりました。では身分を超えて兵学と学問を施すようにいたします」

「学問も何もかも、身分もなくなってしまうのか」

「はい、しかし、政で大切なことは、民を慈しみ、育てることではないでしょうか。それは、今後の難しいときに大きな力となりましょう。厳しい節約や倹約だけでは、民は萎縮してしまいます。そうではなく、民に学問を施し、また国を守るということを覚えさせ、一人一人が自分で節約しなければならない、国を守らなければならないと考えるようになることこそ、藩の政治には肝要かと思います」

方谷は、勝静の前を辞すると、木挽町にいる佐久間象山のところに行った。西洋兵学と法学を教えるためには、どうしたらよいかを教えてもらうためである。

「まさか象山殿が、ここで塾に専念しているとは思わなかったよ」

「一時的に行うつもりであったが、六月に真田幸貫様が亡くなられたので、松代に戻る必要もなくなったからな」

この年、嘉永五年（一八五二年）の六月、信州松代藩主で板倉勝静の叔父にあたる真田幸貫が病に倒れ亡くなっている。象山は信州松代に戻り墓誌銘を撰書している。

「象山殿、悪いが、松山に砲術隊を創ろうと思う。少し手伝ってはくれぬか」

「おお、方谷の頼みならば喜んで行ってやるよ。俺は松山藩を十万両の借財から救った大先生の一の友人だからな」

「しかし、象山殿、江戸が忙しいのではないか」

「いや、ちょうど妾の菊に暇を出したところだ。暇でたまらぬ。塾は弟子の勝麟太郎に任せて、松山に遊びに行くのもよいではないか」

「勝麟太郎、そういえば以前貴殿が松山に来た時に聞いた名前だな。ぜひ会わせてくれぬか」

「せっかく山田方谷先生が来たのだから、有望な人間を連れてくるよ」

そう言うと象山は「順子」と大声で叫んだ。順子と呼ばれた女性とともに、男が三人入ってきた。

「こっちから、旗本の勝麟太郎、長州の吉田松陰そして越後長岡の河井継之助だ。ほら、挨拶しろ」

勝麟太郎、後の勝海舟はこの時三〇、吉田松陰は二三、河井継之助が二五の時である。姿勢と眼力は良いが、不器用そうな三人は、なんと挨拶してよいかわからずに黙っている。

「皆さん、私が備中松山藩元締役の山田方谷と申します。以後お見知り置きください。せっかくですから異国にどう備えればよいか教えていただきたい」

方谷は、まず自分から自己紹介をした。このまま黙ってお見合いしていても意味がない。こういう時は自分から口を開かねばならないことは、年長の方谷の方が心得ていた。

「拙者、勝麟太郎と申す。異国への備えということでございますが、拙者ならば船を揃え、水軍を組織し、船が岸に上がる前に決するべきと存じます。そのために、操船法と船を使った大筒を学ぶべきと考えます」

「私は吉田松陰と申します。すでに長州を脱藩し浪人しております。何事もまずは知ること、知らなければ対策も立てられませんので、一度異国に行くべきと考えております」

「拙者、長岡藩河井継之助と申す。頭の悪いことを申すまでもなく、無謀な攘夷を考えても意味はないし、安易な開国をすれば異国に荒らされる。まずは藩を守り、国を豊かにする。その規模に応じた最新の武器を揃え、守らねばならぬところを守る。それしかあるまい」

方谷は面白いと思った。まさに三者三様である。そのように答えている横で、象山はずっと順子と呼ばれる女性に何かと手を出している。

「象山殿、なかなか面白いではないか」

「どの意見が気に入った。ちなみに、この順子は勝麟太郎の妹で、菊の代わりに嫁にしようと思っている」

あきれた話である。兄のいる前で妹に手を出し、そして客人からの質問を門弟に答えさせている。勝静に言ったように、性格は完全に破綻しているとしか思えなかった。

後の話になるが、勝海舟は象山について「軽率な男」「一種のほら吹き」と、あまり良い評価をしていない。その割には勝海舟も妾を多く持つところは、一種の同族嫌悪であったのかもしれない。方谷は、この時に勝海舟と佐久間象山が似ていると思った。

象山は松山に入るのに順子を伴った。身の回りの世話をさせるためという。象山が来ることは事前に手紙で知らせてあったので、高瀬舟の船着き場にはすでに谷兄弟が方谷とともに迎えに来ていた。

「おい、安五郎も女性同伴か」

谷兄弟の後ろには楓も来ていた。

「楓のことか。天王寺屋が私のところに使わせた女性で、門弟だよ」

「ほう、監視役か。その割にはいい女ではないか。なぜ離れて歩く。それとも忍びの者か」

佐久間象山は、大声で言った。周囲にいる人はみな何事かと思って振り返る。忍びの者といわれた楓よりも、象山の方が奇異に見えることは間違いがない。

「まさか、私が忍びに見えますか」

「ああ、見える。そもそも忍びでないならば、なぜ一緒に歩かぬ」

「はい、師匠と弟子の間ですので、並んで歩くなどは恐れ多くて」

「では、安五郎のことを好いてはいないと申すか。それならば今晩、夜伽の相手をせぬか」

象山は詰め寄った。方谷は歩きながら笑って見ているしかない。象山の横にいる順子は、まだ象山と結婚したわけではないので、何か言えるような立場ではないのである。

「まさか。とてもお慕い申しておりますので、ご遠慮いたします」

大坂商人の出だけあって、男あしらいには慣れている。

「全くこんなことばかり言って、すみません」

順子が必死に頭を下げながら、右手で象山の尻肉を思い切りつねった。

そのころ松山藩の家老大石隼雄は、方谷の言いつけで大坂の天満屋から西洋式の鉄砲を百丁買い付け、高瀬川河原桔梗が原に猟師を集めた。

「銃の扱いに慣れている猟師を集めたのか。方谷先生もやるではないか」

佐久間象山は、自ら鉄砲を一丁取って撃って見せた。低く飛んでいた鷺が、銃声とともに川の中に落ちたのである。

「皆の者、見たか。西洋の銃は種子島と異なり、真っ直ぐ弾が進む。だから狙いやすいのだ。撃ってみなさい」

猟師たちは次々と鳥を狙って撃った。そして何羽かの鳥が川に落ちていった。

「おい、楓と申したな。あと谷、お前らも撃ってみよ」

「拙者は刀の道で」

「うるさい。撃ってみろと言われたら撃て」

谷三十郎は不満そうに方谷を見たが、方谷もうなずいて撃つように促した。もっと困惑していたのは楓である。女が銃を持つなど、当時では考えられないことであるが、象山は全く気にしなかった。方谷も、女性が銃を持って戦力になるならば、面白いと思っていたところである。

案の定、撃った後で、楓はひっくり返ってしまったが、その先で鷺が一羽犠牲になったのである。しかし、谷兄弟は慣れていないのか、うまく当てることができない。

「女子でもできるではないか」

楓は、嬉しそうに笑った。

方谷は、すぐに猟師だけではなく、若く元気な百姓の子供や商家の子供、武家の次男以下で家を継げない者などを農閑期に集め、銃の訓練を施した。そして実際に女性もこの中に入れたのである。その訓練を受けた中から、佐久間象山に見どころのある者を見極めてもらい、イギリス式の軍隊を整えた。

「いいか、今までの侍の戦は、一対一、正々堂々を旨としていた。しかし、異国の者は卑怯者が多く、こちらの刀が届かぬところから大筒を撃つような無粋な者たちである。だから敵が来たら武士道など関係なく、撃たれる前に撃つ。そうすればお前達でも勝てるのが西洋銃なのだ。それを忘れぬことだ」

牛麓舎と有終館で特別講義をした佐久間象山は、そのように言って松山藩の中にいる農民や町人を鼓舞した。また、この話は瓦版ですぐに松山藩の中を駆け巡った。

「ところで安五郎、あれはなんだ」

講義の後、牛麓舎の奥で酒を飲んでいた象山は、いきなり方谷に尋ねた。あえて「安五郎」と昔の名前を言うのには何か理由があるのだろう。

「あれとは」

「女だ。牛麓舎の中に、臨月の者がいるではないか。安五郎はすでに進殿と離縁していて独り身だし、妾がいてもおかしくはないが、それならば、ひとこと言ってくれてもよいではないか」

「ああ、いや、松といって、うちで住み込みで働いていたのだが、やはり長くなると情が移ってしまってな」

方谷は照れ臭そうに言った。方谷と松は、特に祝言などをしていなくても松山城下では誰もが知る仲であった。そして最近、松のお腹が出てきたことが話題になっており、すでにいつ生まれてもおかしくはないという状態であった。

「しかし、安五郎は女性に人気があるなあ。いまだに吉原の松山格子などは、安五郎の前と他の客では全く態度が違うと話題であるぞ」

「いや、特に何もしていないのであるが」

「いいか、安五郎。俺が言うのも変だが、藩や国も大事だが、お前の家を守るということ、そして優秀な血を残すということも重要だ、ということを忘れるな。聞いた話で悪いが、安五郎の母、梶殿は子を突き放してまで、御家再興を望んでいたのではないか。その家をお前で途絶えさせてはならぬ」

象山はいつになく熱弁を振るっている。ある意味で、一緒に連れてきた順子に聞かせているのである。また、方谷には、あえて安五郎という昔の名前を使って家の事を言ってくれる象山という友人がありがたかった。

「先生、松殿が……」

その時、奥からみつが慌てて座敷に入ってきた。普段ならば声を掛けて襖の前で返事を待つのだが、この時はよほど慌てていたのか、そのまま襖を開けて入ってきて仁王立ちのまま、方谷の手を引いた。

「どうした」

「松殿が倒れました」

方谷は象山に軽く会釈すると、慌てて座敷を飛び出した。象山は、その時のみつの少し明るい表情を見逃さなかった。目の前にある酒をぐいと飲み干すと、順子にも行くように促した。象山の予想では、松が産気づいたのに違いない。

「見てまいります」

順子も同じように察したのか、象山を置いて座敷を出た。象山と順子も非常に息の合った二人である。しばらくして、夜が更けた牛麓舎に赤ん坊の泣き声が聞こえた。非常に元気な子供であった。

「松、よくやった」

「申し訳ございません。女の子でございました」

「いや、女の子でよいではないか。元気な子だ。松ありがとう」

お産で苦しんだのか、かなり疲れた表情の松に方谷が声を掛けた。

「おいおい、お前が出産したような表情しているじゃないか」

順子が無事に出産が終わったと告げたのか、象山は、ゆっくりと徳利を片手に方谷に声を掛けた。赤ん坊は早苗が面倒を見ていたし、また、松の横には早苗がつきっきりで手拭いで汗を拭いている。産湯や汚れものの処理は、みどりと楓がてきぱきとこなしていた。このような時に、男という生き物ほど役に立たないものはない。象山も方谷もそのことはよくわかっていた。

「いや、苦しそうな声を出しているのを襖の向こうで聞いて待っているのは、たまらないものだ。声を聴くだけでこっちが苦しくなる」

「ああ、そんなものはよくわかっている。まあ、俺も菊が子を産むときに経験しているからな」

象山は順子の前に、妾として菊という女性を持っていたが、三男の淳三郎が夭折したことによって暇を出したばかりだ。

「なんと名付ける」

「小雪と。松には雪が似合う」

「なるほど。江戸にいる佐藤一斎先生と板倉勝静公には、俺が戻った時に知らせてやるから手紙を書け」

「象山殿、かたじけない」

「ついでに、この後の改革に関しても書いておけ。ちゃんと伝えておくから」


方谷は、その後の改革についてもまとめた。この後の改革は藩士から反感を買うものであるために、牛麓舎などで議論をさせるのではなく、自分一人の命令として行うつもりであった。

明治時代になると富国強兵ということが言われるが、佐久間象山の塾で勝麟太郎、河井継之助、吉田松陰が言っていたことから、方谷には、既に彼らの意見を実践する以外にはないと結論が出ていた。つまり国を富ませ、そして軍備を揃え、そして敵を知ることしか欧米に勝つ方法はないのだ。そのため、一つには「産業を興す」二つ目には「備中鍬で農業を効率化する」という二つのことで国を富ませた。一方で勝麟太郎が言うような軍船を持つまでには至っていないが、西洋式の鉄砲を納入し、身分を超えた軍を作り上げた。その「強兵」には「里正隊」と名付けた。

これで、産業と軍隊は解決した。しかし、これで藩政改革を終わらせるわけにはいかなかった。異国に対抗して戦うということは、藩政を改革して金を儲け、軍隊を作ることだけでは終わらない。その軍隊や街のものが食べる食料を準備しなければならないのだ。軍隊で最も重要な「兵站」ということである。そのことを重要視した改革が老中水野忠邦による天保の改革であった。江戸時代の長期の平和によって、農村にまで貨幣経済が浸透し、そのことによって、農民たちの多くは産業を行い農業を捨ててしまっていた。そのうえで度重なる大飢饉によって農業の従事者が死んでしまったり逃げてしまったりして、耕す者がいなくなった田畑が荒れ放題になっていたのである。方谷は、この農業改革に手を付けなければならなかった。

以前牛麓舎で議論をしたときは、身分に関係なく、松山城下の武士を農村部に派遣して田畑を耕させるということになったはずだ。しかし、今まで方谷がそれを行わなかったのは、当然に藩士からの強い反発が予想されたからである。しかし、すでに里正隊を作り、軍において身分を超えた改革を行った。次は農村部や農業の復興ということだけではなく、武家社会というところに手を付けなければならなくなったのである。

方谷は、「城下で余っている武士」を選んで農村に向かわせることにした。表向きは農村部の治安の維持や農民の逃散防止という役目を担わせたのであるが、実質的には、藩主板倉勝静の命令で武士に田を耕させたのである。明治時代で言う「屯田兵」であり、方谷が時代を先取りしたものであった。家老の大石隼雄や大月外記に伝え、元締役山田方谷の名前で松山城下の下級武士を農村部、特に国境部に引っ越させ、その土地の荒れ地の開墾や耕す者がいなくなった田畑の手入れが命じられた。そのうえで俸禄を減らし、自分で田畑を耕さなければ経済的に立ち行かなくなるようにしたのである。

「なぜ私たちが田舎に引っ越さなければならないの」

加藤むつは不満そうに言った。加藤伊之助、小泉新之助にも、城下から国境の農村部に異動が命じられた。大石にしてみれば、虚言で一揆を演じるような者たちであり、農村に放逐することの危険を思ったが、一方で松山城下にいても役に立たない。彼らのように、過去何らかの事件で処分を見送った者は、真っ先に移動が命じられる結果になったのである。

「たぶん、あの田舎者の娘が死んだことの逆恨みよ」

岸商店の陽が大声で言った。周辺の引っ越しを余儀なくさせられた武士たちも、皆その声に振り返った。もちろん、田舎者とは山田方谷のことを指す。それでも家老の大石隼雄や大月外記の命令であり、その後ろに藩主板倉勝静が控えているとあっては、従わないわけにはいかなかった。

彼らが農村に引っ越した翌嘉永六年（一八五三年）は、ちょうど旱魃《かんばつ》で、一〇〇日雨が降らなかったために、稲は立ち枯れ、一部では飲み水にも困るような有り様であった。場所によっては馬や人力で、高梁川から飲み水を運ばなければならないところもあった。現在でも岡山県は最も日照時間が長い県として有名であるが、この当時も雨が少ないのは同じである。もともと少ないところで旱魃になってしまっては、領内は混乱した。

「あの山田は、間違いなくこのように旱魃が続くことを知って、邪魔者を田舎に追い出したに違いない。あいつは貧農の出だから、天気のことなどはわかるはずだから」

「いや、何かあの牛麓舎というところでは、怪しげな呪詛を行っているのかもしれぬ。山田殿が来てから、先代の勝職様はすぐに亡くなられたではないか」

「いずれにせよ、こんな時に国境の警備などと言って田舎に追いやられるとは。山田には天誅を加えなければならぬ」

小泉新之助と加藤伊之助は、昔、瑳奇をいじめていた仲間を集め、松山城下の岸商店に集まった。

「普段は、あの谷兄弟や団藤がいるからなかなか手が出せない。やるならば御前街の自宅を出たところが最もやりやすい」

加藤はそう言うと、自分たちで書いた簡単な図面を広げた。

「玄関の横の植え込みに潜めばなんとかなるな」

「山田はいつも家から自分が先に出てくる。谷や団藤が出てくる前に仕掛けて逃げよう」

その時、岸商店の藤兵衛が出てきた。

「これを使ってはどうだ」

藤兵衛が持ってきたのは、竹筒に入った油であった。

「これで火をつけてしまえば、確実に仕留められる」

そこにいる一同は皆、目を見合わせてうなずいた。

数日後、加藤や小泉は早朝から御前町の山田邸の近くに潜んだ。

「では行ってくる」

小雪が生まれ、松も牛麓舎を出て、御前町の自宅に移り住んでいた。いつも子供の小雪を抱いて、玄関まで見送るのが松の日課になっていた。この日は陽の角度が良いのか、ちょうど玄関の方に差し込む形で、松は妙に明るく輝いていた。

「国賊山田、天誅である」

御前町の玄関を出たところで、覆面をした男が六人、すぐに近寄ってきて刀を抜いた。

「何者だ」

「問答無用」

覆面男の上段に構えた刀がきらりと光った。

「先生危ない」

松は自分のことも顧みずに、方谷の背を守った。その時、覆面の男が火の玉を投げてきた。無意識に小雪を守るようにしたため、手で払うことができず、松は肩から背中にかけて油を浴びてしまった。

「ううう」

ちょうど玄関に出てきていた谷三十郎と万太郎、そして、団藤善平がすぐに出てきて、賊と対峙し二人を切り捨てた。

「先生」

「松と小雪を」

方谷も慣れてはいないが刀を抜いて賊と睨み合った。

「引け」

覆面の武士の一人が叫んだ瞬間、団藤の刀が居合のように一閃し、その武士の刀を持った手を切り落とした。谷三十郎も近くの武士の刀を合わせ、甲高い金属音とともに、その刀を折ってしまった。

「待て、逃がすか」

谷兄弟が賊を追いかけている間に、団藤善平はすぐに松に水を掛けて手当てをした。小雪は驚いて泣いているだけで無事であった。松は首から背中にかけて焼け爛《ただ》れてしまい、また左手には深い刀傷ができてしまった。

「我らが、先生をお守りしていなかったばかりに」

谷兄弟は、逃げた二人を捕まえてきた。早朝からの騒ぎですぐに町方も駆けつけ、残りの賊を追った。

「先生はご無事で」

騒ぎを聞いた大石隼雄は、御根小屋から駆け付け、すぐに方谷の安否を気遣った。

「松が」

「すぐに医者に診させます」

大石は目配せをすると、数名の家臣が走った。みどりと楓が冷たい布で松の火傷の痕を冷やしていた。慌ててきた早苗が泣きやまぬ小雪をあやしている。

「その方は、加藤伊之助と小泉新之助ではないか」

谷兄弟に捕らえられた二人を見て大石は呆れた顔を見せた。この二人の腕で、は谷三十郎や万太郎の敵ではない。他の者は斬り捨てられ、または斬られて動けなくなっていた。逃げた覆面の男、岸商店の藤兵衛も近く捕まるに違いなかった。

「お前らは、何故このようなことを」

「だいたい、貧農が武士に対して指図するなど許されるはずがないだろう。家老も勝静様も何を考えているのだ。このような藩は滅びてしまうぞ」

小泉は叫ぶように言った。方谷は憐れむような目で見るだけで、それ以上何も言わなかった。

「小泉、言いたいことはそれだけか」

大石は一言そう言うと、他の下手人もまとめて牢に引き立てた。騒ぎを聞きつけた大月外記はすぐに一隊を率い、加藤家、小泉家、そして岸商店に関わる者をすべて逮捕した。

方谷は、つくづく自分の無力さを感じた。これだけ藩のために改革をしてもわかってもらえない。それは何故なのか。佐久間象山なら、丸川松陰なら、この危機をどのように乗り切ったであろうか。それでも改革を止めるわけにはいかない。天満屋から戻してもらった義蔵所の米を分け、旱魃の飢饉を乗り切った。

この年、嘉永六年六月三日、オランダ商館のクルチウスの予言通り、浦賀沖にペリー率いるアメリカ軍艦四隻が来航した。アメリカの軍艦は大砲を放って威嚇しながらアメリカ・フィルモア大統領の正式な国書をもって開国を迫ってきた。老中阿部正弘は、将軍家慶が病であることを理由に一年間の回答の猶予を得た。「泰平の眠りを覚ます上喜撰たった四杯で夜も眠れず」という狂歌が詠まれ、世情が騒然とする中、佐久間象山や吉田松陰は、黒船と呼ばれたアメリカ艦隊の見物を行っている。

この年、新たな時代の幕開けとなったのである。

第五章　公武合体という幻想

1　小雪

黒船が来たことや内裏の火災などの理由から、年号が「嘉永」から「安政」に変わった。『群書治要』の「庶民安政、然後君子安位矣」（庶民が今の世の中の暮らしに満足していれば、治めている君主の地位は安定する）という一節から取られたとされる。

山田方谷襲撃事件からしばらくして、松は手紙を残して姿を消した。自分はもともと遊女をやっていた女性であり、山田方谷の名に傷を付けてしまう。また左手は斬られて動かなくなり、火傷で顔も醜くなってしまって、方谷先生に見せられるものではないのでお近くにいることはできない、という内容であった。その文末には、方谷への深い感謝の思いが記されていた。

「唯一、方谷先生の子供を産むことができ、短い間でも幸せな時間を過ごすことができたのが、自分にとっての一生の宝です。本当にありがとうございました」

方谷にとっては青天の霹靂《へきれき》である。火傷を負っても、また左手に傷が残っていても、自分を癒やしてくれる存在として近くにいてほしかった。方谷は決して愛情表現がうまいわけではない。しかし、愛情がないわけではなかった。最も身近な存在に自分の愛情がうまく伝えられないということが、方谷にとってはもどかしく、悲しかった。また、何か心の中に大きな穴がぽっかりと開いたように感じ、何もする気が起こらず、暗い部屋に娘の小雪と二人で残されてしまって絶望を感じていたのである。

「先生、大丈夫ですか」

そんな方谷に、矢吹久次郎が声を掛けた。この頃、矢吹も父を亡くして、井村の自分の家に戻っていた。しかし、何かといえば松山城下に来て、山田方谷の面倒を見ていたのである。

「僭越ではございますが、小雪様を我が家でお預かりしましょうか。乳飲み子をお抱えになられては、政も滞り、お困りと思います」

「しかし、久次郎殿」

「いえいえ、うちはちょうど、長男の発三郎が生まれたばかりで遊び相手を探しております。また、妻も一人育てるのも二人育てるのも同じですし、庄屋の家ですから人手は多くあります」

「かたじけない。言葉に甘えさせてもらおう」

久次郎は、武士の世界の乳母の役目を買って出てくれたのである。方谷にとっては本当にありがたかった。

この間、世の中は大きく変わった。ペリーは一年後の安政元年（一八五四年）にも浦賀に入り、これ以上先延ばしをすることのできない幕府は、やむを得ず日米和親条約を締結してしまった。これ以降、なし崩し的に他の国々とも同様な条約を結んでしまう。そして幕府は、広く意見を求める「公議輿論」を行ったので、外様大名や市井の学者などが幕府の政策に意見を具申するようになった。

一方この時、佐久間象山の門弟であった吉田松陰と、その弟子である金子重輔がアメリカの船に乗り込み密航を企てるという事件が起きた。吉田の師匠である佐久間象山は、幸貫の後に藩主となった真田幸教《ゆきのり》に請われ、軍議役として松代藩に戻ってしまっていた時のことである。

またその翌年には、いわゆる安政の大地震が起きた。あまり言われていないが、年号を安政に変えてから、東海地震、南海地震、安政元年には伊賀上野地震、飛騨地震があり、開国をしたために天変地異が起きたと噂された。そして安政二年（一八五五年）一〇月二日、千万の雷が落ちたような音を立てて建物が倒壊し、地の底から突き上げられるような衝撃の後、障子が波打つような揺れが江戸を襲った。いわゆる安政江戸大地震である。現在で言えば震源地を隅田川河口付近の断層としたマグニチュード七前後の江戸直下型地震であると想定され、旗本・御家人らの屋敷の約八割を含む三万戸以上の家が倒壊したと記録に残る。

何よりも、藤田東湖と戸田蓬軒も、この地震の犠牲になっている。藤田東湖の死を知った佐久間象山は、「疇昔を俯仰すれば昨日の事の如し。而るに東湖は復た見ゆ可からず。因て大息流涕す」（昔を思い出せばまるで昨日のことのようだ。だが東湖にはもう会えない。私は大いに涙する）と詩を残している。

ペリーが来てから数年、開国などの失政の天罰として世の乱れを糺《ただ》すべく、天が凶兆を以て警告するのだとする思想が流行し、鯰絵《なまずえ》の中には「世直し鯰の情」として被災者を助ける様子などが書かれたものが流行した。このようにして時代の流れは大きくうねり、そして人々を巻き込んでいったのである。

「みどり殿。いつもありがとうございます」

松がいなくなった後、方谷と早苗、そして耕蔵の面倒を見てくれていたのは佐吉、みつ、佐吉の子供である藤吉と鮎の夫婦、そしてみどりであった。中でもみどりは、もともとは天王寺屋から派遣された学問の徒であるはずが、いつの間にか、方谷の家の人のようになって、身の回りの世話もすべて行うようになっていた。この時期、楓は天満屋が南海地震の影響で江戸への物流が忙しく、大坂に戻らされていた。

「先生、そろそろ考えてあげなさいよ」

「何を考えるのだ」

「何言ってんですか、先生。みどりさんも身を固めないと。いつまでもこのままでは松さんみたいに逃げられてしまいますよ」

「そういうものか」

「お城のことや公儀のことは何でも決められるのに、自分のこととなると何も決められないから困るね。いいかげん目を覚ましなさい」

みつはそういうと方谷の頬をいきなり叩いた。この時、方谷の頬を叩けるのは、みつくらいであっただろう。

「全く世話が焼けるね。女一人幸せにできない男が、国を救えるわけがないでしょう。進さんの時からずっと見ているけど、今回はあたしが決めますからね」

お節介もここまでくれば立派なものである。方谷も決して望んでいないわけでもなかった。松がいなくなった後、みどりが近くにいることで、どれくらい心の支えになったことか。しかし相変わらず自分の感情を表に出すことは下手であった。

数日後、みつに強引に押し切られる形で、みどりと祝言を上げた。

「こんな年増で、もう子供も産める年ではありませんのに」

そう言いつつも、みどりは嬉しそうであった。もう五十二になる方谷にとって、適齢期の若い女性は負担であった。子供を産むというのではなく、自分のことを理解し、そして安らげる女性が欲しかった。そんな方谷にとって三十九歳の気心の知れたみどりは、得難い存在であったのだ。

「いや、めでたいですね」

大石隼雄は当然のこと、三島中州、進昌一郎、矢吹久次郎、大坂から美吉屋五郎兵衛としのも駆けつけてくれた。少し遠くからも清水茂兵衛や竹原終吉、芳、辰吉や加代も集まった。慎ましやかではあったが、多くの旧知の者が集まるよい時間であった。

しかし、時代はなかなか方谷を休ませてはくれない。祝言の翌日には、勝静からの呼び出しで江戸に行かなければならなかった。

「あなた、頑張って行ってらっしゃい」

みどりは笑顔で玄関に座っていた。進の時とは違う。あの、自分のところから離れてしまうという恨めしい目は全くない。

「寂しくないのか」

昔を思い出し、ふと、疑問に思ったので方谷は声を掛けた。

「寂しいですよ。でも、仕事がなくてしょぼくれている先生を見る方がもっと寂しいですから。頑張ってください。私は、牛麓舎を見ながら耕蔵と待っております。もちろん、小雪も久次郎さんにお願いして仲良くなっておきます」

何か落ち着けた。これで心置きなく仕事ができる。方谷は笑顔で旅立った。

安政大地震とそれに伴う火災でも松山藩の江戸上屋敷は、庭の石灯篭が倒れたくらいであとは何の被害もなかった。しかし、そこから見た本所や浅草方面の火災は、空を焼き尽くすほどであったという。

「あの日、少し小雨が降っていなければ、こちらにも火の手が来たかもしれない。水戸斉昭様のところも、酒井右京亮殿（忠眦《ただます》・越前敦賀藩）、本多越中守殿（忠徳《ただのり》・陸奥泉藩）、松平伊賀守（忠固《ただかた》・信州上田藩）の屋敷もすべて被害があったらしい。ここは被害がなくてよかった」

勝静は胸をなでおろすように言った。

「それにしても、藤田東湖殿、戸田蓬軒殿と、惜しい人材を失いました」

「世の中が、ペリー来航で乱れているときに、それを治められる人材を失ったのは、この国にとってかなりの痛手であろう」

勝静は、行燈の灯の中、将棋盤を持ち出して方谷との間に置いた。長くなっても怪しまれぬように、二人で将棋を指しながら話すようにしていたのである。

「それにしても、江戸は変わりましたな」

「先生もそう思いますか」

松山藩上屋敷の近くは、地震で江戸城の石垣が崩れたことを除いて、変わったことは何もなかった。しかし、石垣が崩れたことで江戸幕府がなくなると噂が流れ、火事や倒壊の被害よりも人の心の被害がかなり大きかった。そのうえ前年締結された条約で開国したことから、江戸の街は異国の者を見かけることが多くなり、一部では人を喰らう鬼として警戒された。西洋のギヤマンなどの商品が軒先に並べられ、伊豆の下田や横浜の居留地の噂話が大きく語られるようになっている。

「公議輿論だそうだ。先生、外様大名も下級武士も、町人までもが公儀のやり方に口を出してくる」

「街で聞いた噂話が、そのまま公儀に上がってくるのですね」

「ああ、幕府はどのようになってしまっているのだ」

開国を決めた老中阿部正弘は既に身を引き、堀田正睦《ほったまさよし》が老中首座になっていた。将軍も十三代家定の代に変わった。家定は十二代家慶の四男で、幼少のころから病弱であり、家慶自身が将軍としての資質を疑問視し、幼少のころから聡明と噂されていた水戸斉昭の息子である一橋家の徳川慶喜を後継者にしようとしたほど頼りない人物と伝わる。

「新しい将軍はいかがにございましょうか」

「実は会っていない」

勝静はため息交じりに言った。勝静自身、幕府の行く末に深い不安があることがわかる。

「噂では、将軍様は病弱であまり人前に出てこられないとか」

「ああ、本当にそうだ。老中堀田様もほとんど会われていないと聞く。乳母の歌橋様が代わりに取り次いでいるが、それも御政道に大奥を入れることになり、なかなか要領を得ない」

パチンと将棋盤が音を立てた。勝静が王を守る金を動かしたのだ。

「朱子学では、そのような状況でも将軍を支えなければなりませぬ」

あえて「朱子学では」と方谷は強調して言った。朱子学がすべてではない、ということをわからせたいがためである。

実子相続の意見が出て、結局家定が十三代将軍となったが、寛政異学の禁によって、幕閣が朱子学を重視していることの弊害で、将軍が自分の後継者を決めることができない。特に、異国船が押し掛け、この難局に資質に問題がある人物が将軍になり、なおかつ、敵前で陣頭指揮を行わない。これでは幕府全体の信用が失われてしまう。

「そうだ。しかし、将軍の御心もわからぬのに、どうやって支えろと」

「お怒りなく聞いていただけるのであれば」

方谷は、そう言うと盤上でパチンと音を立てた。方谷の飛車が勝静の王の前に動き、龍に変わった。王手である。

「先生、話は聞きますがその手は一手待っていただけないか」

方谷は、にっこり笑うと二手戻した。これでまた大きく流れが変わる。

「将棋ならば二手戻せますが、時代はペリーの来る前までは戻せません。そこで、我々は新調せねばなりませぬ」

開国が一手、地震が一手。二手戻すことができれば様々なことが変わる。

「新調とな」

「はい。対局自体を新しくするのです」

方谷はそう言うと、将棋盤の上の駒をすべて落としてしまった。

勝静はさすがにわからなかった。今迄に、方谷と将棋を指して、このように無礼な将棋の終わらせ方をしたことはなかった。何かを示唆していることはわかるのであるが、具体的に何を示唆しているのかは分からない。

「この将棋と同じです。もう勝ち目がないならば、新しくしなければならないのです」

「将軍のことか」

「いえ、幕府のことです」

「幕府を自分の手で終えよというのか」

方谷の性格を知っている勝静は、方谷に対して怒りはしなかった。しかし、幕府を守るはずの譜代の自分に、幕府を終えよというのであるから驚きは隠せない。

「はい。人心がこれだけ離れてしまえば、早晩幕府は崩れましょう。まだどのような形で崩れるかはわかりませぬが、しかし、今のままで良しとはなりませぬ」

方谷はそう言うと、盤の上に駒を並べ始めた、勝静もつられて駒を並べた。

「この幕府は神君家康公が材料を整え、秀忠公がそれを織り、仕立て上げた着物と同じです。家光公がそれを着用しましたが、徐々に古くなり、吉宗公の時に一度洗濯を、二度目の洗濯をお祖父様でいらっしゃいます松平定信公がされました。しかし、すでに汚れもひどく綻びもあり、どうにもなりません。この将棋とて同じ、何度か手を戻しても、大きな流れが変わろうはずがありません。いかがでしょう。このように盤上を新しくすれば、また浮かぶ背もあると考えます」

勝静の手が止まった。方谷の言うことはわかる。しかし、それでは幕府を見捨てることになる。

「綻びを繕い、もう一度洗濯して何とかならぬか」

「今回は、異国船という取れない汚れも付いております。これを新たに染め込むのか、それともすべて洗い流すのかが問題になりましょう。洗い流せば着物もかなりくたびれてしまいますし、染め込めば今までの色は消えてしまいます」

「何とかならぬか」

方谷は一手目を指した。歩を動かしたので、パチンと軽い音が部屋の中に響いた。

「すでにこのように将棋が始まってしまっています。江戸の町も変わりました。この異国による変わり方が松山城下に来る前に、藩をもう一度きれいにしておかなければなりません」

「幕府を見捨てよと申すのか」

「いえ、幕府よりも先に松山の領民のことを考えていただきたいと申しております」

勝静は、悩んだ挙句に、一手指した。

「それはできぬ」

「殿ならばそう言うと思いました。仕方がありませぬな」

「許せ、藩のことは任せる」

松平定信に育てられた勝静にとって、幕府を見捨てるようなことはできるはずがない。方谷は勝静のそのような性格までわかっていたので、それ以上は何も言わなかった。将棋は夜半まで続いたが、勝静が勝つことはなかった。


翌日、方谷は復興が進む江戸の街の中を歩いた。まずは小石川の水戸藩の屋敷跡に行き、藤田東湖の霊に手を合わせた。その後、もう八十を超えた佐藤一斎のところに向かった。毎日ほとんどを寝て過ごすようで、地震の時も感じなかったというのである。

一斎のところを出ると、昌平黌から万世橋の方に抜け、御徒町から上野に出た。そこは雰囲気がかなり変わっていた。

「先生、盗賊なども出てくると思いますので、気を付けてくださいまし」

江戸上屋敷に護衛として入っていた熊田恰が、この日は勝静に命じられ、方谷の護衛についていた。この辺は、家を焼け出された者、または火傷や怪我をして行く当てのない者が、助けを求めて寛永寺門前を中心に、浅草寺あたりまで集まっていた。皆こちらを恨めしそうに見ていて、熊田恰でさえ、これだけの人数が同時に襲ってきたらと思うと恐怖を感じるほどであった。

「熊田殿、もう少しよろしいかな。行きたい場所があるのだが」

「もちろん、本日は一日空けていただいております」

方谷はそう言うと、浅草寺門前から本堂を抜け、そのまま裏に回った。

「ここは吉原では」

熊田の前には、黒く焼けた町が現れた。当時、吉原は廓すべてが灰燼《かいじん》となったといわれている。仮名垣魯文の書いた「安政見聞誌」によれば、火が出ると、裸で接待している遊女は服を着ることができずに、酒を飲んでいる遊女は足元を取られて火に飲み込まれていったという。やっとの思いで穴蔵に逃げ込んだ遊女は、すべてその中で焼け死んだという。吉原は男女合わせて総人数八千人、そのうち遊女は四千五百人といわれていたが、安政の震災では確認できただけで千二百人が犠牲になったという。それ以外にも、逃げようとして堀に嵌った者や服についた火を消そうとして大川に身を投げた者、中には運良く生き延びたのに盗賊などに身ぐるみ剥がされて殺された女性もいたという。後に再建された吉原に戻ったのは、火事の前の半分以下であったといわれる。

「遊んでいくのかい」

遊郭などは、街の復興では最後に手が付けられる場所だ。地震から少し経っても、焼け残った黒い壁や柱がそのままの形で残っている。火事の後だけに会所の木札もなく大門をくぐることができる。

「いや、馴染みの店があってね」

焼け出されて帰るところがない遊女なのか、方谷の言葉に鼻で笑っていた。

「先生、こんなところに馴染みの店ですか」

「ああ、この歳まで生きていると、いろいろあってな」

方谷は吉原の中之町を歩き、「稲」に向かった。元締役を受けるかどうか悩んでいた時、佐藤一斎に連れられて、藤田東湖や戸田蓬軒と話をしたあの店である。今回の安政地震で、江戸の思い出の地が全て失われてしまったのではないか、そんな不安をかき消すために方谷は歩いていたのかもしれない。

「確かこの辺であったはずだが」

「お武家さん、何か探してるのかい」

何かこの辺で探し物をしていて煤《すす》が付いたのか、顔を黒くした女性が三人で、焼けた柱に寄りかかって座っていた。派手な模様の着物から、以前は遊女であったのだろうと思われる。それでも白塗りの顔が黒い煤に変わるとわからないものである。

「ああ、この辺に稲という店があったと思うのだが」

「ああ、ここよ」

女性の中の一人が、黒い柱が何本かあるだけの空間の前に立った。足元には入り口に飾ってあった花瓶が割れたのか、模様のついた陶磁器の破片が落ちている。

「これは、入り口の花瓶……」

「お武家さん、この店のお馴染さんだったんだね」

「ああ」

「この辺は一番死体が多く出たところなんだよ。両方から炎が迫ってきて、この真ん中、ちょうどお武家さんがいるあたりで、炎が竜巻みたいに柱になっちゃってさ」

「生き残りはいないのか。この店の小稲は」

「小稲ちゃんね。小稲ちゃんならこっちだよ」

女は先頭に立って、大門とは反対の方向に歩いてきていた。

「ここは」

「投げ込み寺だよ」

正式名称は浄閑寺という。この寺には現在でも新吉原遊女総霊塔が残る。昭和になってから改修された総霊塔の足元には「生まれては苦界、死しては浄閑寺」と書かれている。人知れず亡くなった遊女などが、身寄りもないので筵に巻かれてこの寺に投げ込まれたので、誰言うとなく投げ込み寺といわれるようになった。遊郭が新吉原の場所に移って、昭和三十一年（一九五六年）の売春防止法施行までに約二万五千人の遊女が総霊塔の下で眠っているという。

しかし、この時に方谷が見た光景は全く違った。うず高く積まれた黒い遺体の山、中には焦げた肉片しか残っていない者もいる。そして誰が手向けたのか、心ばかりの花が置かれていた。

「この中に小稲が」

「いや、他のお店の子はここだけど、小稲ちゃんはあっちだよ」

女性は、この世の生き物ではないように歩くと本堂の階段を上がっていった。

「お坊様、小稲ちゃんいる」

「おお、梅ちゃんかい。どうした」

「小稲ちゃんに、馴染みのお武家様が会いたいって」

方谷は住職に向かって会釈した。そして梅と呼ばれた女性に、懐から五分銀と笹で包んだ柚餅子を三つ渡した。先ほど座っていた女性が三人だったからである。

「一緒にいていい」

「戻らなくてよいのか」

「やることないもん」

確かにそうだ。店が焼けてしまった吉原の遊女に、やらなければならないことなどはない。そのうちお役人がきて、何事もなかったように新たな建物が建てられるのだ。それまでは寄り付く人もいない。

「お武家様は、小稲の縁のある方でございましょうか」

良雲と名乗る僧侶は、笠を取った方谷を見て、本堂に上がるように促した。そんなに広くない本堂に、隙間がないほど怪我人が並んでいて、小坊主が次々と世話をしている。医者などいない中で、水で濡らした布で火傷の跡を冷やし、水や食べ物を口に運ぶだけのことである。それでも、被災者たちにとってありがたいことであろう。

「お武家様にはお見苦しいかと思いますが、これが今の吉原です。上級の花魁になると、金を積んでも顔さえ見ることすら叶わない存在です。しかし、所詮は殿方の遊び道具にすぎません。殿方が忙しくなったり、遊べなくなったり、飽きたり、遊び道具が壊れてしまえば、みじめに捨てられてしまいます。しかし、拙僧から見れば皆一人の人間です。生きていても亡くなっても、その魂を鎮めるのが役目と心得ております」

そういうと、火傷を負い、顔半分が爛れてしまった女性の前で座った。目を瞑っているのか、まだ良雲が来たことに気付いていない。

「小稲さん、お武家様がお会いになりたいと」

「小稲殿、私だ。備中の山田安五郎だ。ほら佐久間象山と一緒に来た」

小稲は一瞬嬉しそうに顔を上げたが、すぐに両手で顔を覆った。

「来ないで、こんな醜くなった私を見ないで」

本堂全体に響くような悲鳴に近い叫びは、そこにいた何人もの遊女たちの心に火をつけたのか、方谷の方に非難と同情の目を向けた。

「小稲殿、醜くなどはない。もちろん今日は遊びに来たわけではないが、松山から小稲殿に会いに来たのだ」

小稲は、体を少し動かして方谷の膝に顔をつけて泣いた。良雲は、軽く小稲の肩をたたくと、他の遊女のところに回っていった。小僧が盥と水を持ってきたので、横にいた梅が小稲の体を拭いた。背中にかけても酷い火傷である。小稲は肌が白かっただけに、赤く爛れたところが痛々しい。

「松野さんも、雪野さんも、小丸ちゃんも、みんなみんな……」

「もうよい」

「だって、だって、私の前でみんな……助けてって言いながら火の中に巻き込まれて、そうしたら松山さんが火の中に飛び込んで、私の手を引いてくれたの、松山さんはもう一人と火の中に入って行って……それで、そうしたら、火が竜巻みたいになって。松山さんがこれをって……」

しゃくりあげながら、帯の間から半分焦げた安養寺のお守りを出した。

「おみよ、おみよが」

「松山さんに助けられました。でもその時の火傷で松山さん……」

方谷の目からは涙があふれた。

「馬鹿だな。お守りが守ってくれるのに。お守りを離したら……」

方谷は、安養寺のお守り袋を握りしめた。

少したって梅が遊女の遺体が積み上がっているところに案内してくれた。この人の山の中に、松野も、雪野も、小丸も、そしてみよもいるのかと思うと、涙を止めることができなかった。

「熊田殿、これを和尚に。供養代として」

方谷は懐紙を出すと、そこに「備中松山西方郷安五郎」と書いて、幾許《いくばく》かの供養代を包み、熊田に渡した。熊田は黙って頷くともう一度奥に入っていった。


方谷は翌日、改めて勝静と面会した。

「方谷先生、昨日は吉原に行かれたそうで」

どんなに忙しくても、方谷の面会だけは必ず勝静は時間を作った。特にこの日は藩邸ではあるものの将棋を指しながらの話ではない。珍しく方谷から個人的に頼みがあるという。勝静は何か特別なことでもあるのかと思って、江戸城から上屋敷に戻ってきていた。

「いや、江戸で学んでいた時はずいぶん通いましたので」

「余はあまり吉原の廓に入ったことはないが、それでも一度か二度は言ったことがある。化粧の濃い女性が多く、また妙に赤い建物ばかりであった記憶があるが。まさか先生も行かれていたとは思いませんでした」

勝静は、方谷のような学問ばかりの人が、義父勝職のように遊女と遊んでいたということを信じられないというように見ていた。

「いやいや、通えるほど裕福ではありませんでした。ただ、先日の地震で亡くなられた藤田東湖先生や戸田蓬軒先生と共に語らった場所を懐かしんでおりました」

「吉原で藩政改革の話をされたのですか」

「はい、おっしゃる通りです。吉原では我々と他の客が遭わないように、店の女子たちがあしらってくれます。そのために、単に遊ぶだけではなく、秘密の話をしてもよい場所でございます」

「方谷先生に、吉原についてまで教えていただけるとは思いませんでした」

勝静は、少し笑いながら方谷の方を見たが、その方谷は神妙な表情をしていた。何かがあったのであろう
「殿のお力で吉原の再建をお願いいたしたいのですが」

「吉原の……なぜ」

意外な言葉であった。学問所や書店など、学問に関係がある場所の再建であれば勝居も理解できた。学者であれば、学問に関係のある場所の再建ということに専念するはずであるが、今回言ってきたのは、まさか遊郭の再建を申し出てきたのである。

「殿、まだお若かったころに一緒に松山領内をめぐりました時のことを覚えていらっしゃいますでしょうか」

「ああ、大石も一緒に回って、最後には先生の西方の御実家にも立ち寄らせていただいた」

「はい。あの時に、殿は領内の農民の貧しさについてお話をされておりました」

「確かに。米を食べることができないということには、余も驚いた」

まだ、勝静が藩主になる前の話である。方谷はそのような昔の話を始めたのである。

「殿、その時に人が売られる話をしたと思います。実際に、今日も田舎村では生活に困り、人を売る習慣がございます」

「ああ、その話ならば聞いた。そのために、松山藩では備中鍬やたばこ、柚餅子などを作り領内の者はみな裕福になっていったと思う。いや、それを行ったのは先生ではないですか」

勝静は、当然のことのように言った。何よりも、今松山藩主として板倉勝静が幕府の職をいただけているのは、松山藩の藩政改革が成功し、様々なところで評判になっているからではないか。

「はい、殿の御決断によるところ、松山の領民皆感謝しております。しかし、日本全国を見渡せばそのような藩ばかりではありません。松山藩の事だけを考えれば、殿のおっしゃる通りですが、幕府の要職にあらせられる殿から見れば、全てが松山藩のようなところばかりではないかと思います。他の藩の貧しい者たちは、どのようにしたらよいのでしょうか」

勝静は、息を呑んで何も言わなかった。今回は、方谷が幕府の要職のような観点で見ていて、自分は松山藩の事しか見ていなかったのではないか。

「もちろん、殿はこの地震で焼けたことを機に、吉原を廃し、人を売る習慣をなくそうとお考えのことと思います。しかし、それでは松山藩とは他の貧しい家が生活する手段を失い、非合法の夜鷹のような女性が増え、治安が乱れます。また、田舎の農村では年貢の重さに耐えきれず、逃散するものが後を絶たなくなります」

方谷の言うとおりである。いや、義父勝職の時は、松山藩がそうであったのだ。

「しかし、他の藩に産業を興すように言ってもなかなかうまくゆくものでもあるまい」

「また、いままで吉原にいた娘たちはどうなるのでしょうか」

勝静は、再度黙った。勝静は、生まれながらにして大名の子供として育っている。そのために、世の中の汚い部分や貧しい部分は目隠しをされたように、見せられることなく今日まで来ている。それに対して、方谷は貧農の子であり、方谷自身油売りで生計を立てながら学んでいたのである。それだけに様々なことがよく見えているだけではなく、様々な立場の者の考え方を肌で感じることができるのである。

「帝王学という学問はなく、森羅万象を学ぶことといったのは、先生でしたね」

「はい、今もその考えに変わりはございません」

「売られてしまった娘や、まだ産業が起きていない藩の貧しい者たちのことまで配慮し、吉原を再建せよということですか」

「はい、そして今回の火災であそこで命を落とした不憫な人々のためにも」

「先生の馴染みの女子はいかがでしたでしょうか」

さすがに勝静は頭の回転が速い。生きている者だけではなく、亡くなった女子のことまで言う方谷の表情を見て、そのすべてを察したようであった。方谷は、そんな勝静に対して何も言わずに頭を下げた。

「先生のいつも言われるように、心を磨いて考えてみます。いや、これから江戸に来る人、今江戸で再建をしている多くの人々の心のことまで考えてみます」

さすがに、幕府は遊郭の整備の費用を出すわけにはいかない。安政地震の後は町民の救済や旗本御家人の役宅の整備などやらなければならないことが山積していた。そのような中勝静は親しくしている何人かの大名に声を掛け、藩の資金を拠出するように協力を依頼したのである。江戸の大店や大阪の天満屋、天王寺屋も板倉勝静の呼びかけに応じ、吉原は以前よりも立派に再建された。そして余った金は浄閑寺に寄付されたのである。方谷は知らないが新しくできた吉原に「稲」と書いた看板が掲げられ、梅がその店を任されたのは数年後の事であった。

江戸を発ち、慌てて松山に戻ると、大きな事件が起きていた。

一つは、川田甕江《おうこう》が牛麓舎に来ていた。

川田甕江は、備中浅口郡阿賀崎村新田港問屋大国屋の川田資嘉の次男である。幼少のころに父も母も亡くし、兄によって育てられた。嘉永五年から江戸に出て学び、その後、津の斎藤拙堂のところに遊学したところ、そこでやはり遊学して塾頭をしていた三島中州と出会い切磋琢磨する。近江国大溝藩主分部《わけべ》光貞《みつさだ》の客儒として迎えられ　一年後には藩儒として一〇〇石を給する約束であったところ、方谷に「藩政改革のため人材が必要なので郷里の松山藩へ来て欲しい」と懇請され、大溝藩を断り、松山藩に五〇石で出仕したのである。甕江にしてみれば、斎藤拙堂の塾で一緒に学び切磋琢磨した三島中州がいるということと、自分の出身の松山藩であるということから、俸給が半分でも松山を選んだのだ。

来る者がいれば去る者もいる。

「なんということをしたんだ」

さすがの方谷が怒鳴りつけた。御根小屋のお白州にいる方谷の目の前には、谷万太郎が土下座している。横には大月外記と大石隼雄が座っていた。

「いや申し訳ございません。いや、酒の勢いで。それにいい女に見えたんだよなあ」

谷万太郎が申し訳なさそうに言った
「それで、許されるものではあるまい」

呆れた顔で大月外記が言った。怒るというよりは、呆れてものも言えないという感じだ。

「何とか許してやってください、と言っても無理でしょうね」

万太郎の横に、谷三十郎も座っている。

「当たり前だ」

谷万太郎は、酒に酔った勢いで街を歩いていた女性をかどわかし、その女性を犯した。それだけではなく、その女性を付け回し、その女性のいる屋敷に押し入ったのである。そして、それがよりによって先代板倉勝職お気に入りの遊女松葉太夫であったのだ。山田方谷襲撃事件の後も、特に松葉太夫と巴太夫は許されて、そのままお茶屋を営んでいた。

「よりによって」

大石隼雄は、そう言うと頭をかいた。

「どうすんのよ、姐さん怒っているよ」

巴太夫は、白州の横に座ってキセルをふかしている。本来白州はタバコなどは禁止なのであるが、なぜか巴と松葉だけは守らないことが常態化していた。

「いや、先代さんのところにいる時から、いい女だなと思っていたのですが。さすがに先代さんのところにいては手を出せなくて。まあ、今ならば先代さんもいなくなって空き家だし」

「調子に乗るな」

大石隼雄がどなった。さすがにこれ以上は聞いていられない。

「どうしますか」

大石が聞くと、大月外記は落ち着いて言った。

「本来ならば斬り捨てるところであるが、今は松葉太夫も巴太夫も遊女に過ぎない。ただ金も払わず、押し入って女を犯すとは許せぬ。出ていけ」

「はい。要するに無罪放免ですか」

「この愚か者、谷家はお取り潰し、お前らは全員この松山藩所払《ところばらい》いだ」

谷三十郎も万太郎も、うなだれるしかなかった。

不義密通は、本来ならば切腹である。しかし、松葉太夫も巴太夫も不義密通というような関係でもない。そもそも先代勝職の妻ではないのである。厳密に言えば、単なる遊女であり、金さえ払って遊んでいれば何の問題もないところだ。ということは、押し込み強盗に近いところであろう。今まで山田方谷一家を守ってきた功もあり、谷家はお家断絶、三兄弟すべてが松山城下所払いとなった。

もう一人、牛麓舎から出て行った者がいた。荒木主計である。牛麓舎に足守藩主から、誰か紹介してほしいという申し出があり、方谷は荒木主計を紹介したのである。しばらくして荒木から感謝の手紙が来た。その手紙には姉の松も足守藩に来て、今は優しい藩士の者に嫁いだということが書かれていた。

2 直弼

安政四年（一八五七年）、松山藩は大坂の銀主にすべての借金を返済し、なおかつ、十万両以上の貯金が残っていた。もちろん、方谷の政策がうまくいった結果である。それも、元の計画の半分の期間で全て返済し、貯金まで残したのである。

藩政の立て直しができたので、方谷はすべての役職を辞めた。元締役は大石隼雄に、藩校有終館の学頭は三島中州に、そして江戸藩邸学問所の学頭は川田甕江にそれぞれ譲った。しかし、板倉勝静が寺社奉行に推挙されたことで、また方谷の力が請われることになる。

寺社奉行とは、江戸幕府の中で「勘定奉行」「町奉行」「寺社奉行」の三奉行の中の一つであったが、町奉行や勘定奉行が老中の管轄下で旗本が就いていたのに対して、寺社奉行は一万石以上の譜代大名が就き、三奉行の中の筆頭格であった。主な任務は全国の社寺や僧職・神職の統制であるが、門前町民や社寺領民、修験者や陰陽師らの民間宗教者、さらに連歌師などの芸能民らも管轄した。奏者番から寺社奉行そして、最終的には老中まで上り詰める出世コースの一つであった。

普通であれば、出世コースに乗ったのであるから、大いに喜んでもよいはずである。しかし、方谷から「幕府はそろそろ新調しなければならない」と言われてしまった勝静にとって、素直に喜べるものではなかった。このまま幕府からの要請を受けてよいものか、気を付けねばならぬことは何か。方谷に相談をすれば反対されるに違いなかったが、しかし、不安になった勝静は、方谷を江戸に呼び出すしかなかった。

「わざわざ私をお呼び頂いたということは、殿は寺社奉行をお受けになられるということですね。ご就任おめでとうございます」

勝静にとっては意外な答えであった。

「お許しいただけるのですか、先生」

「賄賂をすることなく自然に寺社奉行になれるなら、天の命じるところであり、就任を避けるべきではないと思います。お受けくだされ。補佐いたします」

「先生が補佐していただけるのであれば心強い限り。これからも頼みます」

「殿に忘れないでいただきたいのは、私が、以前申し上げたように、幕府は綻びを繕うだけでは間に合わないというように見ています。しかし、それでも殿はお受けになるのでしょう。それは殿のご決断です」

方谷から見れば、寺社奉行であれば幕府全体の責任を負わされる立場にはないし、また異国船との問題に関しても直接は関係がない。また、幕府の役職に伴う財政負担は、全国の門前町に太いパイプができ、松山ブランドの鍬やタバコなどを売ることによって賄うことができる。

ただし、幕府が傾いてしまっている状態において、その幕府の重責を担う立場になることは、必然的に松山藩も巻き込まれことになる。あくまでも大名板倉勝静の基盤となるのは備中松山五万石しかない。その松山藩を守ることこそが板倉勝静を活かすことになる。しかし、幕府の役職のような名誉を前にすると、藩を犠牲にしても幕府のためというように本末転倒してしまう場合がある。多くの人に恨まれても、そこを切り離すことこそが方谷に与えられた天命なのではないか。

「殿が藩を犠牲にするようなことがあれば、私がお諌め申しますので、その時はご覚悟ください」

「分かった。いや、先生はそうであってくれなければ困る。その時は遠慮なくやってほしい」

方谷に反対されなかった勝静は、喜んで寺社奉行を受けた。方谷はその喜ぶ姿を見て、また松山に戻った。

しかし、方谷の予想通り、幕府が平穏に過ぎていたのは、それから一年くらいしか続かなかった。安政五年（一八五八年）の春ごろになると、元来病弱であった十三代将軍家定が病に臥せり、幕閣の中では将軍の後継問題が大きな話題になったのである。後継者として名が挙がったのは、前水戸藩主徳川斉昭の実子で、御三卿の一橋家に養子に出ていた十七歳の一橋慶喜と当時八歳の紀州藩主の徳川慶福《よしとみ》であった。

慶喜は、幼い頃から英邁との評判が高く、国難を乗り切るには、英明な将軍の親裁が必要だと考える幕政改革派に強く推薦されていた。何よりも、前将軍家慶が家定を排して慶喜にしようとしていたことも強く影響した。大名では、越前藩主松平春嶽や慶喜の実父である前水戸藩主徳川斉昭などであった。

一方、徳川慶福は、幕政は従来通り譜代と旗本で運営すればよく、将軍は血筋が正しければよいとする守旧派に推されていた。南紀派には彦根藩主井伊直弼《なおすけ》や会津藩主・松平容保《かたもり》、老中松平忠固などと、大奥が主に推していた。大奥は政治などは関係なく、城内でいやらしいことを言う徳川斉昭に嫌気がさしていたためといわれている。

「いかがいたしたらよい」

当然に板倉勝静もどちらにつくか、双方から言われていた。寺社奉行になった以上は、勝静は江戸を離れることはなかなかできない。表向きの相談の時には川田甕江を同席させたが、このように、勝静本人の内心の問題などの場合は、方谷を江戸に呼び出して、夜に将棋を指しながら相談した。

「殿、よく天下の仕事を為す事が出来る者は、物事の外に悠然と立って物事を考察し、物事の渦中に取り込まれる事は無い、と申し上げたと思います」

「なるほど。事の外に立つ、か」

板倉勝静は心情的には守旧派に属する。ただし、守旧派という先入観で物事を判断してよいのだろうか。勝静は不安であった。

その時、方谷が銀の駒を指した。パチンという大きな音で、勝静は目が覚めたような衝撃を受けた。

「殿、そもそも義と利は両立しません。利を貪る気持ちが心の中に蔓延すると、必ず義はその居場所を失ってしまいます。自分の中の義が居場所を失うと、自分を愛する心が日増しに強くなり、国を憂う心は日々薄れてゆくものです。そのようになってしまいますと、この将棋盤のように王手を指されてしまいます」

勝静の見るところ、方谷は藤田東湖に影響を受け、佐久間象山と親しい。もちろん丸川松陰や佐藤一斎といった朱子学の影響を強く受け、そのことは勝静と変わりはないが、しかし、陽明学も蘭学も森羅万象全てを受け入れる力を持っている。勝静の思いが及ばぬところに方谷の目は向いている。

「また先生に負けました。ところで、南紀派と一橋派、先生は、どちらが勝つと思いますか」

「殿、心を磨いてください。今回の一件、勝ち負けではございますまい。ただこの問題に関しては、紀州の慶福様が有利かと思います」

「なぜ」

方谷は、また新たな勝負のために将棋盤の上を新しくした。この将棋は勝静の話が終わるまで何回でも続く。

「失礼を省みずに申し上げれば、水戸斉昭様は少々女癖が悪うございます。斉昭様は大奥に限らず、城中の女中どもにも評判がお悪い。将軍家定公は、乳母の歌橋様の言うことは聞くと申しておりました。当然に女性である歌橋様の影響で将軍自ら後継者を慶福様に決めますでしょう」

新たな将棋の駒がパチンと音を立てる。その音が勝静に新たな視点を与えてくれたようである。

今まで慶福と慶喜の二人を比較していたが、実際に後継者を決めるのは家定である。ではその家定がどのようなことを考えるかということになれば、乳母の歌橋の影響から南紀派が勝つことは自明だ。一橋派は、それを覆すだけの根拠はないのである。

勝静は、事の外に立つということはこういうことかと改めて感心した。

「相分かった。それで先生、余はどうすればよい」

「次の一手を見極めることでございましょう。心を磨けば、自ずと先が見えてくると思います。それは将棋と同じ。三手先を読んだ上で次の一手を指す。それが肝要と存じます」

そう言うと、方谷は、盤面を三手ほど進めた。そのうえで元に戻すと、次の一手に対して異なる手を打ったのである。目の前で自分が考えた手では、完全におかしな方向に行ってしまうことが見て取れる。そのうえで、改めて次の手を打つ。将棋では当たり前のことが幕府の中の勝静自身はできていない。

「こういうことか」

「数手先を読むということであれば、紀伊の慶福様を推されている井伊直弼様が、慶福様が将軍になられると要職に就かれるでしょう。その井伊様は、片方では子供のような人物であるとの評判があり、もう片方では、名君であると言われております。このように評価が極端に振れる人は、かなり感情的な動きが強く、また独断で物事を進める性格の方とお見受けいたします」

方谷は静かに言った。わざと将棋盤から目を上げ、一度勝静の目を見た。ちょうど行燈の灯りが揺れて、勝静の心のように影が大きく乱れた。

「井伊殿のような方が、老中になられたらどうなる」

「極端で独善的な正義をもって物事に対処されるでしょう。つまり、紀州慶福様の将軍職を安定させるために、反対された方々を強制的に排除されると思われます」

「それからどうなる」

勝静は、方谷に促されるように将棋の手を進めた。方谷はその手を見て、すぐに前に出すぎていた飛車を取ってしまった。

「独善的であれば、当然に反発が多くなります。それでは、御政道が持ちますまい。そこで、こうなります」

油断していた勝静の手のあと、王手であった桂馬がそのまま勝静の王将を取った。勝静は、その王将が取られるところを見て、急に青くなった。王将の駒が取られたことは、将軍か井伊直弼が殺されるのか、あるいは幕府そのものが倒されるのか。方谷の将棋は、そのような将来を暗示している。

「そんなことが許されるはずがない」

「では、そのための手を打たれるべきでしょう」

方谷はそう言うと、駒を箱の中にしまった。もう夜が更けている。

「先生、今日は中屋敷に行かず、ここに泊まられてはいかがでしょうか」

「いえ、それでは眠れません。また殿も、ゆっくりお休みになられた方がよいかと存じます。年寄りに夜更かしは堪えますので」

方谷はそのまま、上屋敷を後にした。


安政五年（一八五八年）、下田に着任したアメリカの代表ハリスの要求に応じ、日米修好通商条約の勅許を求めに、老中堀田正睦が京に上がった。しかし、攘夷を旨としている孝明天皇は、全く受け入れなかった。成果のなかった堀田正睦の江戸帰府三日後、将軍家定は突然井伊直弼を大老に任じ、紀州藩の慶福を後継者に指名したのである。

大老井伊直弼は、勅許のないまま条約を締結し、それに反対した徳川斉昭や越前藩主松平春嶽などの一橋派をすべて排除してしまったのである。方谷の予言通りに全ての事が推移してしまった。

幕府の独断に怒った孝明天皇は、公武合体を進め井伊直弼を排除するように「公武合体をいよいよ長久にし、徳川家を助け、内を整え、外夷の侮りをうけぬようにせよ」というような内容を含む、いわゆる「戊午《ぼご》の密勅《みっちょく》」を水戸藩に送った。しかし、これが幕府に露見し、勅書降下や一橋慶喜の将軍擁立運動の関係者の処罰を行ったのである。

この一橋派の大粛清を、後世「安政の大獄」と呼ぶ。勅書を受け取った水戸藩だけでなく、尊王攘夷の中心的存在で朝廷への影響力があった梅田雲浜《うんぴん》・頼三樹三郎など七〇名を超える志士・幕臣・諸侯・公家などが処罰を受ける結果になったのである。この時、佐久間象山の私塾の弟子であった吉田松陰や橋本左内も、そしてその責任を負って佐久間象山、京都では親友の春日潜庵までも、牢に繋がれることになったのである。

「予想していたとはいえ、これは大変なことになった。一人でも多くを救わなければならぬ」

松山の自宅にいながら、事の流れを注視した。

「先生、手紙が届いています」

みどりが、手紙を持ってきた。裏には「順」と書いてある。佐久間象山の妻順子である。

「先生、大変。象山先生が獄に入られたとのことでございます。こちらは兄の勝麟太郎様などで対処しているので、方谷先生が獄にならぬように避難してくださいとのことです」

みどりは、読みながら襖のところに立ったままである。方谷は、みどりのそのような様子を見ていた。

「ここまでは来ないでしょう。まあ、私のような老いぼれは、井伊様も相手にはしないと思います」

みどりは、あまり方谷の邪魔にならないように、すぐに奥に引っ込んだ。奥からは小雪の遊ぶ声が聞こえる。

みどりが置いていった手紙には、簡単に、象山は大丈夫だが門弟である吉田松陰を助けるのに力を貸してほしいということと、そのために長州から一人向かうと書いてあった。順子の文面になっているが、筆は非常に活発な筆である。たぶん兄の麟太郎が書いたのに違いがない。

「みどり、手紙の続きには長州から客人が来るとありますよ」

「そうですか。できれば牛麓舎でお願いしますね。こっちは家なんですから、あまり仕事を持ち込まないでください。ここ数日は、矢吹さんのところから小雪も帰ってきているんだし」

みどりは全く気にしない風である。何でも深刻に受け止める進のような女性では、方谷も気を使わなければならないし、また判断が狂う場合もある。しかし、牛麓舎も知っていて、明るく受け答えしてくれるみどりの存在は、方谷の気持ちを楽にしてくれた。

そのみどりの期待にそぐわず、すぐに自宅の門を叩く音がした。

「長州藩の久坂玄瑞《くさかげんずい》申します。佐久間象山先生より、書状にてご紹介にあずかり不仕付けながら参りました。山田方谷先生にお取次ぎ願いたい」

端正な顔立ちの若者である。久坂玄瑞と名乗る男は、全く笑顔も見せず、また、体に針金が入っているのではないかと思われるような固い印象である。

「本当は、こっちに来てほしくなかったんだけどね。まあ、仕方ないね。それにいい男だし」

みどりは、もともと大坂の商人のところから来ているだけに、剽軽で明るい。緊張している久坂玄瑞に対して明るく対処すると、そのまま方谷のいる部屋まで案内した。

「久坂殿でいらっしゃいますか。佐久間象山先生から手紙はいただいております。ところで、妻のみどりが失礼なことを言いませんでしたでしょうか」

方谷は、すべて聞こえていてわざとそのように言った。この長州の若者は、もしかすればみどりのことを、奉公人としか思っていないかもしれない。もちろん年齢差があるので、そのように見られても仕方がないのであるが、そのままの認識でいられるのも嫌なので、さりげなく妻であることを告げたのである。

「奥方様でいらっしゃいましたか。知らぬこととはいえ、大変申し訳ございません。何分、我が師吉田松陰先生の師匠に当たる佐久間象山先生が、松山の鬼才山田方谷先生をおいて頼める人はいないと言われるほどのお方。このように、お目にかかれるだけで光栄でございます」

緊張している若者の声は、大きくて響いた。お茶を出しに来たみどりの陰にいた小雪が泣き始めてしまうほどである。

「子供が怖がります。先生、牛麓舎かどこかへ出て行って下さい」

みどりが半分笑いながら言った。

「義兄様、そうしたらいかがでしょうか」

「早苗か、耕蔵も来ているのか」

「はい、ちょうどいま戻ってきたところです」

「ああ、失礼。久坂殿、弟の平人の妻の早苗と、その息子の耕蔵です」

「ご自宅に来てしまいましたので、大変失礼しております」

「久坂殿は、いくつになられる」

「はい、天保十一年の生まれにございます」

「では、耕蔵の方が一つ上だな。良い友人となってくれませぬか」

「は、はい。光栄です」

「山田耕蔵と申します。よろしくお願いいたします」

「では、少し出かけてくる」

方谷は、久坂玄瑞と耕蔵を連れて自宅を後にした。少し恨めし気に小雪が、みどりの背中越しにこちらを見ていた。

「せっかくです。少し散歩しましょう」

方谷は、二人を連れてそのまま高梁川を下り桔梗河原に向かった。

「これは」

そこには、千人を超えると思われる人々が、号令で隊列をなし、そして、一つの的に向かって銃を撃つ訓練が行われていた。

「里正隊と申します」

方谷ではなく、耕蔵が答えた。耕蔵も方谷のすぐ横にいて、このような時に、方谷の代わりに松山藩のことを説明できるくらいには学んでいた。方谷の前であるために少し照れ臭そうではあるが、説明をさせてもらえるのは、耕蔵にとってうれしいことであった。

「里正隊ですか」

「はい、我が藩に何かあった場合、武士だけが戦っていたのでは、とても勝てるものではありません。そこで、誰でもができるように西洋砲術を習い、また自ら大筒を松山藩で造り、そのうえで身分に関係なく兵を集め、鉄砲の使い方になれている猟師を中心に隊を組織しております。この里正隊があるので、若者は藩に忠誠を誓い、また、軍の訓練があるので悪さをしなくなります」

「農民や町人ですか」

久坂玄瑞は目を見張った。武士以外の者が武器を持って訓練しているなど、初めて見る光景である。

「それは、そうです。何しろ松山藩は五万石しかございません。藩士も少ないので、農民が自ら自分の農地を守らなければ、国を守ることはできないのです」

久坂玄瑞は驚いた。目の前で正確に的を射抜いているのは、農民や町人、いや中には女子の姿もある。そして、そのことを当然のように説明する山田耕蔵にも目を見張った。

「これは、我が長州はとても敵わない」

久坂玄瑞は、言葉を失った。

「幕府に何か強訴するには、最後には国の力が必要になります。その場合、幕府と戦争をするわけではありませんが、それでも戦う気概を見せなければならないでしょう。頭の中で考えているだけではだめで、自分で行うことこそが、初めて力になるのです」

目の前では、整然とした隊の動きが繰り返されている。川のこちら側では、子供たちが木の枝を鉄砲に見立てて真似をして遊んでいる。

「いつかは、あの隊に入ってお役に立つんだ」

里正隊の参加者だけでなく、女性や子供まで藩全体が一つの塊となって戦う気概を見せているのである。

「しかしこれでは、一揆などが起きたら大変なことになりませんか」

「一揆は、藩が民を苦しめているときに起きるものです。武士も農民も町人も皆国のことを考え、私利私欲に惑わされなければ、一揆など起こるはずはありません」

久坂玄瑞は脳天を叩かれたような衝撃を受けた。自分たちはいつの間にか、国のためと言いながら自分のために動いていなかったか。この国を正すのは、正論を言うことではなく行動をすることであり、松山藩はすでに準備が整っている。その中心人物が目の前にいる山田方谷であり、その友人の弟子が自分の師匠の吉田松陰なのである。久坂には、山田方谷の背中が急に大きく見えた。

「ところで、大老井伊直弼様の獄で捕らえられた吉田松陰殿のことでしたね。松陰という名は、わが師丸川松陰先生に通じるところがあり、非常に親しみがあります」

方谷は、河原に腰を下ろし、里正隊と、その手前の子供を見比べながらそう言った。久坂玄瑞には、どうしても手前の子供の軍隊が長州藩に見えてしまう。

「我が師匠、吉田松陰先生をぜひ助けてほしいと願っております。しかし、佐久間象山先生は、山田先生をしても難しいのではないかと申しておりました」

「なるほど、なぜ」

「佐久間先生の言葉をそのまま言いますと、吉田松陰などを助けられるならば、友人が蟄居させられていることを見過ごすはずがないと」

「象山殿は蟄居になったのか」

「はい、江戸所払いとなって松代にて蟄居しております」

方谷は笑ってしまった。象山は本当にそのようなことを言ったに違いない。手紙が、江戸から順子の名前で来たということは、一人で松代に行った、つまりすぐに江戸に戻ることができると考えているのに違いない。そして、この久坂玄瑞というまじめな若者ならば象山の言葉を真に受けるに違いない。方谷はその言葉に象山らしさを感じていた。

しばらく二人は黙った。秋十月であったが、まだ残暑が厳しく、赤い夕陽が水面に反射して松山城下を茜色に染めていた。

「吉田松陰殿とは、どのような方でしょうか」

「はい、王陽明の学問を学んでおりました。大変明快で、物の真理を突き止めることが何よりも大事であると教えていただきました」

方谷はなるほどと思った。象山の私塾で会った吉田の印象がなんとなく重なってきた。

「佐久間先生からは、山田先生も陽明学をされていると伺いました」

相変わらず規律正しい久坂玄瑞は、聞いてはいけないことを聞くように少し声を潜めた。

「はい、陽明学を使ってこの松山藩を立て直しました。陽明学は、使い方を間違うと、自らも国も滅ぼしてしまいます。間違わないように、心を鏡のようにしなければなりません。心を磨かなければできない学問です」

「松陰先生も、使い方を誤ったのでしょうか」

「そうではないでしょう。ただし、物を探求する力が強すぎて、少し心が曇ってしまったのかもしれません」

方谷はそう言うと、久坂玄瑞を牛麓舎に案内し、耕蔵に牛麓舎の人々を紹介するように告げてそこで別れた。


この久坂玄瑞のことは、すぐに方谷から板倉勝静に手紙で伝えられた。勝静も安政の大獄には批判的な感情を持っていた。自分自身も守旧派であり井伊直弼の意志は理解するが、しかし、異国が来ている状況で国論を二分し、人材を失うことは慎まなければならない。自分の派閥を強固にするために国全体の人材を失うことは、利によって義を歪めていることになり、山田方谷に、最も戒めなければならぬことと教えを受けたところである。

勝静は、川田甕江が止めたにもかかわらず、すぐに行動を起こした。やはり川田甕江では、方谷のようにうまくゆかないのである。

「大老に申し上げます」

江戸城内において、板倉勝静は大老井伊直弼と対座した。

「なんだ、板倉の坊やか」

井伊直弼は、完全に勝静を見下した態度である。以前、方谷から直弼の性格について聞いていた勝静は、対峙してその意味が分かった。何もかもが方谷の言うとおりである。

「今回の獄について、穏便なるご処置をお願いに参った次第でございます」

「板倉殿は朝廷の密勅に与し、幕府を排除せんとする動きに同調する危険な輩を許せと申すのか」

一瞬で直弼の顔色が変わった。

感情的で独善的、まさに井伊直弼の特徴が表れたものである。これでは、正しい事をしていても反感を買うに違いない。勝静は、王将の駒が取られたことを思い出した。

「いえ、しかし、穏便な対処をされることは、強いては幕府全体に多くの意見を求めることができ……」

「なんと、敵方や罪人の意見を聞くことが公儀の役に立つと申すか。板倉殿、言い換えれば正義を尽くす幕府が、罪人の言いなりになれと申すのか」

「そうではござらぬ。きつい仕置きをすれば、当然に恨みしか残らず、きっとそのことは後に仇になりましょう」

直弼は、長い溜息を吐き出すと、にっこり笑った。

「忠告痛み入る。さすが寺社奉行殿、仏の道をよく学ばれておる。しかし、順逆を取り違えると正義が通せぬ。恨みを買うことを恐れて正義を尽くさぬは、御政道に反する。もうよい。板倉殿は、仏の道を学びすぎたようだ。本日を以て寺社奉行も奏者番もせず、領国に帰って、尊王攘夷の徒に殺されぬように怯えて過ごされるがよい」

そう言い放つと、井伊直弼は席を立ってしまった。

板倉勝静は、安政六年二月の雪の降る中、奏者番も寺社奉行も解任され、江戸藩邸から一度松山藩に戻ることになったのである。役職がなくなった勝静を見て、方谷は四月に長瀬に引っ越し、そこで開墾をしながら過ごすことにした。

「農業は楽しいです、やはり土と一緒に過ごした方がようございますね」

もうかなり年を取って、腰が曲がった佐吉がそう言うと、みつやみどりも楽しそうに田畑を耕していた。

梅田雲浜、頼三樹三郎、橋本左内、吉田松陰らは、その年の九月以降刑に処せられていった。その知らせが届くたびに、方谷は自分の非力を感じずにはいられなかった。しかし、それ以上に方谷を困らせたのは、この年の七月に来た客人であった。

3　継之助

「山田安五郎の家はこちらかな」

少し高めの美しい声が、長瀬の方谷の家に響いた。

「はい、山田の家でございますが」

みどりが出て対応した。背丈はそれほど大きくはないものの、鳶色の鋭い目を持った男がそこに立っていた。

「そなたのような女子には興味はない。山田安五郎はいずこに」

「今、畑に出ておりますが」

「そうか」

その男は、そのまま立ち去った。

「あなた、昼に変な男の人が、あなたのことを訪ねてきましたけど」

「そうか、会わなかったなあ」

みどりは怪訝《けげん》な顔をしていたが、そのまま夕飯の用意を始めた。

初夏の朝は農地も恵みが多い。翌朝、庭に作った菜園の様子を見に来たみつは、そこに寝ている男を見つけた。別に何か盗まれている風でもない。朝まで眠れるところで寝ていたのに違いない。

「お武家様は、どなたですか」

菜園の横の物置小屋に寄りかかって寝ている男は、眠そうな目をこすりながら、みつを見上げた。

「俺か、山田安五郎に会いに来た」

「そうでいらっしゃいますか。それならばご案内します」

みつは、そういうと、その男を自宅に案内した。以前来た久坂玄瑞とは異なり、遠慮会釈がない。玄関先に荷物を下ろすと、まだ眠いのか大きな欠伸をした。

「あっ、昨日の」

みどりは思わず声を上げた。松山城下の役宅とは異なり、長瀬の家は矢吹久次郎が用意してくれた農家である。西方の郷の家よりは広く数部屋あったが、それでも玄関に人が来れば家中でわかるほどである。

「おう、昨日の女子か。山田安五郎はどうした」

「私がその山田安五郎ですが」

方谷は襖を開けると、玄関先に出てきて、そこに小さく座った。

「おお、拙者は長岡藩士、河井継之助と申す。あんたに弟子入りしたい」

「佐久間象山先生の塾で一度お目にかかりましたね。あの時は攘夷について貴重なご意見を頂戴しました」

弟子入りしたいという言葉を聞いて、みどりは慌ててお茶を出した。喉が渇いていたのか、河井と名乗る男は一気に飲み干した。

「飲んだら、お帰りなさい。もう佐久間象山殿のところで一通り学んでいるのだろうから、私が教えることなどは何もありません」

「ちょっと待て。拙者は先生の作用を学ばんと欲する者、区々経を質し、文を問わんとする者ではない」

その言葉を聞いて、奥に戻ろうとした方谷は足を止めた。

「なるほどな。今まで誰の下で習いましたかな。まあ、象山殿の塾だけではなかろう」

「ここに来る前は、古賀謹一郎の久敬舎。まあ、退屈であった」

古賀謹一郎は一族皆儒者といわれるほどの学問の一家である。しかし、ロシアのプチャーチン艦隊の来航に際し、応接掛となってから蘭学の見識もあり、幕府の蕃書調所頭取となっていたはずだ。佐久間象山といい、古賀謹一郎といい、儒学者で蘭学者ではあるが、あまり日本流の礼儀作法など軽視する傾向があるのだろうか。

「そうか、それならば儒学は誰に習われた」

「斎藤拙堂。まあ、あの方は儒者というよりは、旅の記録文がうまい人であった」

「斎藤拙堂先生のところには私の弟子も学んでいたが」

「ほう、三島という人かい」

態度の悪さは、多少頭にくるが、斎藤拙堂の特徴などはしっかりと捉えている。儒者としても優秀であり、また、その場その場に応じた経世論が得意だ。頼山陽と並んで、紀行文の双璧として知られていた。その点を、うまく一言で言い表している。

「佐久間象山のところでは何を習ったのかな」

「佐久間先生は豪《えら》いことは豪いが、どうも腹に面白くないところがある人物だ。あそこでは砲術を習った」

そう言うと、懐からくしゃくしゃになった紙を放った。一応、佐久間象山の紹介状である。中には「川井という男、見どころあるので、少し面倒を見てやってくれ。態度は悪いが安五郎は慣れていると思う」と書いてある。「河」の字が、「川」になっているのは、佐久間象山が、この河井継之助をあまり好きではなく、同じ漢字ならば画数が少なくてよいだろうと思ったのに違いない。二人とも態度が悪い。

「同族嫌悪というものだな。君も佐久間象山殿によく似ている。封建の世において、人に使われることができないのは、つまらないものだ。気を付けなさい」

「何を言う」

少し気色ばんだが、継之助は、すぐに自分の態度が象山のように悪いということを言っていると思い、急に背筋を伸ばし、そして居住まいを正した。

「で、どうなんだ。弟子にとるのか、とらんのか」

「継之助殿、あなたならば、私から習うことなどは何もないだろう。ただ、私の作用を学ぶならば、しばらくここに住んで私のことを見ているがよい」

「ということは、弟子にしてくれるのか」

「ここにいてよいと言っただけだ。何も教えることはない。もしも学びたければ、私を見て勝手に学ばれよ」

そう言うとみどりとみつに、部屋を一つ空けるように指示した。

「この人が一緒に暮らすのですか、なかなか面白そうではありませぬか」

みどりは楽しそうである。みどりは、方谷の行うことをすべて肯定し、そして、すべてを自分の楽しみとして受け入れる女性であった。進や松と異なり、方谷に何か新しいものを求めるのではなく、そのままの方谷を受け入れてくれる。方谷は、最近になって進や松のことが徐々に頭の中から消えてゆくことを感じていた。

こうして河井継之助を内弟子として迎え、西方村長瀬の家で一緒に暮らす生活が始まった。前に来訪した久坂玄瑞という男は、まじめで窮屈であったが、実にこの河井継之助というのは佐久間象山に近い人物であった。

「以前、佐久間殿のところで聞いたが、改めて河井殿は、異国が来ていることについてどう思う」

方谷は、一緒に畑作業をしながら、突然そのようなことを聞いた。河井継之助からすれば、今までの師というのは学舎で学ぶことが普通で、何か他の事をしながら、ましてや畑作業をしながら、このようなことを聞くようなことはしない。しかし、山田方谷という人物は、本を読むときは全く何も言わず、このような時に突然、世の中のことを問う。それも本質的なことを言わないと納得しない。

「横浜で見たが、あれは凄い。あの黒い塊が何里も動いてくるんだ。途中、様々な国があってもそこを従えてくるんだ。凄いことだよ。だから、あれに備えなきゃならないと思っております」

「備える、それは戦うということかな」

「いや、そのうち戦うかもしれません。しかし、まずは戦うには準備をしなきゃなりません。準備をするには相手を知らなければなりません。相手も知らずに戦うのは愚の骨頂でしょう。ましてや、見に行った者を捕らえて殺してしまうなど、幕府は滅びようとしているとしか思えない」

なるほど、佐久間象山や吉田松陰のことを言っているのだと、方谷は感じた。また、言葉も論理も乱暴であるが、しかし、言っていることは理にかなっている。少し言葉の中に丁寧語が混ざるようになっており、その点も含めて筋が良い。

「逆に、先生はどう思いますか」

最近、方谷を先生と呼ぶようになってきた。

「戦はするものではない。戦をして最も被害があるのは民である。国を守るために戦をするというが、その国の基は民であろう。その民の年貢で養われているのが我々ではないか。その者の意地や誇りで民を傷つけてよいはずがない。逆に敵が民を傷つけ民が危くなれば、戦わなければならぬ。それは他の藩でも、異国でも同じ事と思う」

「御意」

「ただし、貴殿の出身の長岡藩牧野様は『常在戦場』ということを言う。これは常に戦うということではなく、いつでも民を守ることのできるように備えよ、ということではないか。では今備えるためには、民を豊かにし、国を富ませ、兵を強くする。それができねば何もならぬ」

河井継之助は、なるほどと思った。また、このように畑作業をしながらも、常に備え、そして国のことを思う。これこそ『常在戦場』なのである。

「先生、それで、松山藩ではどの人も身分など関係なく皆学問を持ち、そして武士も農民も一緒になって働いています。これも備えでしょうか」

「まさか、農民が戦うなどということは良いことではありません。しかし、戦うことに備えているからこそ、守る人のことがわかる。逆に武士が畑作業をするから農民の気持ちがわかるのではないでしょうか。政の根本は、至誠惻怛の人を思いやる心から起こることです」

山田方谷が好んで使った「至誠惻怛《しせいそくだつ》」という言葉を、継之助が初めて聞いたのはこの時であった。

「継之助殿、貴殿は陽明学を学んでおられる。当然に知行合一という言葉をご存じと思うが」

「はい『下の己れを信ずるを求めざるなり、自ら信ずるのみ、吾方に以て、自ら信ずるを求めて暇あらず、而して、人の己れを信ずるを求むに暇あらんや』ですね」

「ふむ、しかし、その言葉だけではない。その言葉の中には、当然に事は何に限らず、偽ったり飾ったりして出来るものではなく、自分の心の誠を推していくという前提が必要です。自然の誠を基礎として起こったものこそが本物であり、作為のあるものはどれ程であっても、人形や造花のような偽物でしかないのです」

畑の横で、握り飯を頬張りながら、方谷はこともなげに、そのようなことを言った。

「先生、握り飯を食べているときにそんな大事なことを言うなんて、握り飯が詰まって死ぬところでした」

継之助は、目を白黒させてあわてて竹筒の水を飲んだ。陽明学の最も大事な極意が、まさかこのようなところで出てくるとは思わなかったのである。

「継之助殿、死んだら民のために政ができなくなりますよ」

みどりが、横でにっこり笑いながら竹筒に入れた新しい水を差しだした。方谷と継之助の話をずっと横で聞いていながら、特に何も口を挟むことなく常に笑顔で二人を見守っている。継之助にとっても、このみどりのような人がいたことで学びが進んだといえる。そのように自然の中で学問を学ぶことができるというのは、継之助にとって、一生の中で最も幸せな時であったのかもしれない。

「一度、異国を見たいと思っております」

河井継之助は、そのように言った。佐久間象山のところにいた頃、吉田松陰がそのようなことを常々言っていた。吉田松陰は、思ったらすぐに行動をする人間であったが、継之助もその意味で少し頭が固いところがあった。しかし、方谷と話していると、それが知行合一とは相反する自分の性格なのではないかと思うようになっていた。

「そうですか。継之助殿は長崎に行って見てこられてはいかがか。私が京都に行く間、行ってこられたらよいでしょう」

安政六年十月五日から十三日間、方谷が京へ出仕していた間、継之助は長崎まで足を伸ばした。その間、会津藩士の秋月悌次郎とともに唐館・蘭館などに外国人を訪ねた。幕府の船将矢田堀景蔵と知り合い、幕艦観光丸に搭乗した。この間、外国に関する知識を得ることができた。後に、義兄、椰野嘉兵衛宛へ感想を記した書のなかで「天下の形勢は遅かれ早かれ大変動する。攘夷などと唱える者は愚昧だ。隣国との交際は大切にしなければならない。我が長岡藩は小藩だが藩政をよく治めて実力を養うことが大切だ」と述べている。

年が明けて、安政七年。年初に、松山にいる弟子が長瀬の方谷の家に集まった。みな方谷に年初のあいさつをするだけのつもりでいたが、いつの間にか長居になってしまう。方谷もそのことを予想して、早苗や佐吉、みつに手伝いに来てもらっていた。

「河井殿がうらやましいです。方谷先生と寝食を共にして学べるなんて」

塩田虎尾がそのように言った。塩田は学問を学ぶというよりはこのころには山田家の経理を一身に担っていて、時間がなかったのである。

「それに、長崎に行かれて異国の様々なものを見てこられている。我々のように書物で学ぶのと異なり、やはり百聞は一見に如かずと申すが、実物を見ると違うものですか」

三島中州は、継之助をうらやましそうに言いながら正月の酒を飲んだ。

「三島殿は、そんなにうらやましいならば有終館も牛麓舎も辞めて、一度長崎や横浜に行かれてみてはいかがでしょうか」

そのように簡単に言う方谷の一言で、一同はワッと笑いに包まれた。

「三島殿が行かれるならば、長崎のお土産を頼もうかしら。カステーラというおいしいお菓子があるらしいの」

「そうなんですか、みどりさん。私も食べてみたいなあ」

「河井殿は長岡藩の方だから頼めませんから。三島さんなら言えますもんねえ」

みどりと早苗は、わざと皆に聞こえるように大声で言った。酒は誰かが差し入れた酒を燗にして持ってきている。みつと佐吉は奥の台所で洗い物と料理の担当である。

「そんなことならば、拙者に頼んでいただければよいのに」

河井継之助は少し口をとがらせていた。三島はそんな継之助の肩をたたくと、隣に移動して酒を注いだ。

「斎藤拙堂先生のところでも一緒であったが、河井殿はなかなか女子からは、頼みにくい方のようですな」

「三島殿は、逆に女子に利用される方のようですな」

継之助はこれだけ世話になっていて、自分では親しんでいるつもりなのに、山田家の人々に遠慮されている自分が情けなかった。遠慮会釈なく冗談を言われる三島がうらやましかった。今までこんな嫉妬に似た感情は全く感じたことがない。しかし山田家にいると、この人々と一緒に何かしたい、頼られたいという考えが出てくるように自分が変わったのを感じていた。そして、そんなことを思うようになった自分が不思議になっていた。

「ところで方谷先生。今の幕府、特に井伊直弼様をどのように思われますでしょうか」

「井伊様はやりすぎです。国家の為にする公の思いからではなくて、個人の思いから出た行為ならば、譬え天を驚かせ地を動かす様な大業を成し遂げたとしても、ただ一箇の私事をなした事に他ならず、価値は無いのではないでしょうか。そして、その私事をなしたことに対する恨みが溜まれば、大きな反動として自分に跳ね返ってくることになります」

「大きな反動として跳ね返ってくるのですか」

「因果応報ということですね」

弟子の林富太郎である。この時は八人扶持で藩校有終館の助教として教鞭を執っていた。普段から長瀬に引っ越した山田方谷のところに様々なことを習いに来ていた富太郎は、河井継之助とも仲良くなっていったのである。継之助は、方谷の家から長崎に向かう行きも帰りも、玉島の富太郎の家に立ち寄り、一晩酒を酌み交わして世情を論じていたのである。

「林殿、まさにその通り。ただし、権力を持つ者に他の身分のない者が対抗するということになれば、過激なことになるでしょう」

「やめましょう。先生も改革の痛みをかなり受けております。何よりも学びに来たはずのこの私が、学問ではなく、いつの間に財布を預かる仕事ばかりになってしまっておりまして」

塩田虎尾の言葉に、一同はまた笑った。

「いや、助かっているんですよ。私なんて、お金の心配もなく本当に楽をさせていただいております」

「うちも頼もうかしら」

みどりと早苗の会話は、さらに笑いを誘った。

「拙者も戻ったら、ここ松山藩のような藩に長岡藩を立て直さなければなりません」

河井継之助は明るい雰囲気の中でしみじみと言った。この幸せな空間の中にいつまでも浸かっていたい。しかし、それが許される状態ではないことは継之助自身がよくわかっていた。

「そうですか。しかし、河井殿は間違えています」

「先生、何がですか。ぜひ正月のこの時に教えてください」

「松山藩と長岡藩は全く事情が異なります。ですから私を模範とするよりも、河井殿が学んだ物事を活かし、長岡藩の置かれた事情に従って最も良いことを行うべきでしょう。河井殿の、思いやりと誠をもって成し遂げたら、きっと私よりもうまくできると思います」

その言葉は、継之助の心にしみた。

「先生、今まで私は、師匠となる人は私よりも何か一つ秀でていればよいと思っておりました。そしてその部分を学んだらその人はいらないと思っておりました。乗馬にしても剣術にしても、型などは不要で、実際に役に立てばよいと、それは今でも思っております。しかし、先生は違う。先生は私の生涯の中でたった一人、すべてのことで師匠であると思います。先生と会えたことが、私の中の誇りです」

「それはありがたいことですね」

「最後に一つ、改革をやるにあたってはどのように、そしてどこから手をつければよいでしょうか」

「改革などというのは、結局すべてをやらなければなりません。今まで誰もやったことがないので、順序や方法は誰も知らないのです。どうせわからないのですから、十個やらなくてはならないことがあれば、その中の最もやり易いことから始め、だんだんと進めればよいでしょう」

「こんにちは、久しぶり、もう始まってんの」

辰吉と加代がやってきた。大きな朱色の酒樽を息子の松吉に持たせている。松吉も今や立派な棟梁なのに、辰吉の前ではまだ貫禄がない。

「ちょうど途中で一緒になったので、一緒に来ちゃった」

もう頭に白いものが混ざるようになった西方村の茜も近所の人々を連れてやってきた。継之助は、このように多くの人に慕われる改革こそ本物であると思った。身分も男女も年齢も何も関係がない。改革が終わって皆が豊かに暮らしている。自分は長岡藩に帰って、このような正月を迎えることができるのであろうか。方谷の笑顔を見ながら、継之助はそんなことを考えていた。

「己欲立而立人　己欲達而達人（自分がこうなりたいと思うなら、自分から他人にやってあげなさい）」

継之助の酔った頭の中には、このような論語の一節が浮かんでいた。

安政七年（一八六〇年）三月三日、継之助は長岡に戻ることになった。何とも離れがたい、このまま松山に暮らしていたい。できることならば、方谷の家族としてここに住みたい。そう思う気持ちと、方谷に教えてもらった学問を藩のために活かさなければならないという使命感とが継之助の中で収拾がつかなくなっていた。

「先生、長い間お世話になりました」

「もうよいのかな」

「これ以上いると戻りたくなくなります」

「そうですか。私は何も教えていません。河井殿が自ら学んだことですから自信を持ってください」

「はい。ありがとうございます。大変申し上げにくいのですが、先生に一つお願いが」

「何かな」

「先生のもとを去っても先生の教えを得られるように、何かいただけないでしょうか」

方谷は少し考えると家の奥に入り、王陽明全集を持ってきた。そして、そこに千七百字に及ぶ送辞を書いている。

「公の書を読む者、その精神に通ぜず、その粗迹に泥まば害ありて利なし、生の来たる、その志は経済に鋭く、口は事功に絶たず、かの書を読み、利を求めて反って害を招かんことをおそるる」

そして、裏表紙には四文字こう書いた。

「至誠惻怛」

旅立つ朝、継之助は方谷の娘小雪に語り掛けた。この日はちょうど松山城下で雛祭りのお祝いで店が並び、そこで小さなお守り袋を買った。

「こんな変なおじさんを忘れないでいね」

旅支度を整えた継之助は、小雪の頭を軽く撫でて、そのお守り袋を渡した。

継之助は門を辞し、丸木の橋を渡って対岸の街道に出た。方谷は門前で見送っていた。継之助は路上に土下座し、高梁川の急流を隔てて師匠と仰ぐ方谷の小さな姿に思わず手を合わせた。この諸事、人を容易に尊敬することのない河井継之助がいかに師匠とはいえ、土下座したのは生涯でこれが最初で最後であった。

「なんだか、さわやかな良いお方でしたね」

みどりが見送りながら、そのように言った。

「お父上、このお守り袋重たいよ」

「どれ」

お守り袋の中には、四両もの大金が入っていた。

「何もしなくてよいのに。面白い男だ。でも彼はきっと後世に名を残しますよ」

継之助が方谷の家を辞した日と奇しくも同じ日、安政七年三月三日、江戸は朝からうっすらと雪が降っていた。

その日、覆面をした一団が、早朝品川宿を出て北上していた。寒い日であったので、覆面もあまり目立たなかった。この日は雛祭りのお祝いで、江戸にいるすべての大名は登城することになっていたのである。もちろん、松山藩主の板倉勝静も、川田甕江や熊田恰に準備をさせていた。

「桃の節句なのに、女子の我らには何もないというのもおかしな話でございますね」

銈はそのようなことを言ったが、それは勝静の力でどうにかなるものではない。大老井伊直弼によって奏者番も寺社奉行も罷免されてしまった勝静は、登城の順もずっと遅く、隣の上杉家の門が開いてから出ればよかった。

朝から江戸城桜田門の前には、雛祭りのお祝いを長持ちに入れた大名行列が並び、それを見物する客が、雨交じりの牡丹雪のなか蓑笠を身に着け、当時の大名の図鑑である「武鑑」を片手に集まっていた。雛祭りのお祝いの品であるだけに、雪模様であるにもかかわらず、長持を錦で飾る大名家が多く、沿道の人々は、どこの大名家はどんな錦で飾っていた。あそこは豪華そうだから金があるに違いないなど、口性のない噂話をささやいていた。

「奏者番であれば、真っ先に登城しなければならぬところ、無念である」

「殿、恐れながらこれでよかったのではないでしょうか。名誉ではありませんが、しかし、井伊殿の行うことには、世情何か不穏なものを感じます」

川田甕江は、方谷に江戸の学問所を任されているだけあって、その世情の見方は方谷に近かった。いや、江戸の雰囲気を毎日肌で感じているだけに、甕江の方が鋭いところがあったのかもしれない。

「川田もそう思うか。方谷先生もそのように言っていたが」

「はい、世情は別にしましても、殿は殿の曇りない心に従い、正義をもって公の心で御ご注進したのでございます。殿の正義は必ず評価される時がまいります」

川田甕江の言葉に、勝静は留飲を下げるしかなかった。

奏者番や奉行などが先に登城し、その後は御三家、そして譜代と大名駕籠が続く。雪の桜田門を尾張藩主徳川茂徳の行列が通り過ぎ、しばらく時間が空いた後、彦根橘の家紋の幟が先導し、六十名ほどの行列が桜田門に現れた。

「大老井伊直弼様に上訴いたします」

駕籠の横に一人の武士が現れた。行列の中の侍がその者を制したが、少し騒ぎになり、駕籠が一度止まったために小窓を開けて井伊直弼が何事かと外を見た。まぎれもなく井伊直弼である。

「天誅」

上訴をした武士の後ろに控えていた侍が、いきなり立ち上がって抜刀し、目の前の彦根藩士を切り伏せた。沿道から十八名の浪士が現れ、ピストルが駕籠に向けて発射された。この日は、雪であり多くの彦根藩士は蓑笠を身に着け、また刀を守るために、柄、鞘ともに袋を掛けていたことが災いした。まさか江戸城それも桜田門の前で、このような乱暴狼藉が起きるなどということは全く予想していなかったために、彦根藩士に油断があったことも否めない。覚悟を決め準備を整えた浪士と、何の準備もしていない彦根藩士の力の差は歴然としていた。浪士たちの刃の前に、彦根藩士は次々と刀を抜く前に切り伏せられ、道に積もった雪を牡丹のように赤く染めていった。

丸腰の駕籠かきは算を乱して逃げ去り、井伊直弼の駕籠はそのまま打ち捨てられたようにその場に置かれてしまった。初めの銃撃で腰を撃たれた井伊直弼は動くに動けず、打ち捨てられた駕籠の中に座っているしかなかった。彦根藩士が何人か冷静に対処して駕籠を守ったものの、襲撃者の刀が次々にまっすぐ駕籠に突き立てられ、そして最後に駕籠から引きずり出された井伊直弼は、薬丸自顕流の猿叫と呼ばれる「キャアーッ」という気合いとともに振り下ろされた刀によって、斬首されてしまった。

世に言う「桜田門外の変」である。

後の記録によると、「煙草二服ばかりの間」というので、僅か十数分の出来事だったとされる。現場跡には、襲撃者と彦根藩士の斃れた遺体と首のない直弼の死体が横たわり、雪は鮮血で赤に染まっていた。

桜田門の角にあるのが米沢藩上杉家上屋敷、そしてその隣が松山藩の上屋敷である。

「何の騒ぎだ」

「見てまいります」

登城準備で駕籠をしつらえ、門を開けていた上屋敷は熊田恰の指示ですぐに門を閉めた。「殿、桜田門外で、大老井伊様の行列が襲われた模様」

「何、で、大老はご無事か」

これから登城する大名は裃に脇差しは帯びているものの、赤穂浪士の事件以降、刃傷沙汰はご法度であり、刀は小姓などに持たせていることが通常である。ましてや桃の節句のお祝いでは、大名自身が刀を持たないという藩も少なくなかった。しかし、事件が起きたとなれば話は別。まだ若い勝静はすぐに床の間にある刀を手にした。

「殿は、こちらにて自重くださいませ」

川田甕江は頭を下げ、その横に鞋も控えた。落ち着きのない勝静は、刀を手にしたままそこに座った。

「熊田、もう少し詳しく」

井伊直弼の首は、襲撃者である水戸藩浪士によって、板倉家の屋敷の前を通り、現在の日比谷公園の近くにある遠藤家上屋敷前まで運ばれた。いや、襲撃者である水戸藩浪士も深手を負っており、そこで倒れたのだ。熊田恰が屋敷の勝手を開いて表に出たときは、屋敷の前の真っ白な雪の中に井伊直弼の首からしたたり落ちたと思われる血で、赤い道筋が描かれた後であった。

幕府としては、大老が江戸城前で襲撃されて死んだなどということは発表できなかった。また、井伊家の彦根藩も首を守ることができなかったというような不名誉を世に晒すことはできない。桜田門外に散らばる遺体は、すべて彦根藩士が片付け、また、赤く染まった雪もすべて堀の中に捨てられた。しかし、襲撃の現場を見た多くの人の口をふさぐことはできなかった。それでも井伊直弼の死は秘匿され、病に伏せていると発表された。

板倉勝静も、すべてを承知しながら、病気平癒のお見舞いに彦根藩上屋敷に伺っている。そして三月二十八日になって、正式に井伊直弼の死が知らされたのである。

しかし、このことにより、幕府の権威は下がり、市井には「井伊掃部頭《かもんのかみ》」をもじって「いい（井伊）鴨を網でとらずに駕籠でとり」などと揶揄された。

「まったく、恐ろしいくらいに当たる。まるで見てきたみたいだ」

板倉勝静は、将棋を指しながら山田方谷がこのことを予見していたことを思い出した。将棋盤から王将の駒が取り除かれたあの場面は、脳裏に焼き付いたままである。

「やはり今の幕府を立て直すには、方谷先生を呼び出すしかない」

「私では遠く及びません。方谷先生の力を頼りましょう。私からも口添えします」

勝静は、桜田門を駕籠で通りながら川田甕江とそのように話していた。

桜田門外の変により、朝廷はすぐに年号を万延と改めた。『後漢書』馬融伝の「豊千億之子孫、歴万載而永延」から取ったとされているが、平安時代の一条天皇の時にも同じ箇所から「永延」という年号を使っているので、かなり異例であったとされる。翌年二月には、また元号を変えて「文久」とする。『後漢書』謝該伝の「文武並用、成長久之計」からであった。この文久元年二月、方谷は江戸に呼び出され、板倉勝静の顧問に就任する。そして、その板倉勝静は文久元年四月に、井伊直弼に意見をしたことが認められて奏者番兼寺社奉行に返り咲いたのである。

しかし、これからという四月、方谷は愛宕神社前で喀血して倒れてしまった。

「東征に扈従して邸に留まること月余なり。会喀血を患う。時に陽明先生の心中の賊を討つの語を思ふあり。因って賦す。賊心中に扨り勢ひ未だ衰えず。天君令有り殺して遺す無かれと。満胸迸出す鮮の血。正に是れ一場鏖戦の時」

「先生、大丈夫ですか。それにしてもこれは」

「王陽明が『山中の賊を破るは易し、心中の賊を破るは難し』といったのを思い出しまして、病気になった時にこそ、詠んでみようと」

青い顔をしながら方谷は笑った。病の悪化を避けるために、江戸顧問を辞め、そのまま長瀬の自宅に戻ったのである。なお、この時以来、方谷は浴びるように飲んでいた酒を一滴も飲まなくなったのである。

4　久光

文久元年（一八六一年）、方谷が長瀬の自宅で病気療養している間、それまで有栖川宮熾仁親王と婚約していた孝明天皇の妹である皇女和宮が、突如有栖川宮との婚約を破棄し、十四代将軍家茂との婚姻が決まったのである。

孝明天皇の攘夷の意志は固く、幕府を動かして攘夷を行わせるために、天皇の妹を将軍に嫁がせることによって幕府に対する優越性を得ようとしていた。一方、桜田門外の変で井伊直弼を失い決め手をなくした幕府は、将軍に皇女降嫁を行うことで、「公武一和」を成し遂げて、当面の難局を回避するということを考えたのである。そのような幕府と朝廷の思惑が一致し、この年の十月二十日に皇女和宮が江戸に向けて出立したのである。和宮の江戸までの行列は、前後三里（約一二キロメートル）におよぶ大行列で、中山道を通っている。

「いや、病で佳《よ》いものを見逃したな。江戸にいれば見ることができたであろうに」

「私も見たかったわ。帝の妹君なんてどんな華やかな行列でしたのでしょう」

みどりは、まだ完全に病気が癒えていない方谷の枕元でそのようなことを言った。

「これで幕府と朝廷の間もうまくゆくようになりますね。勝静様も安心でございましょう」

「いや、そうでもあるまい」

「なぜでしょう」

「まずは、攘夷が問題になっているのに、攘夷そのものは何の進展もない。幕府も攘夷に動くことはしないであろう。佐久間象山の塾で会った勝麟太郎、手紙をくれた順子の兄さんだ。彼は、昨年咸臨丸でメリケン国（アメリカ）を見学してきたが、結局、幕府はうまく使いきれていない。幕府には異国と戦って攘夷をする気もなければ、戦う力もないのだ」

方谷の寝ている布団の周りには江戸からの手紙がいくつか散らばっていた。みどりは、方谷の枕元に座り、その手紙を丁寧に畳み、文箱の中に納めた。

「このままでは攘夷ができないということで、また朝廷と幕府の間で争いになろう」

「それは大変です。それを避けるためには、先生が病を治して、勝静様の横に控えていなければなりません。そうと決まれば、何かおいしいものを作ってきます」

みどりはそういって、台所に立っていった。方谷はその後ろ姿を見て、幸福を感じていた。

方谷が長瀬で病気療養をしている間、松山にいる多くの弟子が見舞いと学びを兼ねてやってきた。松山城下では、方谷は病が癒えて治ったら、またすぐに勝静に呼び出されて江戸に行ってしまうに違いないと誰もが思っていた。林富太郎、三島中州、進昌一郎などの門弟や、大石隼雄や大月外記などの留守居家老など、多くの者が方谷の布団を囲んで世相や学問について語った。

「いや、人間は学びだ。学びが少なくなれば、その時、天は病などの試練を与えて新たな学びを与えてくれることがよくわかった」

そのように病のことを言うと、会話の締めくくりには必ず次のようなことを言った。

「人は気を養はねばならぬ。此が学問工夫の肝要なる所なり」

「学業は、鉄を鍛ふるが如し、一鍛、休むべからず、百錬の剛を成さんを要す」

「総て学問は、存心、致知、力行の三つなり」

大石隼雄は、このようなことを言う方谷に、病は一時的なものでまだまだ活躍できる生命のエネルギーのようなものを感じた。

「いや、素晴らしいですね。病の中でもそのようなことを学べるのは」

「いや、もっとも多く学ばせてくれたのはみどりだ。みどりが先年ここにいた長岡藩の河井継之助殿に命がなければ民を救うことができないといった。改めて素晴らしい言葉だと思ったよ」

「はい」

「大石殿、人を助けるということは、自分が強くなければならぬ。強くない者が人を助ければ、お互いが倒れてしまう。そうならないように、人間も、藩も国も強くあらねばならない」

多くの人に交じって話を聞いていた大石隼雄は、江戸からの方谷先生の病状を聞く手紙に対して、治りしだい政務に復帰する可能性があるという内容の返信をした。


文久二年、この年は慌ただしく始まった。やっと普通に生活できるようになり、年始のあいさつを兼ねて、方谷は家族を連れて松山に来ていた。このころ方谷の家族といえば、妻のみどりと娘の小雪である。松山に入れば平人の未亡人である早苗とその息子耕蔵、そして家族同然になってきた佐吉とみつ、その子供の藤吉と鮎、それに矢吹久次郎も、小雪の育ての親として家族のように付き従っていた。

「いやいや、こうやって揃うと広い家が必要になるなあ」

方谷は目を細めた。病に倒れてみて、改めて家族の大切さというのが身に染みてわかった。弟子たちには元気でいることが重要と言っていたが、やはり何かあった時は家族の顔が見たくなるものである。ふと、母の梶や、瑳奇が病に倒れた時の進のことを考えると心が痛んだ。

「いや、先生がこうやって一緒に正月を過ごせるのはいいですな」

矢吹久次郎は、そんなことを言った。

「でも、私から見れば仕事をしている先生の方がいいです」

みどりは、そう言うと方谷の隣に座った。

「私も、叔父上が活躍している方が生きている感じがします」

甥の耕蔵である。みどりと耕蔵にそのように言われてしまうと、何とも言いようがない。

「すみません。山田先生はこちらにいらっしゃいますでしょうか」

正月とはいえ、大石隼雄がわざわざ早苗の家に上がってきた。

「方谷先生、あけましておめでとうございます」

大石はとりあえず新年のあいさつをすると、そのまま近くに寄って手紙を差し出した。

「新年早々、申し訳ございませんが、江戸からの急使で」

今、仕事をしている方がよいといわれた方谷は、遠慮せずにその手紙を広げた。

「江戸坂下門外において、老中安藤信正様襲われる。安藤様は無事。首謀者は水戸浪士と大橋訥庵」

江戸藩邸に在った川田甕江からの手紙は短いものであった。大橋訥庵のことが書かれていたのは、佐藤一斎の一斎塾における方谷の弟弟子であったためである。

大橋訥庵は、藤田東湖に強く影響され、尊王を高く掲げるようになっていた。方谷はそんな大橋を見て、同じ一斎塾門下として心配していた。大橋訥庵が書いたとされる「斬奸趣意書」には、老中安藤信正の政策は外国に屈するばかりで朝廷を軽んじ、暴政ばかりである、このままでは亡国は明らかであるので安藤を斬殺する、幕府には攘夷を行い、万民の困窮を救うことを望む、ということが、佐藤一斎のところで身に付けた流麗な文章で書かれていたという。

「一斎先生が生きていたら、さぞ嘆かれたであろう。藤田東湖殿が生きていたら、このようなことは許さなかったであろう」

　方谷は、深いため息を漏らした。

「幕府は君臣の道を説く朱子学を奨励している。しかし、今日のように異国の船が来るようになってしまい、また君主と仰ぐものが帝と将軍と二つ考えねばならぬようになってしまった。そのうえで、日本の将来に向けて攘夷なのか開国なのか、二つの相容れない道が出てきてしまう。二つの頭と二つの道、これではなかなか落ち着くまい」

「この松山藩は、どのようにしたらよいでしょうか」

　たまらず、大石は聞いた。

「そのように急に切り出すということは、殿からお召しがありましたね、大石殿。そうでなければ慌ててこのような正月の宴席の真ん中で聞くはずがないからな」

「はい、ご察しの良い。お支度をお願いいたします」

　方谷は、てっきり大石隼雄が江戸に呼び出されたのかと思っていた。まさか病に伏していた自分が呼ばれるとは。勝静も、よほど迷うような話になったのであろう。

「あなた、行ってらっしゃい。今度は倒れないでね」

　みどりは笑顔で言った。集まっている皆も笑顔でうなずいていた。


「老中の話がある」

　江戸に呼び出された方谷は、勝静の部屋で将棋を指していた。この日は珍しく勝静の正室鉒が部屋の中に座っていた。方谷はよほど重要な話でもあるのだろうと思っていたが、この一言ですべて察しが付いた。

「ほう、老中に。安藤信正様がお辞めになられましたからでしょうか」

坂下門外の変で、安藤信正は大怪我を負ったものの一命はとりとめた。しかし、その時に敵に背を向けて城の中に逃げ込んだ姿、そして抵抗もせずに背に刀傷を受けたことが非難され、結局罷免されたのである。

「先生は、以前よりあまり幕府に肩入れするなと申されておりましたので、お受けしてよいかどうか。ぜひ先生に相談させていただきたいと思いまして」

勝静は妙に下手に出ていた。このような場合は、方谷の意見と勝静の意見が異なる時である。そして、勝静は老中になりたいと思っているのである。

方谷は深くため息をついた。

「すでに、お受けになるとおっしゃられてきたのですね」

「ああ、受けてきた。それも外国事務担当だ」

将棋の手が進む。将棋盤の上は伯仲していた。

「異国を相手になさるおつもりでしょうか」

「先生は私が老中になったら、見放されるでしょうか」

風もないのに行燈の灯が大きく揺れ、勝静の前の王将に影が落ちた。方谷は何かの暗示を受けたようにその影を見つめていた。

「陽明学を学んでいるとはいえ、朱子学の素養がないわけではありません。私の意見とは異なっても、主君板倉勝静様が幕閣になられる以上、それを輔弼し忠義を尽くすのが臣下の務めと思っております。その代わり、より厳しい言葉を勝静様に投げかけることになると思いますが、あらかじめご容赦ください。まだ、我が家に殿の徳宗論は持っております」

『徳宗論』とは二人の間では合言葉のようになっていた。まだ義父勝職が生きていた頃、勝静は方谷について学んでいた。その時に諫める賢臣を追い出してしまって政治が乱れた唐の徳宗について勝静が論じた書がある。方谷はその勝静の書いた徳宗論を求めたのである。勝静は「何のために欲しいのか」と聞くと、方谷は「将来、殿が我欲で良くない言行をなさった時にお諫めする証拠にしたいと思います」と答えたのである。

「わかっている。徳宗論だな」

「水戸藩浪士に背を向けて辞められた安藤信正殿の後を受けての老中となります。決して逃げることはできません。その覚悟はできておられますね」

パチン、と良い音がする。攻めるという話をしたときの方谷の手はかなり攻撃的だ。

「逃げるならば、初めから老中などにはならぬ」

「わかりました」

「先生には、しばらくは、この勝静が立派に老中を果たせるように近くで様々教えてもらいたい。そして、もしもこの私が間違った場合は、私を見捨てて松山藩を残すように動いてもらいたい。この板倉勝静を見捨てて、松山藩の多くの人を守るようにしてください」

「私からもお願いします。勝静様は自分でも生きてゆけますが、子々孫々につながる松山藩は先生にしか守れません」

勝静の隣に座る正室の鉎までが言った。方谷にとっては意外であった。自分を補佐してほしいという願いはよくわかる。しかし、自分が間違った場合は藩を優先せよというのである。方谷は自分の教えが勝静にしっかりと伝わっていることが非常にうれしかった。将棋盤が徐々に滲んで、ついつい、間違えた手を打ってしまった。

「先生、王手です」

「あれ、間違えたかな」

「いや、先生、初めて勝たせていただきました」

もちろん、勝静も無邪気に喜んでいるわけではなかった。しかし、このように将棋の話をしながらなるべく明るく話すことが、この主従には良いことであったのだ。鉒がそっと袖を目頭に当てていた。

「将軍家茂公御成り」

板倉勝静が正式に老中になるにあたり、将軍に謁見する儀式である。その老中の幕政顧問として山田方谷は特別に陪席を許された。江戸城大広間は、上の間・中の間・下の間と分かれているが、老中になる勝静は上の間、陪臣である方谷は下の間の位置に座らされた。

「板倉勝静、外国事務担当の老中に任じる。そして、その下に控える山田安五郎、特に老中幕政顧問を認める」

あらかじめ決められた儀式である。現在で言えば大相撲の横綱襲名の儀式をイメージしていただければよいのではないか。

この時に異例であったのは、儀式の後、将軍家茂が方谷も上の間に呼び、直接諮問をしたことである。

「正直なところを伺いたい。今の幕府を見て、松山藩を見事に改革した山田殿はどのように思う」

方谷は、まずは面を上げ、目の前にいるまだ幼い利発そうな少年を見た。元服して間もない少年の肩に、この幕府のすべてがかかっているというのは、いささか酷なのではないか。方谷自身の若いころと比べて、あまりにも難しい問題が多く、その責任は一人で抱えきれないほど大きい。

「畏れながら、この山田方谷、松山藩士なれば将軍に直接ものを申し上げられる立場とは思っておりませぬ。平に御容赦ください」

「板倉殿、では、貴殿がそのように命じてほしい。余は、何を申されても気にせぬ。忌憚なく申すように」

勝静もここまで言われては、方谷に直接言上するよう促すしかなかった。

「では、畏れながら申し上げます。幕府とは大変大きな船にございます。しかし、船の板の下は激しい荒波が動いているようにお見受けいたします」

「なるほど、荒波は海の都合であるから我らではどうしようもないと申すか」

方谷は、目の前にいる若き将軍が想像よりも利発であると感じた。まるで昔の勝静のようである。

「はい、大きな船であれば、直ちに沈むことはございますまい。しかし、舵取りを誤れば徐々に傾いて、元に戻すのは難しくなるかと思います」

家茂にとって、自分が将軍になって後に、ここまで端的に危機を表した人はいない。

「しかし、船ならば波の上を走ることができよう」

「小舟ならば。大きな船は、一度傾くと元に戻るのに大きな力を必要とします」

「でも不可能ではない」

「はい、死んだものを生き返らせることとは違います。大変難しいけれど、不可能ではありません」

家茂は深くため息をついた。方谷は、将軍自身が思っていることと同じことを、船にたとえて言ったのである。

「もう一つ尋ねる。余はどうしたらよく舵を取れると思う」

「幕府という船ではなく、日本国という船には舵が二つあります。この二つの舵が心を合わせて同じ方向にむければ、果たして嵐の中も進めるかもしれません」

「船頭が多いと間違いがあると言うが」

「それは船頭の息が合っていない時にございます。激流を下る小舟でも、舳先と後ろで二人の船頭が力を合わせて難局を乗り切り、障害を越えてゆきます。大きな船であれば、意見の異なる船頭が多くなりますが、うまくまとめられれば嵐を越えることができます」

「相分かった。板倉殿、非常に面白かった」

将軍は納得したように立ち上がると、下がっていった。

松山藩上屋敷に戻った方谷を待っていたのは、川田甕江であった。

「先生はなぜ、殿の老中就任を最後まであきらめさせなかったのでしょう」

「松平定信公の血を引いていらっしゃる殿に、幕府を見捨てることはできないでしょう。それに将軍に謁見してきましたが、なかなか聡明な方でした」

方谷はあきらめたように言った。良い将軍ということは、勝静が今後幕府の政治にのめりこみ、松山藩を省みなくなるということを意味している。勝静の覚悟が本当なのか、その時のことを考えねばならなかった。

「清水茂兵衛殿が亡くなった」

珍しく江戸に終吉から手紙が届いた。その手紙に書かれていたのは、新見藩の思誠館で一緒に学んだ清水茂兵衛が亡くなったという、まさかの内容であった。それ以上に驚いたのはその後の言葉であった。

「茂兵衛殿は、虎狼痢《ころり》に罹《かか》って亡くなったために、家族も葬儀などを出すこと叶わず、遺体は虎狼痢に罹った他の遺体とともに火葬され、その後簡易に作られた位牌だけが届いたと聞いている。辰吉殿が怒り狂って役所に掛け合いに行ったが、それでもその対応が変わることはなかった」

終吉の手紙は、こちらに戻ったら一度茂兵衛の家に線香をあげに行ってほしい、と結ばれていた。

虎狼痢、とは、現代で言うコレラのことである。発端はペリー来航の後の安政五年（一八五八年）、日米の通商交渉に圧力を加えるために、ミシシッピ号が長崎に来航したのちに、長崎で大流行している。この時の長崎の様子はオランダ人医師ポンペによる「日本滞在見聞録」という本に書かれている。その記録によれば、長崎の人々は「神様を担いで街を練り歩き、疫病の神を追い払おうとした」とある。ポンペは「我々から見れば全く望ましくない行動である」と書いてあるところを見ると、オランダ人は虎狼痢について、密集した人々によって感染することを知っていたことになる。しかし、そのようなことを知らない日本人の間で虎狼痢が大流行することになる。なお「虎狼痢」という名前は、発症すると三日でコロリと死んでしまうということから名づけられたとも、また「狐狸妖怪の仕業」であるためともいわれている。

長崎で流行した虎狼痢は、山陽道と東海道を上り、大坂や京の都、そして江戸で流行することになる。長崎の祭りを参考に街角に斎竹《いみたけ》を立て、軒にはしめ縄を張り、提灯を下げ、門には門松を飾り、神輿や獅子舞を担ぎ出して町中を練り歩き、そして節分でもないのに豆をまき、また夏でもないのに花火を上げたり、松明を焚いたりしていたという。当時、この祭りのことを「虎狼痢祭り」と呼んでいたという。このほかにも、疫病を家から追い払うためにありとあらゆる「魔除け」を行っていたというのである。

この安政五年の虎狼痢の流行の時は、京都と大阪と長崎が中心で、他はあまり被害が出ていない。当時の大老井伊直弼は、安政の大獄をしたのと同時に、虎狼痢対策として箱根の関を封鎖してしまったために、病原菌が箱根を超えることは少なかった。また、板倉勝静の領国である松山藩などは、長崎から船で移動するために、やはり保菌者の来訪が少なかったのである。このようにして、安政の虎狼痢は二年くらい、ちょうど井伊直弼が桜田門外の変で亡くなったときと同じくして終息することになる。当時は井伊直弼が疫病のもとであるとも、また、井伊直弼が疫病神を連れて行ったとも噂された。なお、この安政の虎狼痢で安藤広重などが犠牲になっている。

その虎狼痢が、文久二年に再び大流行する。この時は、その発生源ははっきりしていない。京都や大阪で大流行し、江戸でも七万人を超える死者が出たと記録が残されている。

「殿、虎狼痢がまた猛威を振るっております」

「先生、どうしたらよいでしょうか」

勝静は、いつもの通り方谷に相談した。

「私の友である清水茂兵衛も、備中で犠牲になっております」

「そうであるか。それは……」

勝静は、次の言葉が繋げなかった。

「殿、知らせによると、虎狼痢に罹って死んだ者は葬式を上げることもできず、先に火葬されて位牌だけが届くそうです。これ以上、そのような悲しい思いをする者がいてはならないと思い、策を練らねばならぬと思います」

方谷は、意を決したように言った。

「しかし、まさか虎狼痢祭りでは防げるとは思えぬ」

「はい、安政の時は井伊直弼様と共に終息しましたが、しかし、それでは老中である殿が腹を切らねばなりません」

「先生、本当にそれで収まるならば腹を召すことくらいは何ともないが、しかし、そうではあるまい」

勝静は、苦笑するしかなかった。まさか、大老や老中の命と虎狼痢が関係あるとは思いたくない。だいたい、そのようなことをしていれば、これから先何人の老中が腹を切らねばならないのであろうか。

「おっしゃる通りにございます」

さすがに、方谷も笑うしかない。

「では、どうすればよい」

「虎狼痢は井伊直弼様の時に、長崎から来たと申します」

「うむ、確かにそうである」

「ということは、虎狼痢は南蛮から来たということになりましょう」

方谷は言った。以前、弟の平人が疱瘡に伏せたとき、病の平人を診た清水茂兵衛が、南蛮の話をしていたことを思い出した。新しい病はほとんどが南蛮からくる。そして南蛮の病には南蛮の薬が効くという。このように考えれば、オランダ船も他の黒船も日本に来て、虎狼痢を蔓延させたということは、その船の中で虎狼痢が流行していておかしくないということになる。しかし、オランダ船も他の黒船も、それほど大事に至っていない。つまり、黒船の者たちはその対処法を知っているということなのである。

それならば、南蛮の病について南蛮のことを調べればよいということになる。

「なるほど、蕃書調所に指示を出せばよいであろう」

蕃書調所とは、ペリー来航などによって蘭学の研究が必要になった幕府が、安政二年（一八五五年）年に「洋学所」として設置した蘭学所である。安政三年に蕃書調所となり、古賀謹一郎が頭取となった。この当時、蕃書調所は幕臣の子弟しか入ることができなかった。板倉勝静は、この時に外事担当の老中として、これらの制限をすべて撤廃し、蘭学を中心に英学を加えた洋学教育を行うとともに、翻訳事業や欧米諸国との外交折衝も多くの者が行えるようにしたのである。もちろん、身分などによって優秀な人材を漏らしてしまうことを恐れた、山田方谷の助言に基づくものであることは言うまでもない。このことから、幕臣だけではなく、広く洋学や外国語を学ぶものが増えたことから、明治維新以降も外交交渉などに困ることはなかった。

「御意。私は他の知人に当たります」

「佐久間象山先生ですね」

「ただ、象山殿は江戸にいるとは限りませぬゆえ、手紙にて聞くことになろうかと思います」

「それまでは、いかがいたしたらよい」

「井伊直弼様の時に、京の医者が水を大量に与えるとよいとありました。虎狼痢に罹った者には水を飲ませ、また水で冷やすことで対処するようにお触れを出してください。当時友人の清水茂兵衛がそのように申しておりましたことを思い出します」

「相分かった。小石川養生所からそのように知らせることにしよう」

その後、蛮書調所を中心にオランダの医学書を翻訳して『疫毒《えきどく》預《よ》防説《ぼうせつ》』を発行するに至った。その中には「身体と衣服を清潔に保つ」「室内の空気循環をよくする」「適度な運動と節度ある食生活」などを推奨している。今も昔も、疫病に対する対応策は同じなのである。

このようにして、文久二年の虎狼痢流行は、板倉勝静と山田方谷の対処によって、冬には完全に終息することになる。なお、虎狼痢は明治にも流行することになるが、この時の記録をもとに、明治一〇年、内務卿大久保利通は『虎列刺《これら》病《びょう》豫防《よぼう》心得《こころえ》書《しょ》』を記している。


「久しぶりだなあ」

虎狼痢も落ち着きを見せた頃、少しの暇をもらい、方谷は久しぶりに京の都に入った。

「我が旧友山田安五郎殿には、厚くお礼を言わなければならぬ」

公家の久我家の家宰として、自宅で池田草庵とともに私塾を開いていた春日潜庵のところを訪ねたのである。もうすでに寺島白鹿は鬼籍に入っており、方谷の弟子の寺島義一郎が九条家の教育係を継いでいた。また二人に陽明学を教えた鈴木遺音も、この世にはいなかった。寺島義一郎を訪ねた方谷は、そこで春日潜庵が会いたがっていることを聞き、わざわざ訪ねてきたのである。

「何かお礼を言われるようなことはあったかな」

「何を言う。この春日潜庵、あの井伊直弼のおかげで長々と牢に閉じ込められたが、安五郎殿のおかげで首が繋がっておる」

方谷は、とぼけて笑った。安政の大獄の当時、春日潜庵などを助けたのは、山田方谷が当時奏者番であった板倉勝静に働きかけたことが大きい。しかし、方谷は潜庵にはそのことを何も言わなかった。たぶん寺島義一郎か、あるいは大坂商人の誰かが伝えたに違いない。

「まあ、もし私がやったとしても、友人のためにやったのであれば当然のことではないか」

方谷は、こともなげに言った。「友となって恩を売らざること、かくのごとき人であるか」後に、潜庵は方谷について、このような言葉を残している。

「ところで、今日は紹介したい人物がいる」

「ほう、潜庵殿は人望が厚いので良い友人が多かろう。貴殿が会わせたいというならば是非会わせていただこう」

春日潜庵が奥に声を掛けると、入道のような大男と、細長い顔で眉の釣り合があった小男が出てきた。

「高名な山田方谷先生ですか。お目にかかれて光栄でございます。薩摩の西郷隆盛と申します。方谷先生のことは、藤田東湖先生が最も尊敬できる人物であるとおっしゃっておられましたので、ぜひ一度お目にかかりたいと思っておりました」

「越前の儒学者横井小楠と申します。私は佐藤一斎先生の門下生ですので、方谷先生の弟弟子になります。一斎先生のところでは、佐久間象山先生と方谷先生の話はすでに伝説でございました」

西郷と横井はそのように言うと、頭を下げた。

「備中松山藩の隠居の山田方谷と申します。方谷というのは歌の時の号ですが、安五郎でも方谷でもお好きな方でお呼びください。春日殿、以前お話をしていた西郷殿と横井殿ですな」

「ああ、そうだ。なかなか見どころがある。将来この日本国を救う人物であると思う。ぜひ、方谷先生の国の行く末に関する考えを聞かせてあげてほしい」

春日潜庵のいうまま、しばらく西郷・横井・春日は、和宮降嫁、公武合体から尊王、攘夷など様々な話を楽しんだ。そのすべてにおいて、方谷は西郷や横井の意見を論破し、そして、逆に諭すような状況であった。

「さて、潜庵殿、かかる若者をご紹介いただき、この国の将来が明るいと言いたいのでござろうか」

「まさか。貴殿の殿、板倉勝静公が老中になられた。しかし、このような意見があるということを貴殿は知っておく必要があると思ってな」

潜庵は、昔と変わらず議論が好きであった。陽明学を少し、違う解釈をしているところがあるが、それにしても、その才能は高く評価される。

「なぜ、板倉殿は老中になられた」

「松平定信公の孫だ。無理もなかろう」

「方谷のような者がいながら止められなかったと申すか」

「ああ、そうだ。私も春日殿と共に寺島白鹿先生のところで朱子学を学んでいるからな」

「西郷殿、横井殿、こういうことだ。君らが言う討幕とは、このような男を敵に回すことであり、君らが言う愚か者しかいないとした幕府の陪臣に、君らは全く歯が立たない」

「はい。我らには何が足りないのでしょうか」

西郷も横井も、目が覚めたような顔をしている。

「何が足りないというような話ではありません。ただ、私が少し年長者ということで言わせていただければ、先に討幕、先に公武合体というような結論を持ち、そこに物事を集約する。そのように私心を用いて物事を解釈していては、自然の誠から出た言葉に勝てることはないと思います。心を磨きなされ。心を磨いてもう一度学べば、もっと良い政ができましょう。私はそのことを至誠惻怛といっております」

後に西郷隆盛は、この時の経験から「敬天愛人」という言葉を使うようになった。さすがに、至誠惻怛を使うことはなかったが、私心を捨てるということが、彼の人生に大きな影響を与えたことは間違いがない。

「先生にもう一つお話ししたいことがあります。我が殿、薩摩の島津久光は兵一千を連れて上京の途にあります。そのまま朝廷に建白し、そして幕府に改革を申し出るつもりです」

「なるほど。我が殿が老中として、どのような対処をするかということですね。答えは、改革が我が国にとって良いものであれば従う。私利私欲の物であれば排除する。それだけでございましょう」

「どうやって良い物か、私利私欲の物かを判断するのでしょうか」

「それは、心をよく磨いて、そのうえで内容を吟味すればわかると思います」

「我が殿、松平春嶽も、それに加担しております」

「そうですか。ただ、貴殿らがいらっしゃれば、討幕という動きにはなりませんでしょう」

春日潜庵は、満足そうに笑った。

しかし、この後、西郷隆盛は浪士と組んで討幕の挙兵に加わっていると誤解され、遠島にされてしまう。一方、横井小楠は、方谷との会話を参考にし、松平春嶽に国是七条を建白している。

国是七条とは、

一．大将軍上洛して列世の無礼を謝せ。
一．諸侯の参勤を止めて述職となせ。
一．諸侯の室家を帰せ。
一．外様・譜代にかぎらず賢をえらびて政官となせ。
一．大いに言路をひらき天下とともに公共の政をなせ。
一．海軍をおこし兵威を強くせよ。
一．相対交易をやめ官交易となせ。

というものである。身分を省みずに登用することや、言路をひらくこと、交易、強兵は、いずれもこの時、方谷に論破されて得たものである。この時の方谷の意見は幕末、あくまでも倒幕にこだわった薩摩藩と、公武合体にこだわった越前藩の違いに出てきたのではなかったか。そして西郷隆盛は藤田東湖や山田方谷に習ったこれらのことが、明治維新を成し遂げた者たちとの違いになって表れたのではないか。

方谷は、潜庵の家を出ると、また江戸に戻るための船に向かった。老中の幕政顧問になり、今後外国事務担当を補佐するとなれば、自分で船に乗り、そして異国人街のある横浜の街を見たかったからである。

「老中板倉勝静の家臣、山田安五郎と見た。天誅である」

いきなり覆面の男数人に切り掛かられた。

「何やつ」

方谷は武士ではあったが、刀を抜いたことはほとんどない。この時も逃げるしか手がなかった。どこをどのように走ったかはわからない。すでに還暦に近い方谷が走って逃げるのも限界がある。細い路地に入ったところで追い詰められてしまった。

「助太刀いたす」

細い路地まで方谷を追ってきたのか、追手の男の刀を横から払うと、そのまま返す刀で男の腕を切りつけた。襲撃者の腕がその場に刀を握ったまま落ち、鮮血が飛び散った。

「太刀筋から見ると長州者か」

助太刀の男は、そのまま残りの者たち二人の刀を叩き落した。

「ひ、引け」

叩き落とされた刀をそのままに、襲撃者たちは走って帰っていった。

「どこのどなたか存じ上げませんが、危ないところをお助けいただき……」

「方谷先生、お忘れでございましょうか。谷三十郎にございます」

刀を収めて振り返った男は、懐かしい顔であった。先代勝職のお気に入りの遊女に手を出して御家断絶となった谷三十郎である。

「今は弟たちとともに、大坂の堀江にて剣術道場を営んでいます。あの者たちが、先生の名前を叫んでおりましたので、後を追ってまいりました。先生、お時間があれば道場に少し寄っていきませんか」

「ああ、助けてもらったし、昔話もしたいからね。そんなに急ぐ旅でもないし」

谷の道場は、方谷の牛麓舎を真似て、女子供にも分け隔てなく武術も学問も教えるとして地元では非常に有名で評判が良かった。

「やめ。今日は皆に紹介したい先生がいる。この三十郎の師匠の山田方谷先生である」

三十郎の号令で、皆そろって板の間に正座し、そして方谷の方に頭を下げる。

「先生は、剣術はされるのですか」

「いや、私は襲われても逃げてばかりで」

道場の中では、笑っていいものかどうか、少し逡巡したような声が漏れた。

「誰か、先生に普段の修行の成果をお見せしろ」

すっと立ったのは、長身で丸顔の槍を持った男である。

「伊予松山藩、原田左之助と申します」

「もう一人、誰かいないか」

「はい出羽国亀田藩、高田十郎」

いずれも後の新撰組で活躍する二人の演武は、かなり熱の入ったものであった。

「素晴らしい。この武芸きっと国の役に立てるようにしてほしい」

「ありがとうございます」

二人は頭を下げて門弟たちの中に戻った。

「先生、今回みたいなことがあってはいけないので、先生にも警護をつけましょう」

三十郎はそういうと、男女二人を呼んだ。

「谷松助と谷元子です。いずれも、この道場の近くで家を失い困っていたところ、弟の万太郎が拾ってきて剣術と学問を学ばせております。拙者の養子ということになっていますが、拙者のように不出来で酒癖が悪く育っておりません。ぜひ、先生のお役に立ててください」

三十郎と万太郎は頭を下げた。聞けば、この時期になっても天保の飢饉そして大塩平八郎の乱とあり、大坂には身寄りのない子供が多くいるという。谷兄弟は、それらの子供を門弟としてではなく、すべて養子として引き取り、面倒を見ているというのである。三十郎が言うには、荒木主計や松に対する方谷の対応を見習っているという。方谷にとっては少し気恥ずかしいことである。

「いや、そのような警護など」

「本日助けなければ危なかったのではないでしょうか。先生はすでに松山で皆に愛される先生ではなく、幕府の御政道を担う老中顧問殿でございます。この日本の国の運命を左右する先生になられました。この者たちは幼少のころから私なりに学ばせておりますので、先生の足手纏いにはならないと思います」

「しかし、私はあの時、三十郎や万太郎を守ることができなかったのだ。それなのになぜそこまでしてくれるのであろうか」

谷三十郎と万太郎の兄弟といえば、昔から問題児であった。そんな谷兄弟が絶対に大丈夫といってもにわかに信じられるものではない。恨んではいないと思っても、頼りになるかどうかは別問題である。

「何をおっしゃいます。先生には迷惑ばかり掛けて、何も恩返しをしていません。幼い時分には藩校有終館を燃やしてしまいましたし、御家断絶の時も本来ならば切腹でも仕方がないところを助けていただいております」

「谷三十郎先生には、常々方谷先生のことを伺い、何かあれば役に立つように言われております。ぜひ我らをお役立てください」

谷元子がそう言うと、隣に座る松助も併せて頭を下げた。谷三十郎の道場で雇えないこともないと思ったが、しかし、今後三十郎兄弟に何か仕官の道などがあれば、この二人が邪魔になるのかもしれない。酒癖が悪いというようなこともないというので、方谷は快諾するしかなかった。

今まで一人で旅をして、襲われなかったことの方が不思議であった。農民出身の方谷にとっては、誰かに命を狙われるということは、山賊や追い剥ぎ以外考えられなかった。しかし、実際に、何度か狙われ、その都度三十郎などに助けられている。そろそろ、そういうことを考えてもよいかもしれない。

紹介が終わると谷三十郎は、方谷を美吉屋五郎兵衛のところに送り届けた。三十郎は道すがら、今後も国のために役に立ちたいと殊勝なことを言っていたのが印象的であった。何か考えている、そうは思ったが、それ以上のことは何も言わなかった。

美吉屋では、しのが二人も子供を産み、三人目を身籠っていた。

「先生のおかげで、こんなに幸せになれました」

「しのさんが大店の奥方になっているのは本当にうれしいことだ」

「いや、先生がいろいろと手を尽くしてくれたおかげです。そういえば銀さんも天王寺屋の若い番頭さんと所帯を持ちましたし、楓さんも暖簾分けした銀主さんとの間に子供ができたんですよ」

しのは、大きくなったお腹をさすりながら笑顔で言った。

「いやいや、この美吉屋五郎兵衛もそろそろ隠居をしようと思っていまして、しのの産んだ息子に店を譲ろうと思っております」

美吉屋も目を細めた。大坂は、江戸の喧騒とは異なり、方谷の関係しているところはみな落ち着きを取り戻してきていた。


船で江戸に戻った方谷を待っていたのは、島津久光が軍を率いて江戸に向かっているという知らせであった。事前に朝廷から使者が来ており、勅使として大原重徳を江戸へ派遣し、その随行として薩摩藩が軍を率いるということであった。そのため、幕府としてもその軍を止めることもできなかったのである。方谷は、すでに西郷から聞いていたことであったので、驚くことではなかった。

「先生、どうすればよい」

老中になった勝静は、京都から戻ったばかりの方谷を上屋敷に呼んだ。すでに川田甕江とまだ若い家老の井上権兵衛が来ていた。井上権兵衛は備前岡山藩の水野氏より備中松山藩家老の井上覺睡の養嗣子になったもので、江戸においては岡山藩などとも親しくできるので、こちらに来ていた。

「どうすればと言われましても、勅使がいる以上止めることもできません。しかし、同時に勅使の護衛で来ている以上、勝手な真似をすれば朝廷の名前に傷がつきます。だいたい公議輿論を続けているのですから、誰が来ても対応しなければなりません」

「しかし、薩摩藩は伏見で反対派を粛清するなど、かなり乱暴なことをしております」

家老の井上権兵衛はそのように報告した。この粛清事件は、現在では「寺田屋事件」として有名である。

なお、蛇足ではあるが「寺田屋事件」とは二つある。一つは、ここで言う薩摩藩が島津久光に反対する藩内の勤王の志士を粛清したものである。そしてもう一つは、坂本龍馬が襲撃された事件である。

「京都で事件を起こした時は勅使の護衛ではなかったはず。つまり薩摩藩単独のときと、勅使の護衛とでは意味合いが違います。逆に、薩摩が江戸で事件を起こしてくれれば、朝廷との交渉がやりやすくなります」

「先生のおっしゃる通りですね」

川田甕江は、井上権兵衛に向かって言った。

数日後、老中筆頭久世広周を中心に、老中が広間に集まった、もちろん、板倉勝静もその中に入っていた。上座には、勅使大原重徳が座った。

「帝には、幕府の身勝手な開国とそれに伴う混乱において、大層ご心痛であり……」

大原重徳の言葉は、まず開国を勝手に行ったこと、特に井伊直弼によって勅許を出していない日米修好通商条約を調印したことに対する怒り、そして、その後の混乱についての不安などを説いた。

「そのうえで朝廷は、まず幕府の政を改革し、井伊直弼の行ったすべての投獄者謹慎者を戻し、将軍徳川家茂を補佐する役として一橋徳川家当主・徳川慶喜を将軍後見職に、また越前藩の前藩主である松平春嶽を政事総裁職に任命することを要求する」

「畏れながら、しばし」

板倉勝静である。大原はその前に、板倉の横にいて耳打ちする山田方谷の姿を見逃さなかった。

「板倉殿、勅使の御前であるぞ」

久世広周は勝静を諌めた。しかし、勝静は正座のまま前へにじり寄った。

「発言を許す」

大原もその気迫に許さざるを得なかった。

「その内容は、帝が幕府の内部の人事までお決めになられるということでございましょうか」

「板倉であるか。初代の板倉勝重は、京都所司代として非常に素晴らしい業績を残されたので、そのことに免じて言上を許すことにする。今のことに答えれば、そもそも征夷大将軍は帝が任ずるものであり、今まで帝がすべてを征夷大将軍に一任していたものの、この度の開国以降、勅許もなくまた今までの歴史も関係なく、帝との約束を守ることのできない幕府に対し、帝が将軍を任ずるにあたり、勅命をもって一定の条件を付けることには何の問題もないのではないか」

大原に向かって、横にいる薩摩藩の細長い顔の男が何か耳打ちしている。それを見ながら方谷は、勝静に耳打ちをした。その後、勝静が大きな声で発言する。顔の細長い男と方谷の議論を大原と板倉の口を借りて行っているようなものである。

「しかし、将軍後見職と政事総裁職では、朝廷のある京の都における治安はいかがいたします」

この言葉に大原は黙ってしまった。いや、大原の横の細長い顔の男が耳打ちをやめてしまったのである。

「京の治安のために京都守護職を、会津の松平容保公にお願いしようと思いますが、朝廷の思し召しはいかに」

「う、うむ。わかった」

大原の後ろに控えた島津久光は苦々しい顔をした。方谷は、わざわざ京に出かけその雰囲気を見ている。そのうえ西郷と横井と話し、薩摩と越前の本音を先に見ていた。そして、譜代で最も考え方が保守的な会津藩の松平容保を、京都守護職として朝廷の監視役に付けたのである。朝廷を西国雄藩の好きにはさせないという方谷の知恵であった。

このほかに、大原重徳は勅命十一か条を突き付けた。これに対してさっそく将軍後見職の徳川慶喜は不条理な要求は受け入れられないと言っている。またこの機会に参勤交代制の緩和、軍制改革、学制改革による蘭学研究の奨励などの改革を行っているのである。

後に大原重徳は、岩倉具視に対する報告の手紙の中で「老中の板倉勝静はごく普通の人で、常識的な対話ができる。用人の山田安五郎は、きっとした人物のようで板倉勝静の意見は、何事もこの人の意見に基づくものではないか」と書いている。

「あなたが老中顧問の山田方谷殿ですか」

大原重徳との会見が終わった後、いつも方谷が江戸において使っている松山藩中屋敷に大原重徳の横に座っていた細長い顔の男が訪ねてきた。

「失礼ですが、あなたは」

「申し遅れました、大久保一蔵と申す薩摩藩の者です」

「薩摩藩であれば、西郷という大きな人と京都でお会いしましたが」

「吉之助ですか。いや、先生の前では西郷隆盛と名乗っていたかもしれません。京都の春日潜庵先生のところに行っていましたから、その時でしょうか」

「はい。非常に素晴らしい勘と素直さをもった、学びに真摯な心の素直な方とお見受けいたしました」

「では先生は、拙者はどのように見ていただいているのでしょうか」

「勅使大原様のお話は、大久保殿の発案ではないのに、大久保殿は受け答えに対してはしっかりされておりますす」

「拙者の発案ではないと、いつ」

大久保は、驚いたように言った。

「あの発案は、実際に松平春嶽様や徳川慶喜様に会って話した人でなければ要求できない内容でしょう。薩摩の下級武士である大久保殿がそこまで親交を深められるかどうか、あとは推して知ることができます」

大久保はさすがに驚いた。勘とかではなく、しっかりとその人の性格などから物事を導いているのである。そして、そこまで見抜いたうえで、あれだけの質問を板倉勝静にさせ、なおかつ大原の言葉を詰まらせるのである。大久保は、自分の能力が方谷に全く及ばないことを感じた。ただ、この大久保という男は、小技によって形勢を変えられると思っているところがあった。

「では方谷殿に伺うが、帝と将軍はどちらが偉いのでしょうか」

「帝でございましょう。しかし、帝は一度任せたと仰せになられた以上、任せたことに口を挟むことは理に反しています。任せた人が途中で信用ならないというのは、すなわち、帝が人を誤って将軍に任じたということになりましょう」

「では、家茂公がまだ幼く、頼りにならないということでは」

「それならば、将軍に任じたその時に後見職をお付けになられればよいことでしょう。後になって要求すべきことではありません。大久保殿、物事には小手先だけで対処できることばかりではありません。特に多くの人を納得させるためには、自然の中の真実の言葉で、義を重んじる必要があるのではないでしょうか」

「拙者が義を重んじていないと」

「大久保殿が義を重んじていないのではありません。その大久保殿の手法が誤解される恐れがあるのです。自然の誠意より出でて財を積み国を富ませば王道なり。権謀術数を以て国を富ませば覇術なり、と申します」

「方谷殿は、拙者のやり方が覇道であると申されるのか」

方谷は、まだ若い大久保が、技術やその時の受け答えで、何とかなるというような感覚を持っていることに非常に不安を覚えた。井伊直弼に感じたものと同じ人間性を感じるのである。幕府や朝廷を語る前に、まずは大久保の心の目を磨いてもらいたかった。自然とその議論は白熱してしまった。

大久保利通の日記には、文久二年六月二六日の項に「帰りがけに、板倉勝静の用人、山田安五郎へ伺い、大議論に及んだ。」と書かれている。

「横井小楠という男、なかなか小賢しい男であった」

板倉勝静は、上屋敷に戻るといきなり怒り出した。この日、政治総裁職となった松平春嶽の顧問として、横井小楠という男が政治総裁職としての意見を幕府に伝えに来たのである。その席に方谷が同席していたので小楠は非常にやりにくそうであったが、それがかえって勿体つけて話しているように見えたらしい。

「だいたい、小楠という名前が気に食わない。天皇に忠誠を誓った楠木正成にあやかって、小楠というとか。そのうえ本名は桓武平氏で平時存《ときあり》というなど、いちいち小賢しい」

「よほどお怒りでございますな」

半分笑いながら方谷は勝静をなだめた。春日潜庵のところで話した印象しかないが、確かに横井小楠という男は自分を必要以上に大きく見せるところがある。

「幕府は全く関係ない、朝廷が偉いという。そのうえ平家であるから源家の徳川は相手にしないなど、何とも嫌味であろう。それでいてやはり源家の春嶽殿のところで厄介になっているなど、行動が矛盾しているではないか」

このような時は、どうしても将棋が荒れる。将棋をしながら話をするのは、将棋という別なことで勝静を落ち着ける方便である。しばらく二人は黙って将棋を指した。

「何か、けじめをつけなければなりませぬな」

方谷は、将棋盤を前にしながら、そのように言った。相変わらず川田甕江と正室の鮭が横に座っていた。廊下には、方谷の護衛として谷元子と谷松助が控えているようになっている。だんだんと勝静と方谷の将棋の観客が増えているのである。

「けじめとは何かな」

「はい、今のままでは、一方的に薩摩にやられてしまい、幕府内の秩序がなくなってしまいます」

将棋盤の上で、整然と駒が動いている。夏の暑さからか、夜になっても汗が引かない。鮭は、勝静の後ろから団扇《うちわ》であおいでいるが、その微風が時折勝静を抜けて方谷のもとに届くのが心地よい。

「先生、どうすればよいでしょうか」

「実は先日、越前藩の松平春嶽様のところに呼ばれ、意見を申し上げてまいりました。今までの幕府の政治に関しては、一つ、日本の政体は元来、割拠であるものを強いて封建制に擬したもので公共の政は容易に実行できるものではない事、一つ、衣服の制には特別に慎重である事、一つ、海軍の制度がない事、一つ、人材登用に関して門閥重視である事、一つ、治民の制度が整備されていない事の五点を挙げ、それが不十分であると申し上げてまいりました。そのうえで、今回の改革では、一部は改善されたので、今後は、公共の趣意に基づき、割拠の既習を翻すことに注意を払うことが肝要であると申し上げてまいりました」

将棋盤の横にいる川田甕江は、突然重要な話をしているので、必死にこの五項目を書き留めていた。元子と松助は、時たま外に出て、庭にどこかの間者が潜んでいないかなどを見て回っている。

「なるほど、それで春嶽様はいかにおっしゃられた」

「人材登用に関しては特に問題はないが、海軍、治民は難しいと」

「先生は何か妙案はありますでしょうか」

「佐久間象山殿のところにいた勝麟太郎殿。今は講武所砲術師範であると思いますが、彼は咸臨丸でメリケン国に行った者で、頭脳明晰によれば、殿にも海の軍に関して良い話を聞かせてくれるものと思います」

「先生はどうですか」

「私は、船といっても三十石船に乗る程度ですから。松山藩で船を持たせていただき、今後は備中鍬などを江戸に直接運ぶようにしながら、若い人に軍船を学ばせようと思っております」

勝静は、後日、勝麟太郎を呼び出し、麟太郎に方谷の推薦であることを伝えたうえで、幕府の海軍をすべて任せる旨伝えている。この時、勝静は勝麟太郎に深く様々なことを聞き、また共通の知人である方谷について話し、個人的にも非常に親しくなっていた。この勝静と勝麟太郎の交際は、明治になってからも続くことになる。

「先生海の軍の話はそれでよいですが、公共の話では名案はありますか」

勝静が盤上を見ると、方谷の手が動き、飛車が急に勝静の駒を奪った。

「殿、名案ではありませんが、久世広周殿、安藤信正殿には申し訳ありませんが、お二人に悪者になっていただき、朝廷に謝罪しましょう」

パチン、とまた駒の音がする。この一手は勝静に自信があるのか、駒の音が妙に大きい。よく見ると、勝静が珍しく王手で、角が方谷の王将を狙っている。

「謝罪。何を」

角と王将の間に、簡単に歩を置き、方谷は静かに手を置いた。

「今までの失政を詫び、久世殿と安藤殿に責任があるということに」

「今までの失政とは」

勝静は、そう言うと新たに香車で王手を狙った。

「攘夷を行わなかったこと、そして、勅許なしに条約を締結したことです」

方谷は、香車を角で取り、そのまま逆に王手となる手を打った。

「殿、幕府が約束した以上、攘夷を求められるのは仕方がないことです。しかし、攘夷を行う時期を選ぶことは幕府に権限があります。いざ攘夷決行となれば、異国の軍勢は約三〇万、船は千艘というところでしょう。その程度であれば、すべてを上陸させて皆殺しにし、異国の船を奪って諸藩に配れば、日本の外国に劣っている船と大砲の問題が解決できます。ただ、時がくるまで朝廷が要求してきても、うまく逃げなければなりません。そのために、川田甕江にうまく書面を作ってもらわなければなりません」

勝静は盤面から全く目が離せなかった。王手をしていたはずなのに、いつの間にか自分が詰んでいる。方谷の魔法のような手に驚かされる。近い将来、異国がこの日本国を攻めてくればこのようなことになるのであろうか。

「甕江殿、そのようなことで、朝廷への文書はお任せできますね」

それから数日間、川田甕江と山田方谷は上屋敷に詰めて文章を書き上げた。

「今後はひたすら勅意を奉戴して公武一和、天下一致、万民安堵すべきよう取り計らい、叡慮を安んじ奉るべし。未だ之を事業に施したる事なければ、宸襟安からざる儀もおわしますべけれども、これ新政の容易ならずして、百思千慮、評議を尽すによれり。春嶽上京の事仰出されたれども、新政の際暫く御猶予を願うところなり。従来深く宸襟を悩ませられたるは、畢竟久世大和守（久世広周）・安藤対馬守（安藤信正）二人の罪過にして、深く恐くにたえず、自今以後は精々粉骨仕るべし。なお宸衷もあらせられ候はば仰下さるべし、至当の儀は必ず遵奉すべし。されど自然時勢に於て行われ難き事もあらば、恐れながら是より御断り申上ぐる事もあらん。其許にも厚く御含みありたし」

将軍の名で書かれたこの文書は、徳川慶喜も松平春嶽も一見してため息を漏らした。尊皇派も、攘夷派も、そして公家も文句の付け所がない。板倉勝静のところに山田方谷ありと、改めて天下に名が轟いた瞬間であった。

5　家茂上洛

江戸城の御殿は広かった。明暦の大火で天守閣を失って以来、江戸城に天守閣はない。その代わり、政務の中心になっていたのは本丸御殿であった。忠臣蔵で有名な松の廊下を通ると、その先には白書院がある。

忠臣蔵といえば、松山藩は、忠臣蔵の大石内蔵助とは少なからず縁がある。

元禄六年（一六九三年）、備中松山藩水谷勝美は、後継者がないうちに病死し、所領収公・改易となった。この時、松山藩の請取りを行ったのが、赤穂藩主浅野内匠頭長矩であった。家老の大石内蔵助良雄は収城使として、水谷家の家老鶴見内蔵助以下と会見して交渉をまとめたのである。内蔵助はその後、上野国高崎より安藤重博が新藩主として入国するまで一年あまり在藩し、松山を代理で治めている。

白書院は三百畳の広間で、大広間に次ぐ広さである。上段・下段・帝鑑之間・連歌之間を主な部屋とし、将軍の応接所として公式行事に用いられた。

この日、白書院上段の間にかしこまって座っていたのが、老中板倉勝静と山田方谷であった。方谷にとっては勝静の老中就任時以来二度目である。

「上様の御成り」

小姓の大きな声が聞こえると、襖が開き、まだ幼さの残る将軍家茂が入ってきた。その後ろには将軍後見職の徳川慶喜、そして政治総裁職の松平春嶽が続く。

「面を上げよ」

慶喜の声が響いた。この時に面を上げられるのは板倉勝静だけである。方谷は陪臣であるので、まだ面を上げることができない。

「こちらに控えまするは、松山藩士で老中幕政顧問の山田方谷にございます」

「山田方谷、面を上げよ」

将軍家茂とは、すでに以前お目通りがかなっており、家茂はかすかに笑みを浮かべている。

「この度の書面作成、大義であった」

徳川慶喜が興味深そうに言った。すでに将軍家茂とも松平春嶽とも話をしている方谷であったが、徳川慶喜はこれが初めてであった。慶喜については、何度も将軍に推挙されるほどの人物と聞いていた。しかし、方谷にはそれほどの人物には見えなかった。慶喜の父である徳川斉昭は、藤田東湖や戸田蓬軒といった多くの英傑を自由に動かせるだけの度量と胆力があったと思われる。しかし、方谷の見たところ、慶喜にはそれが感じられない。困難を乗り切る技はあるが、研ぎ澄まされたような心の中の真実の世界に生きていないように感じるのだ。そして、自分自身の思い通りにならないと、すべてを放り出してしまうような執着心の欠如を感じるのである。常に誰かが横にいて何かをしてくれた、育ちの良い人の特徴なのかもしれない。

「ありがとうございます」

方谷は、慇懃に頭を下げるしかなかった。

「そこで、また困難が出てきた。貴殿の文書に基づき、朝廷が上様の上洛を求めてきておる」

「方谷殿、良い知恵はないかな」

慶喜と春嶽は将軍の横に座り、方谷に矢継ぎ早に言った。将棋で例えるならば金将二つというよりは飛車と角である。王将を守るというよりは、自分の思っているところを勝手に動く感じだ。場合によっては、遠く離れてしまい王将を守れなくなってしまうのではないか。

「山田方谷に聞く。以前幕府は大きな船であるが外は荒波と申したことを覚えておる。余は朝廷に出向いてその荒波に呑まれ命を落とすのであろうか」

まだ若い将軍のあまりにも率直な質問に、さすがの方谷も心中で苦笑いをするしかなかった。

「余は荒波に呑まれることを恐れはせぬが、予め覚悟が必要であろう。そこなる板倉勝静によれば、山田方谷殿は先を読むことが得手と聞く。遠慮はいらぬ、存念を申せ」

若い将軍の言葉に、方谷は勝静の方に目を向けた。

この時代、各大名が自分の家臣について自慢するのは、そんなにおかしな話ではない。しかし、まるで妖術使いのように先が読めるなどと言うのはあまり良い自慢の仕方ではない。ましてや桜田門外の変を予言していたなどと言っているとすれば、なぜそれを阻止しなかったとお叱りを受ける可能性もある。それどころか、水戸藩浪士との間につなぎがあったのではないかなど、あらぬ疑いをかけられかねないのである。

そのような懸念をもって視線を向けたが、勝静はまっすぐ将軍の方を見て、何の反応もしない。我が君主ながらなかなかの胆力である。いや、このようなことを聞かれても方谷ならば問題がないと言いたげな表情である。

「まあ、先を読めるかどうかはわからぬが、あの書面を書いたということは、その結果まではわかっているということであろう」

松平春嶽はそのように言い放った。

「では、陪臣の身であり誠に僭越ながら、お許しを得ましたので申し上げます。あの書面を出せば、当然に朝廷に呼ばれるでしょう。しかし、上様は帝の弟君にあらせられます。弟を殺し、自分の妹を不幸に落とすようなことは、いくら朝廷でも致しませんでしょう」

「確かにそうであるな」

春嶽は頷いた。慶喜も横で満足そうな表情である。

「では、上洛して何が起きる」

「攘夷、つまり異国船の打ち払いと条約の破棄を約束させられると思われます」

「攘夷、いまこの状態で異国の船と戦えと申すか」

「はい、武士が約束した以上、二言は無いようにせねば人の範となりません」

方谷は、言い切った。この時になってはじめて勝静は方谷の方に振り返った。方谷は、当然のことを言ったという涼しい顔をしていた。

「山田とやら、もう少し深く申せ」

将軍は、少し前のめりになった。

「現在の条約は、大老井伊直弼様が勅許のないまま締結されたもの。帝は、自分の許しがなかった条約はすべて破棄し、元に戻すようにお話しされると思われます」

「ふむ、道理であるな」

春嶽は偉そうに言った。井伊直弼を悪く言うことに関し、ここで反論を出すものはいない。皆、煮え湯を飲まされた者ばかりである。

「しかし、今さら井伊直弼様に責任を取らせるわけには参らぬ。とはいえ、攘夷を実行するというのは難しい」

「畏れながら上様に申し上げます。欧米の列強は、いずれ日本を清国と同様に植民地化しようとしてまいります。一方、朝廷が攘夷の意向を示し、幕府がそれを約束しながら攘夷を行わなければ、幕府は信用を失い、長州のように幕府に従わない藩が力を増しましょう。そのように国内が分裂すれば、欧米はその片方に味方し、国内を分裂させ、そこに乗じて日本国全体の国力を奪うことに繋がります。国力が失われたところで一気に植民地化を図るに違いありません」

衝撃的な言葉である。そこにいる誰もが息を呑み、言葉が出なかった。方谷も一息置いた後、周囲を見回して言葉を続けた。

「いまの日本の民は、欧米による条約で生活が困窮し、心が荒んでおります。心が荒めば、近くにいる者を恨み、また他者を信用できなくなります。そのような心の闇に、欧米は付け入ってくるでしょう。幕府は、まずは朝廷との約束を守り無用な対立を避け、人心を収攬し、生活の困窮を改め、民を済《すく》うことこそ、上策であると存じます」

「約束を守るということは、攘夷で戦えと申すか」

徳川慶喜は、あきれた表情で言った。

「私自身は開国を行い、交易を盛んにし国を富ませ、民も武士も心を豊かにすることが上策と思います。しかし、朝廷が攘夷の意向を示し、幕府はそれを約束し、そのうえで幕府がその約束を守らず信を失うということになれば、幕府の代わりに攘夷を実行し、朝廷の覚えめでたくなるように動く藩が出てきましょう。逆に、朝廷、幕府、藩、民いずれもが一丸になることができるのであれば、攘夷を実行し、欧米と戦い、国内で信を得ることが中策となりましょう。水戸藩の浪士が井伊直弼様を襲ったということは、彼らの学問の中では、征夷大将軍の本来の役目を忘れ、異国を恐れ、勅許もないのに条約を締結した臆病者と思われたためと考えられます。特に安藤様には申し訳ありませんが、その臆病者ということが、坂下門で敵に背を見せて逃げたことに繋がるものと思われます」

「相分かった。上策が開国すること、そして中策が攘夷で戦うこと。一応聞くが下策は何かな」

松平春嶽がそのように問うた。

方谷はだいたいの場合、このように上策・中策・下策と三つの案を示し、その中で上策を取らせるように仕向けた。しかし、その中で武士がメンツや心情などを考えて取るのは中策が多かった。勝静はそのことに慣れていたが、将軍家茂、徳川慶喜、松平春嶽はこのような会話には慣れていない。慶喜は、ただ呆れているだけであるが、春嶽はこの話し方に興味を示したようである。

「下策でございますか。先ほど申し上げましたが、国内で対立を深め、藩と幕府が戦を起こし、そこに欧米が入り込んで植民地となることでございます。下手な策を弄して朝廷をうまくだまそうとしても、向こうにも知恵者がいましょう。そうであれば、策を弄せず、上様は真心をもって朝廷と対峙していただくことしかないと思われます」

そこにいる誰もがため息しか出なかった。松平春嶽は、事前に横井小楠から山田方谷という人物について聞いていたのでまだ話ができたが、将軍と慶喜は後の句を繋げることができなかった。

「板倉勝静殿の前で悪いが、松山の藩士は、もう少し弱い風土と思っていたが」

松平春嶽は、皮肉交じりにそういった。

「失礼ながら、わが州の風土はもとより雄豪でございます。鉄気山にこもって山勢高し、さらに人心の剛なることは鉄に似ており、錬磨一たびなれば刀よりするどくあります。また鉄はうまく使えば生活を作り、畑を耕すもの。その風土が我ら松山の者には私のような農民にまで流れております」

「そうか、それならば万一大政を朝廷に奉還すればいかがなる。それならば幕府は戦わずに済むし、また討幕もなくなる」

これを言ったのは徳川慶喜であった。この諦めの早さや、物事にこだわりを持たずに投げ出してしまうお坊ちゃま育ちは、やはり方谷の見立て通りであった。

「政治の根本は、至誠惻怛、人を思いやる心から起こって、為し遂げる功業の華やかさなどには初めから目も掛けないことが大切でございます。すぐれた人格を持った人でなければ国を立派に治めることはできません。才能や知恵だけの人では、国が治まるものではございません。いま、大政を奉還し政治を省みずとなれば、策を弄し、国を省みず、目の前の難事から逃げた将軍と後世まで笑いものになるものと考えます」

「いずれにせよ、農民出身の陪臣が出すぎたことを申し上げ、恥ずかしい限りでございます。ただ、幕府と朝廷で国是を定め、その国是に従って物事を進めることが肝要かと思います」

慶喜と春嶽が何か言う前に、板倉勝静が口を挟んで、それ以上の会話を切り上げた。徳川春嶽の顔は真っ赤であった。横井小楠に出させた考えが、そのまま「策を弄し国を省みない」と言われたのである。恥をかかされたというような表情である。しかし、国是を決めるべきだというのはまさにその通りであり、また朝廷と幕府が無駄な争いをしないということも至極当然のことである。もとより、目の前の敵は朝廷ではなく、異国なのである。

将軍家茂は、ずっと黙って聞いていたが何かをわかったようで、逆に明るい表情となり、笑みを浮かべて満足そうな表情をしていた。

「要するに、朝廷に参内し、争いにならぬように、余がうまくやればよいということであろう。板倉殿、山田方谷、大儀」

将軍は、まだ納得できないという表情の後見職と総裁職を後に、さっさと席を立って白書院を後にした。


その年、方谷は一度隠居し、家禄を養子の耕蔵に譲った。将軍の前で意見を言うようになれば、様々な批判を受けるようになる。それが山田家全体に響くことを恐れたのである。もちろん年齢のこともあれば、健康上のこともあった。そのうえで、しばらく江戸にいて、勝静の近くに控えた。

「君たちにはさまざま世話を掛けることになるが、よろしくお願いします」

松山藩中屋敷を居宅代わりに使っている方谷は、谷三十郎が遣わしてくれた元子と松助を呼んで、お茶を振る舞った。

「先生は、なぜ我々にも優しくしていただけるのでしょうか」

「なぜって、一緒にいて守ってくれる人に普段から感謝をするのは当たり前でしょう」

「私たちは、ご奉仕することはあっても、先生から何かしていただくなどは畏れ多くて」

「元子殿、あなたがどのような出自であるかはわかりません。松助殿に関しても同じです。でも、私も農民で油売りでしかありません。昔、女性になぜ身分が違うと好きになってはいけないのか、学問でそれはわからないのかと言われ、答えに窮したことがあります。今、このように江戸の松山藩のお屋敷にいて、将軍にお目通りして私の意見を申し上げるようになって、なぜかおかしいことに、あの時の言葉が心の中で響くのです」

元子と松助は、きょとんとした顔をしている。

「今、あなた方は、出自が悪いとか、身分が低いとか、そういったことを思っているかもしれません。しかし、いつ世の中が変わり、そしてあなた方の努力が実を結んで様々なところで認められるかもしれません。私の身辺の警護などはよいので、まず自分を大事にしてください。もしも学びたければ、学べるように手配します」

「先生、何をおっしゃいます」

「暇を取れとおっしゃるのですか。何か不手際がありましたでしょうか。お詫び申し上げます」

二人は、方谷の心遣いを、自分たちでは力不足で不満だからクビにされるのではないかと勘違いしたのである。

「まさか、あなた方のような心強い味方がいて嬉しいです。ところで、次はお願いですが、近々将軍が上洛します。その時には我が殿、板倉勝静様も一緒に上洛することになります。しかし、松山藩は西国で、江戸には兵がありません。そのうえ将軍後見職の一橋家はあまり兵を持っていませんので、幾分貸し出さなければなりません。そこで、松助か元子は勝静様に、もう一人が私と一緒に歩いていただけるとありがたいのですが」

二人は顔を見合わせた。

「私たちは、見ての通り男と女でございます。勝静様の身辺には女性がいた方がよいか、男性がいた方がよいか、御判断ください」

「わかりました。では、松助殿は勝静様に、元子殿は私についていただけますか。勝静様には、身辺の世話をする女性は別にいらっしゃるので、女性の間で問題があっても困ります。男性ならば熊田恰殿ですから、私から申し伝えます」

「かしこまりました」


文久三年（一八六三年）。京の街は華やかである。上洛した将軍家茂と後見職の徳川慶喜は二条城に、松平春嶽は自分の屋敷に入った。松山藩も京都の屋敷に入った。その日は何もないので、方谷は元子を伴って京都の祇園を散歩したのである。みどりや小雪にも土産ぐらいはないといけないのではないか。

「先生、それに元子、しっかりと役目を果たしているようだな」

妙に羽振りの良い武士が三人、横を通りかかる成り、声を掛けてきた。

「お義父上」

元子は慌てて頭を下げた。谷三十郎である。その後ろにいるのは原田左之助であろうか。

「松助はどうした」

三十郎は元子に尋ねた。

「松助は、熊田恰様とともに板倉勝静様の身辺を警護しております。なにぶん、京の都は長州の尊王派が多ございますので」

「うむ、だからこのようにしてきておる」

「三十郎殿、どういうことかな」

方谷は、なぜか羽振りがよさそうな三十郎に興味があった。まさか大坂の道場主が京都の警護に呼ばれるようなはずがない。京は京都守護職の松平容保と京都所司代の牧野忠恭の兵がこれ以上ないほど警護している。それでも、彼らがいるというのはどういうことであろうか。

「実は先生、庄内藩士清河八郎殿が浪士隊という浪士を集めた集団を創り、将軍の身辺警護を行っているのでございます。私ども兄弟やその道場の者も多く、我らも参加させていただき、幕府の役に立とうと思っているところにございます」

「ほう、浪士隊ですか。伺ったところではすでに解散させられたと聞いていますが」

浪士隊。清河八郎が提唱し、将軍家茂の上京の警護をするということで浪士を集めたものである。幕府からすれば桜田門外の変などに参加する浪士が減り、また治安もよくなるのだから、一石二鳥と思って許可をしたものであった。しかし、清河八郎が尊王討幕を宣言するつもりであったことが露見し、幕府によって解散させられていたはずである。

「先生、そうなのですよ」

横にいた林万太郎、そして、その後ろに護衛のように槍を携えている原田左之助が口を開いた。

「それが江戸に戻るように命令が出てしまい、清河殿などは、江戸に戻ったのですが、芹沢鴨さんとか、近藤勇さんなんかは、こちらに残り、今は壬生浪士組として京都の治安を守っております」

「ほう、壬生浪士組ですか」

「そうです、それも上司は京都守護職の会津藩松平容保公です。私も出世しました。これも先生のおかげでございます」

谷三十郎は喜んで胸を叩いた。

清河八郎の浪士隊が二つに分かれて、清河八郎と江戸に戻った者と、清河八郎の動きに全く同意できず喧嘩別れして京都に残った者が出た。清河八郎とともに江戸に戻った者は、その後、庄内藩の酒井家の管理のもと江戸市中見廻隊となり、その後、新徴組となって庄内藩で明治を迎える。現在でも新徴組が住んだといわれる住宅が山形県鶴岡市松ケ岡に残っている。

一方、芹沢鴨、近藤勇、土方歳三などと京都に残った一隊は壬生浪士組といわれ、京都の治安維持のために活躍する。京都守護職会津藩松平容保の管理下になり、新撰組と名称を変え、その組織で幕末を迎える。鳥羽伏見の戦いや甲斐勝沼の戦い、そして会津戦争などを転戦し、函館五稜郭で降伏するまで官軍を相手に戦い続けることになるのである。

中には沖田林太郎と沖田総司の兄弟のように、江戸と京都で別れて活躍した者もいた。

「先生は我々の同志であり、我々の恩人でもあります。この京都においては我ら壬生浪士隊が命に代えても先生をお守りしますので、ご安心ください」

少し酔っているのか、谷三十郎は万太郎などに肩を支えられながらそのように言った。

「そんなに酒に酔っていては、腕が鈍るぞ」

「浪士隊には見かけほど強い隊士はいないので、いつも先頭に立っているのは私です。なあ、左之助」

「はい、先生」

原田左之助は、後に新撰組の十番組組長になる人物である。その左之助も全く頭が上がらないほど谷三十郎も万太郎も強かった。二人とも、その剣には狂気が宿っているかのごときであったという。

方谷はふと何かを思い出したのか、懐から懐紙を出して、さらさらと何かを書き始めた。

「ちょうど京都所司代の牧野様のところには、河井継之助という者がいると思う。たぶん偉くなっているので、まずこの手紙を見せて備中松山城下長瀬の山田の使いであると言って繋いでもらうがよい。その後、こちらの紹介状を出せば、何か力を貸してくれるであろう」

「先生、その河井某というのは」

「谷殿が松山からいなくなった後、私のところに居候していた者だ。態度は少々尊大だが、非常に優秀で心は優しい人だから。ああ、そうだ、三十郎殿が助けた佐久間象山殿の弟子だよ」

「あの、ミミズクの目のような大男の」

「ああ、そうだ。何か困りごとがあったら訪ねて見られるがよい」

「ありがとうございます。こちらがお守りするつもりが、逆に」

「義父上様、先生はそんな方でございます」

元子が言うと皆笑うしかなかった。

「この後どちらへ」

「いや一橋家の屋敷に呼ばれていて。その前に少し祇園見学をしてからと思っていたのだ」

「そうですか。物騒ですから一橋屋敷の前まで送りましょう」

昔語りをしながら一団は一橋屋敷に向かった。


京都の一橋屋敷の前で待っていると、板倉家の大名駕籠が来た。何人かの侍の先頭には熊田恰が、最後方には谷松助が控えていた。このように見ていると松助は忍びの心得があるのか、なかなか動きが俊敏で目端が利くようである。思うところがあり、藩邸内まで熊田、元子、松助の三人を同伴させるように勝静に願い出たが、三人は隣座敷に控えさせられた。

「お呼びしたのは他でもない、板倉勝静殿の御許しを得ているが、私のところにも、たまに知恵を貸していただきたいのだ」

「将軍後見職の慶喜様は、元来聡明であらせられ、我らの意見などは不要と存じ上げますが」

「嫌味なことを申すな」

食事をしながら慶喜は笑顔で言った。むろん、方谷も本気でそのようなことを言っているわけではない。慶喜が聡明であるという噂は専らであったし、また、将軍の信望も厚い。しかしそれだけではなく、この時代、直々の家臣ではない者が呼ばれて助力を依頼されるというのは慶喜の家臣に優秀な者がいないということを意味している。素直に受けてしまえば、一橋家の家臣に申し訳が立たない。また、板倉勝静の立場も考えなければならない。慶喜との間に上下関係があり、許しがあったとしても、それが本意ではない場合もある。この時代から人間関係はかなり複雑であり、気を使いすぎるということはない。

「実は山田殿、もう聞き及んでいると思うが……」

板倉勝静が椀物を置きながら言った。慶喜も勝静も、さすがに大名家の育ちだけあって、あまり卑しい食べ方はしない。このような作法だけは、育ちの差が出てしまう。

「政治総裁職の松平春嶽殿が国元に戻られてしまった」

「それはどうして」

「公武合体ができないからだそうだ」

ため息交じりに、慶喜が言った。

「もう少し詳しく言うと、春嶽殿は攘夷を約束しながらできないこと、浪士対策ができないことなどの原因は、水戸藩の考え方から始まった尊王論により、政令が朝廷と幕府の二途から出ていることによると考えている。その状態を打破するには幕府より大権を朝廷に返上するか、朝廷より更に大権を幕府に委任するかのどちらかに定めるべきだというのだ」

「なるほど、激情型の春嶽様に、頭の固い横井小楠殿が付けばそのようになりますな。橋本左内殿が生きていれば、そのようなことにはなりますまい」

方谷は、春日潜庵のところで会った細面で神経質そうな横井小楠の顔を思い出した。隣にいた薩摩藩の大入道、西郷隆盛の心が素直で鏡のように美しかっただけに、一層横井小楠の狡猾さが記憶に残っている。

「それで、この板倉が春嶽殿に呼び出され、幕府が自分の建議を容れないのは諸有司が姑息で、万一の僥倖をあてにし、政権を棄てることを惜しんでいるからである。いかに政権を失うまいとしても、行うべきでない攘夷や、払うべきでない生麦事件の償金について決定せずに空しく時を費やせば、天下の危難がたちどころに起こって政権を維持することはできない。将軍はすみやかに辞職して、こちらから政権を返上する覚悟を決めた上で、この難局にあたるべきである、と将軍辞職・政権返上論を説いたが、それで動かなかったので、政治総裁職の辞表を置いて国元に戻ってしまったのだ」

「自分の思い通りにならないと、帰ってしまうというのは、また困ったものですね」

方谷は、そういうと箸を置いた。

慶喜は、何か言えば回答が出てくると思っているようである。知恵を貸してくれというのはこういうことかと思った。方谷からすれば、先日江戸で話した時に、そのように言えばよいものを、松平春嶽が国元に戻ってからこのようなことを言うというのも、慶喜の先を読む能力がないことの表れなのであろうか。

「もともと、江戸で将軍様に拝謁した時は、大政奉還をおっしゃっていたのは慶喜様であったはずですが」

確かにそうであった。春嶽は上策・中策・下策すべてを聞いて判断していた。しかし、それを各々持ち帰って、春嶽は横井小楠に相談し大政奉還しかないと考え、慶喜はまだ何とかなると考えが改まったのであろう。

「時と場合が変われば、そうではない。貴殿があの時言ったように、後世、国難を前に逃げだしたと言われぬよう、こちらも一生懸命やっているのである」

徳川慶喜というのは、どうも、まず自分のことを先に考え、そのうえで、責任を他に転嫁する性質があるようである。徳川斉昭のような強烈な個性のある父に育てられた子供は、それを受け入れるようになるか、あるいはその矛先を逃れてうまく立ち回るようになるか、いずれかになってしまう傾向が強い。どうも慶喜は、後者の性質が強いようだ。

「朝廷と約束されたのです。攘夷を決行されればよいでしょう」

方谷は、こともなげに言った。いや、江戸城にいた時と同じことを言っただけのことである。

「そんなことをすれば戦になる」

「生麦で薩摩藩の島津様の家臣がエゲレス人を斬り殺しております。幕府は何もせずとも、薩摩や長州、土佐、水戸など、攘夷の気運の強い藩は、独自に戦になるでしょう」

「そうであれば、薩摩や長州は異国と戦争をして、国力を失うことになる」

慶喜は、目を輝かせた。

「はい、それと同時に、薩摩や長州は、異国との縁を深くするでしょう。独自に戦を行うということは、当然に、独自に和平交渉もします。薩摩や長州や土佐が、幕府を通さずに異国の植民地になるか、あるいは、独自に交易を行い幕府と対等の力を持つようになります」

「その時に各藩を潰せばよかろう」

方谷は、呆れて何も言えなかった。なぜ事前に事態を予想し、そして予防的な手を打たないのであろうか。しかし、これ以上将軍後見職の責任で手を打つことを求めれば、大政奉還をすればよいと、短絡的な発想をするであろう。特に松平春嶽がいなくなってしまい、逃げ腰なのである。責任を転嫁し、自分で責任を取らない人物は、最後まで国難から逃げ続ける。それが徳川慶喜なのである。

この時ほど、藤田東湖や戸田蓬軒が生きていて、徳川斉昭の下から慶喜のところにきていればと思ったことはなかった。


慶喜の屋敷を辞去したのち、松山藩の藩邸に戻ると、河井継之助から手紙が来ていた。一橋屋敷にいるときに、谷三十郎が持ってきて谷元子に渡したようである。「この沈みかけた大きな船の京都所司代という古臭い役職にこだわる牧野様の気が知れぬ。どうやったら辞任を勧められるか教えてほしい」という短い手紙が書かれていた。

「何処も同じだな」

方谷は、笑いながらその手紙を燃やした。

「何と書かれておりました」

元子が傍に来ていた。藩邸の中では松助も控えている。

「いや、古い友人だ。お互いの苦労があると書いてあった」

松助はすでに、知っているかのようである。なかなか隅に置けない。

「京都所司代様の代官、河井継之助殿は京の町の人々にかなり好かれているようにございます。しかし、京都守護職の会津様の藩兵は、なかなか融通が利かず、評判があまり芳しくないようです」

「よく調べてくれました。公家の方はいかがですか」

「公家の方は、女中様などに聞くと、表面では関白鷹司輔熙様、内覧近衛忠熙様がお相手しておりますが、実質は、中川宮様の存在感が大きく、またその辺を出入りしているのが岩倉具視様と三条実美様といわれております。またそこに薩摩藩の大久保一蔵殿、土佐藩の坂本龍馬殿などが出入りしているようです。その出入りしている人々は、春日潜庵殿が取り仕切っております」

元子は、ずっと方谷と一緒にいたはずなのに、このようなことを調べさせると信じられないほど高い能力を発揮する。

「幕府の面々、特に、牧野様や我が藩の殿では太刀打ちできぬな。彼らは帝の攘夷を最大限に使ってくるであろう。河井殿ではないが我が殿にも老中を辞任するように言わねばなるまい。まあ、受けないだろうがな」

その晩、楽な姿に着替えたのち、方谷は勝静の部屋に行って、改めて老中を辞任し、松山に戻るように言った。

「何度も言うな、もう分かった、近いうちに老中職を辞して松山に帰る」

勝静は、そのように言ったが、方谷は言葉の通りにはならないとわかっていた。やはり、武家の血筋というのはそのようなことであろう。河井継之助も自分も似たような立場なのだなと思い、一人笑って、このように手紙にしたためた。

「何処も同じ。船とともに沈まぬよう祈念す。至誠惻怛」

6　天狗党

「このままでは間に合わない」

水戸藩領石岡の料亭で、藤田小四郎は叫んだ。

「そもそも、水戸と長州で盟約を結び、共に手を携えて攘夷を行う予定であった。しかし、長州は長井雅樂殿が妨害し、やっとそれがなくなったにもかかわらず、水戸藩は何をしているのだ」

藤田小四郎は、藤田東湖の四男である。父藤田東湖が偉大な人物であったがために様々なことで比較され、また期待され、また水戸藩の中では警戒されるという存在であった。

この文久三年の将軍上洛の際、武田耕雲斎や山辺兵部、そして藤田小四郎が同行していたのである。しかし、これだけの兵がいると、京都ではかえって何もなく、武田耕雲斎は天皇に謁見し、あるいは旧交を温めて方谷を含む様々な学者と会談をしていた。一方の藤田小四郎は、長州の桂小五郎や久坂玄瑞と交流し、攘夷とその時に開港していた横浜や神戸の港の即時鎖港を求めることに力を貸すように促されていたのである。彼らは当然に、藤田東湖という偉大なる人物の功績を言い、そして、その血を引く小四郎こそがその盟主となるべきであるというように、小四郎のプライドを大いにくすぐったのである。

「わが父東湖は、大津浜に来たエゲレス人が日本を占領することを求めていることを知っていたではないか」

石岡の料亭の二階で、名物の稲荷寿司を肴にしながら、酒を飲んでいた。これらも話には聞いていたが桂小五郎から出た話であり、自分の想像以上に世の中では大きく評価されていることと考えるようになっていた。

「今、この日本の民は清国のように欧米列強の国々に植民地にされぬよう戦うことを、この水戸藩に期待しているのである」

上洛した将軍家茂は、攘夷を望む義兄孝明天皇に対して、文久三年五月一〇日を期限に攘夷と横浜、神戸の鎖港を行うことを約束したのである。攘夷派はこの「攘夷決行」を言葉通りに解釈し、長州は関門海峡を通る異国船を次々と砲撃した。世に言う下関戦争である。長州藩は、同時に攻撃を行わなかった小倉藩小笠原家も、朝廷と幕府の意向に反したとして攻撃した。

一方イギリスはこの年の七月に生麦事件の報復として、鹿児島湾に集結し砲撃を開始したのである。世に言う薩英戦争である。

石岡の料亭に集まった藤田小四郎を中心にした水戸藩の若者たちは、このような異国との戦に触発され、攘夷を行うべしと幕府に要求するための兵を起こすことを企画していたのである。

「すぐに方谷先生を呼べ」

板倉勝静は京都の後事をすべて京都守護職松平容保に任せ、一度急ぎ松山に戻ってきた。幕府が攘夷を約束した期日の一か月後である文久三年六月のことであった。この六月、長々と逗留した将軍家茂が江戸に戻り、また京都所司代が稲葉正邦に変わった。当然に河井継之助は一度江戸に立ち寄ったのち、長岡に戻っていた。その様々な移動に伴い、勝静も久しぶりに松山に戻ることができたのである。

勝静が方谷を呼んだのは、文久三年七月も終わりに近付いていた。御根小屋の周辺では蝉が短い夏を惜しむように毎日精いっぱいの聲《こえ》を上げていた。

「方谷先生ですか。今は松山城下ではなく長瀬の自宅におりますが」

「ならば馬でも駕籠でも仕立てて、すぐに連れて参れ」

家老重臣たちの間では、勝静の急ぎで方谷に用事がある場合は、三島中州か大石隼雄が呼びに行くことが常になっていた。もう還暦になっている方谷は、落馬の心配があるので馬に乗せるわけにはいかない。大石は、すぐに駕籠を仕立てて長瀬に向かった。


「先生、長岡の河井継之助様からお手紙が届いております」

みどりは、手紙を開きながら、その内容を方谷に読んで聞かせていた。もうすでに前年の末に家督をすべて養子の耕蔵に譲ってしまっているので、長瀬に戻れば、ただの隠居でしかない。家督を譲られた耕蔵は、松山城下で有終館に入り、実母の早苗と病気がちになったみつを看病しながら暮らしていた。佐吉は前年に病でなくなっており、佐吉の家は藤吉と鮎が中心になって山田家の家宰のようになっていた。

「ほう、継之助殿からか。今頃、長岡藩の藩政改革を行っているのであろう」

「はい、あまりにもやることが多くて、何から手を付ければよいかわからないと」

「そうか、わからぬことは友に聞け、友に聞いてわからぬことは天下から学べ、天下に学んでもないものは、書物から古人に求めよ。これでよいかな」

方谷は、手紙を書く時はみどりに相談しながら書いた。

「それだけでよろしいですか」

「ああ、一〇個やらなくてはならないことがあれば、その中のもっともやり易いことから始め、だんだんと進めればよい、すべての物事はこのように進めよ。継之助殿は、欲張りでせっかちだから、なんでもすべて一気にやらねば気が済まない。しかし、それでは周りがついてこれぬであろう。少しずつ、周りを巻き込んで順番に行わなければならないし、うまくいったという感覚を友と分かち合わなければ、改革などうまくゆかないものだ」

「その言葉は、以前正月に継之助様に直接言われていましたよ。まあうまく下書きしますね」

みどりは笑いながら下書きし、方谷が清書して花押を書いた。

「松助、松助や」

長瀬に戻ると、警護をしている谷元子と谷松助は、隣の離れに住むようになっていた。ここにいてもいつ暴漢が襲いに来るかわからない。その意味で、本人たちがここに住むことを強く希望していた。元子がいるので、みどりに対して遠慮がちに言ったが、みどりは全く気にせず、二人を温かく迎え入れてくれた。

「この手紙を長岡の河井継之助殿に届けてくれぬか」

「かしこまりました」

忍びのような心得のある松助は、並の飛脚よりも早く長岡まで向かった。またこの二人は、どこかに使いに出すと、その地域の様子などを細かく報告してくれるようになっていた。その情報の正確さは、方谷を感心させるほどであった。

「先生、ご無沙汰しております」

松助と入れ替わるように、大石隼雄が長瀬の家に訪ねてきた。

「おお、大石殿か。ご家老様がわざわざ来られたということは、殿のお召しだな。しばらくは行かぬと申してくれ」

「先生、意地を張らないでくださいよ」

「殿は老中を辞めると約束したのだ。老中様のままでは会うことはできぬ」

「まあ、今回は、諮問されるのではなく、将軍家茂様から拝領した襦袴を殿がお持ちになったので渡したいということだそうで」

「それならば、大石殿、貴殿が持ってくればよかろう」

「先生、そんなことを言っていると、殿が直々にここに来てしまいますよ」

大石も弱っていた。勝静も方谷もいずれも上司であるし、またいずれも頑固である。このような場合、間に挟まれてしまうと始末に負えない。ましてや、すでに方谷は隠居なので強制はできないのである。

「家老大石殿の立場もあるから、曲げて将軍から拝領した襦袴を取りに伺おうか」

「はい、駕籠を用意してございます」

筆頭家老であるのにかかわらず、使用人のように腰が低い。もちろん普段から誰にでもそのようにしているのではない。幼いころからの門弟としての習慣で方谷に対しては自然とそうなってしまうのである。

「おお、熊田殿、熊田殿も松山に戻っておられたのか」

駕籠の前には、熊田恰が立っていた。

「京都では谷三十郎に先生の警護を取られてしまいましたので、松山では私が周辺を警護いたします」

方谷の横には、谷三十郎から預かった谷元子が控えていた。女性であるのに、袴を履き、髪も一本に束ねている。女剣士という表現がぴったりである。

「谷三十郎殿のところにいた元子殿ですね。ご一緒に」

元子は黙って、熊田恰の後ろについた。谷三十郎からは体を盾にしても方谷先生を守れ、といわれている。不思議なことに、谷三十郎を処罰したのが方谷であるのに、三十郎は消えぬ恩を感じているのである。

「先生、体の調子でもお悪かったのでしょうか」

「はい、腹の虫というものが悪く、なかなか殿のお顔を見る気にはなれませんでした。いや、殿ではなく老中様と申し上げないといけませんが」

「先生、そう言わず、これをご覧ください」

勝静は、将軍から拝領した襦袴を広げた。

「将軍家茂様からです」

「ありがたく頂戴いたします」

方谷は恭しく頭を下げると、席を立とうとした。

「あいや、しばらく。せっかくですから将棋を一指し」

昼であるのに勝静は将棋に誘った。よほど聞きたいことがあるらしい。

「本日は、江戸屋敷でもございませんし、家老殿がお待ちかねでございます」

「大石、将棋を見たいであろう」

「は、はい、いえ、あの」

大石隼雄と井上権兵衛の二人の家老は、どう答えていいかわからない様子である。結局勝静と方谷の将棋を、熊田恰、元子、それに家老二人が見物することになった。七月の終わりである。体を冷やすために井戸水で冷やした西瓜が運ばれてきた。

「先生のおっしゃる通り、長州と薩摩は異国の船と戦争をしました」

「しかし、植民地にはなっておりませぬな」

「はい、先生の申す通り、長州は砲撃戦のみでしたし、薩摩は巧妙に戦を行い、両藩ともにうまく和睦したようです」

「ということは、国内の攘夷派は、うまく戦えば異国を打ち払えると自信を持ったことになります。三六万石の長州や、七十三万石の薩摩が単独で戦って、いい勝負ということは、日本国を上げて戦えば、攘夷も可能ということでしょう。今まで幕府がやらなかったことが大きな問題になります」

その通りだ。ということは攘夷派の浪士がまた活発化し、多くの人々が犠牲になるということを意味している。

「では次は、水戸と土佐が異国船と戦をするということでしょうか」

将棋の駒が動いた。大石や井上は、この駒を見てよいやら、会話を聞いてよいやら、わからない。一方、熊田はドカッと胡坐をかいたまま西瓜を頬張っている。元子は西瓜に手を付けず、勝静の後ろに回って団扇であおいでいる。江戸屋敷の鮭と異なることは、元子が剣士の姿をしているということであろうか。なかなか美形の女性だけに美少年に見える。

「もう異国船は戦をしないでしょう。日本国の実力もよくわかりましたし、これで和睦をしたので、日本国内に薩摩と長州という繋ぎができたのですから、戦をする必要はありません。以前、江戸で申し上げた下策に近い状況になっているとも申し上げた方がわかりやすいかもしれませんな」

勝静の指し筋は荒れていた。将棋はその手筋よりも、精神状態の方が強く出る。

「では、長州や薩摩が敵になるということか」

「そうですね。ですから、長州と薩摩を敵対させなければなりません。幕府はそのどちらかと組んで、片方を倒すということにしなければならないでしょう」

方谷は、下策といわれた国内対立の場合もその対立を最小限に抑え、外国の介入を少なくする方法を言った。そして、最後の一つの国を残し、今までのように横浜や神戸など限られた場所だけでの開国とすることが望ましいと示したのである。完全な開国はあくまでも天皇が攘夷を取り下げてからしかない。方谷の考えはそうであった。

「では朝廷で何かあるのでしょうか」

勝静は驚いて言った。

「はい、そもそも長州と薩摩が異国船と戦ったところで、公武合体を目指す島津久光公と、急進的に尊王攘夷を目指す毛利敬親公とは立場が違います。私がお見受けしたところ、朝廷にも、島津殿と親しい中川宮や近衛関白と、長州と親しい三条殿や四條殿とは立場が異なります。この二つの立場の間に対立が生まれれば、当然に、薩摩と長州が、いや、中川宮と三条殿などが対立することになりましょう。これらの話は、すべてここにいる元子が京にいる間に調べてまいりました」

元子は、まさかここで自分の名前が出るとは思わなかったために、少し顔を赤らめた。

「元子と申すか。褒めて遣わす。あ、いや、女子か」

勝静は今まで少年であると思っていたらしく、元子が女性であることを見て驚いている。そんな姿を見て、熊田も大石も笑うしかなかった。西瓜はほとんどなくなっていたが、二人の家老も熊田も全く動くことができない。また、話が難しすぎて話題の中に入るすきもない。大石はいつの間にか筆を執って話の内容を書き出していた。

「薩摩と長州が、そして朝廷の中が荒れたら、幕府はどうなる」

「幕府は幸い、京都守護職の会津殿、そして、将軍後見職の一橋殿をはじめ幕閣は基本的に対立しておりません。越前の春嶽殿が少し気になりますが、戦をするようなことはないでしょう。ですからこのようになります。」

パチンと音がして、方谷の手前には王将を多くの駒で囲む「アナグマ」が完成していた。

「その後は」

「長州を滅ぼされよ」

聞いていた大石と井上が驚いた。まさか方谷から長州藩を滅ぼせというような過激な言葉が出るとは思わなかった。

「滅ぼすのか」

「はい、幕府の制止を聞かず、異国船に攻撃を行った。ここまではまだ、朝廷の攘夷の申し入れを誤解したといって済む話かもしれない。しかし、それをもとに、小倉藩に攻め入るのは全く異なります。藩と藩の私戦は、強くこれを戒めなければなりません。幕府が先頭になりこれを滅ぼすべきでしょう。また、薩摩はエゲレス一つしか相手にしておりませんが、長州は四カ国を相手にしております。それだけ様々な国から介入される恐れがありますので、早めに手を打つ必要があります」

そういうと、方谷の飛車が前に進み、王手となった。

「いつ行う」

「そう遠くないうちに、朝廷の近くで何かが起きましょう。今、薩摩と長州、そして幕府がともにあるのは京だけです。その動きの後、速やかに長州を征伐するということでいかがでしょうか」

そういうと方谷は、王手であるのにわざわざもう一つコマを進めて勝静の王将に重ねた。

「では、詰んでおりますので、これで」

方谷は、そのまま御根小屋を後にした。


果たして方谷の予言通り、この将棋の一か月後に京都で八月十八日の政変が起きた。

これは薩英戦争で自信を付けた薩摩藩が、公武合体派の公家や中川宮、そして松平容保と組んで急進的な尊王攘夷派を朝廷から締め出したのである。締め出された公家は、そのまま京都妙法院に集合し、そして長州の方面に落ち延びていった。いわゆる「七卿落ち」である。蛇足ではあるが、現在京都の時代祭では、この時の七卿落ちの仮装行列が行われる。また時期を同じくして七卿の子孫が妙法院に集まり法要を行っている。日程が重なると、七卿の子孫の前に七卿の仮装をした行列が通ることもあるという。

この結果、薩摩藩が中心となり、公武合体が進むことになる。朝廷から徳川慶喜が呼び出され、そして、文久三年の年末に徳川慶喜・松平春嶽・松平容保・山内容堂・伊達宗城、そして薩摩の島津久光を中心にした、朝廷参豫会議が招集されるようになった。

「これでは江戸の幕府はいらぬということではないか」

元治元年（一八六四年）正月、江戸に出府していた老中板倉勝静は、なんとなく不満であった。

「これで、朝廷と薩摩を幕府側に取り込め、長州を孤立させましてございます」

方谷は、そのように手紙に書いて勝静の元に送った。この手紙を見て、やっと勝静は落ち着いたようである。ここまでの動きに、方谷が元子や松助を使って何か策を行っていた。しかし、方谷自身は長瀬とたまに松山に出るくらいで、ほとんど動かなかった。

「しかし、常に方谷先生の言うとおりになるな」

勝静は、それほど凡庸ではなかったが、しかし、方谷に比べると月と鼈《すっぽん》というような状況であったことは間違いがない。逆に、そのように自分の限界をわからなかったのが、徳川慶喜であった。この参豫会議において「時勢に適合した政体を目指すには幕習を脱した創業が必要である」と発言し、幕府よりもこの会議を優先することを認めるように発言してしまったのである。

「潜庵殿、少し力を貸してほしいのだが」

方谷は、参豫会議などが行われている中、京にお忍びで入った。松山城下にも何も言わず、元子と松助だけを連れてきたのである。

「こんなところに一人で来ては危ないのではないか。最近は長州の者が幕府側にいる者を誰かれ構わず斬ってくるから、危なくてしょうがない」

春日潜庵は、キセルにタバコを詰めながら言った。今や方谷に向かって、安五郎と昔の名前で呼び、そして、敬語を使わない者は春日潜庵くらいかもしれない。それだけ先達が逝ってしまい、また、昔を知る者が少なくなってきたということである。

「潜庵殿とも長くなったな」

「もうかれこれ三〇年は超えているぞ。それだからわかることもある。この度の長州の仕置きの件は、そなたであろう、安五郎」

潜庵はキセルのタバコに火を点けて深く一服した。方谷は何も言わず、にっこり笑った。

「公家の方は関係ないにしても、七卿がいなくなったことをうまく使って、薩摩と長州を分離させ、長州を孤立させた手腕はさすがだ」

「いや、帝が望んでおられる公武一和を、様々なところで進めただけである」

「何を言う。越前の横井小楠も、薩摩の西郷隆盛も皆ここに来ておる。安五郎の手紙であろう」

「我らは、寺島白鹿先生のところで一応朱子学も学んでいるが、その中では、同じ日本国の小笠原殿を異国船の代わりに攻めよとは教えていない。逆に、そのような秩序を乱す行為をしては罰せられると習ったのではないか」

「ああそうだ。だから大塩平八郎殿も罰せられた」

二人の間にしばらく沈黙が流れた。自分たちが陽明学を学んだのは、大塩平八郎、そして鈴木遺音のおかげなのである。

「あの時の女はどうした。しばらく鈴木遺音のところにいたが、いい女だった。銀といったかな」

「銀は、今大坂で米問屋の奥方だよ。もう一人のしのは美吉屋の奥方だ」

またしばらく沈黙が流れる。その間、元子も松助も全く動かない。

「安五郎、そなたの頼みは、長州をより孤立させよということか」

「長州に犠牲になってもらわなければ、国がまとまらぬ」

「そのように方谷先生が言っていたと、西郷隆盛と横井小楠に言えばよいか」

「場合によっては戦になると」

「池田殿、そういうことだ。しばらく京を離れるか」

「但馬国に、私の開いた塾がある。青渓書院というのだが、温泉も出て横に渓流があり、なかなか良いところであるぞ」

ずっと黙っていた池田草庵が二人を誘った。

「但馬といえば、沢殿はどうした」

八月十八日の政変の後、前大納言中山忠能の息子中山忠光は大和国（現在の奈良県）で、また七卿の中の沢宣嘉が但馬国（現在の兵庫県）でそれぞれ乱を起こした。中山が起こした乱を、その組の名前から天誅組の乱、そして、沢が起こした乱を生野の乱という。ただ、沢宣嘉は乱になる直前「頼みもし　恨みもしつる　宵の間の　うつつは今朝の　夢にてありぬる」という一首を残して乱から抜け出してしまう。呼応した河上弥一と長州藩の奇兵隊隊士が自害して果てたのである。なお、中山忠能の娘、忠光の妹に当たる慶子は、孝明天皇の典侍であり、後の明治天皇の生母である。

この時、方谷が言ったのは、その二つの乱のことである。

「沢殿は逃げ足が速いからな。七卿と合流して生きているだろう。そのうちひょこりと出てくるよ」

春日潜庵は、笑った。

「それをあぶりだして、対立の芽をつぶさなければなるまい」

「安五郎の言うことはわかる。しかし、それは、京の都が戦禍にまみれるということではないか」

「そうなるやもしれぬ」

「まあ、安政の大獄から救ってくれた命の恩人の頼みでは、断ることはできまい。薩摩を中心に工作は引き受けよう。それで日本国が救われるのだな」

「ああ、そして戦になる時は但馬に逃げればよい」

方谷はそう言うと静かに、出されたお茶を飲んだ。


「長州がこれだけ頑張っているのに、我々が何もしないわけにはいかない」

藤田小四郎は、これらの動きを見て、とうとう我慢ができなくなった。偉大なる父がいる場合、その息子は、父と比較されてしまうことから、どうしても過激な行動や発言をしてしまいがちである。特にその偉大なる父が早くに亡くなっている場合、その父は多くの人にとって伝説となってしまい、その人以上の評価が生まれてしまう。生きている人間に伝説を超えることはできない。まさに、その重圧が藤田小四郎を狂気に導いていたのである。

元治元年三月二十七日、筑波山麓に集まった水戸藩士六二人が、幕府に即時鎖港と攘夷決行を促すために挙兵した。

「松助、この手紙を至急、老中板倉勝静様に」

山田方谷は、長瀬にいながら「水戸藩藤田小四郎挙兵」の知らせに接すると、すぐに動いた。自分が予想した水戸藩が、まさかこのような形で「攘夷」を行うとは思いもしなかった。大津浜事件のように、外国船が水戸藩に漂流し、それを斬りつけるくらいであろうと思っていた。まさか、水戸藩の人々、それも藤田東湖の息子が桜田門外の変や坂下門外の変のように挙兵し、幕府に直接要求をしてくるとは思いもよらなかったのである。

「万事武田耕雲斎を頼るべし」

手紙にはそのように書いてあった。老中板倉勝静・牧野忠恭らは、筑波勢による恐喝・殺人によって関東一円の治安が極度に悪化していることを問題視しており、すみやかに水戸藩に対し筑波勢を追討するよう求めた。水戸藩に求めたことによって、水戸藩の中で武田耕雲斎が万事取り仕切ると考えていたのである。しかし、水戸藩内の派閥などから、頼みの武田耕雲斎も反乱軍の側に組み入れられてしまい、事態は混乱した。

「耕雲斎殿、まさかそんなことになるとは」

方谷は、徳川慶喜にも手紙を書き、元子に持たせた。実際に、武田耕雲斎の指揮する軍は強く、普通の軍隊では対処できない。この浪士を抑えることができなかったという責任を問われ、板倉勝静はこの年の六月、老中職を罷免されてしまった。少々遅くなったが、武田耕雲斎と藤田小四郎の怪我の功名で、方谷の思い通りに、勝静が松山に戻ることになったのである。

「水戸藩の者は、斉昭様の血縁である慶喜公を頼る。慶喜公が軍を出し降伏されたし」

手紙にはそのように書いた。勝静がいなくなってから、方谷は、この件に関し慶喜を頼る他なかった。慶喜もまた方谷の指示の内容はよくわかった。

中山道を上ってくる天狗党の軍はそのまま敦賀に入り、慶喜の旗印を見て降伏したのである。しかし、ここでもう一つ読み違いが出た。若年寄田沼意尊の率いる軍隊が、もともと関東で起きた乱であるとして、そのまま処刑してしまったのである。

「これで、水戸藩は浮かばれなくなるであろう。この国難の時期に斉昭公なく、藤田東湖、戸田蓬軒、ともに震災で欠き、この度の乱で武田耕雲斎を失い、派閥争いに明け暮れるようでは、水戸藩が縮小してしまう。世情の動きも見えず、水戸藩の中の小さな権力しか見えない人々だけになってしまうであろう」

方谷は、そう嘆いた。このことは、藤田東湖から始まる尊王攘夷の考え方を受け継ぐ人材がいなくなったということを意味していた。幕閣は、関東での浪士の乱を鎮めたと考えているが、これから始まる尊王攘夷派の中心が過激な薩摩や長州に移ってしまったということ、そして水戸藩という御三家を使ってそれらを抑えることができなくなったということを意味する。そして幕閣もそれが見えなくなってしまっていたのである。

「これで幕府も終わる」

長瀬の自宅で、方谷は静かにつぶやいた。

7　朋友死

話は少し前後する。天狗党が暴れている間、京都では大きな事件が起きた。世にいう池田屋事件である。長州藩士の桂小五郎・久坂玄瑞・吉田稔麿らはひそかに上京し、急進派の諸藩士や浪士と八月十八日の政変前に政局を戻すことを計画していた。しかし、同志の古高俊太郎が捕縛されて、祇園祭の前の風の強い日を狙って御所に火を放ち、その混乱に乗じて中川宮朝彦親王を幽閉、徳川慶喜・松平容保らを暗殺し、孝明天皇を長州へ動座させるという計画が露顕してしまった。

長州藩などの討幕派は、善後策を話し合うために、三条小橋の池田屋で会合していたところを、会津藩指揮下の新撰組に踏み込まれた事件である。この結果、長州藩と土佐藩の急進的討幕派の多くは斬り殺されるか、あるいは捕縛された。特に吉田稔麿・北添佶摩・宮部鼎蔵・大高又次郎・石川潤次郎・杉山松助・松田重助ら、後に「殉難七士」といわれた逸材が戦死し、大打撃を受けることになる。

一方、谷三十郎は土方歳三の隊に属し、原田左之助とともに大いに暴れた。また弟の谷万太郎は、近藤勇の隊に属し当初突入するところから活躍したとされる。褒賞の記録によれば、近藤勇、沖田総司、永倉新八、藤堂平助、奥沢栄助、安藤早太郎、新田革左衛門、谷万太郎、武田観柳斎、浅野薫の十名が池田屋の中に最初に入って活躍したとされる。

この活躍で、谷三十郎は十七両、谷万太郎は二十両もらっているのである。

「先生、谷三十郎様と谷万太郎様がご活躍であったとお手紙が来ております」

みどりは、いつものように手紙を読み上げた。酒に弱く、女にだらしがなく、あまりまじめに弟子として学問に打ち込まなかったものの、やはりしっかりと学んでいただけあって、手紙の文章はかなりしっかりしている。そのうえ、報奨金で買ったと思われる、みどりと小雪あての簪まで入っていたのである。

「まさか、こんな気遣いができるようになっているとは思いませんでした」

早速、髪に簪を挿して喜んでいるみどりを前に、方谷は、このことが後に悲惨な末路につながるのではないかという憂慮を表情に出すことはやめた。この池田屋事件で、長州が復讐に動くことは、火を見るよりも明らかである。それは大きな戦火になり悲劇が大きくなるだけである。

方谷は、長州といえばと思い、久坂玄瑞を思い出した。安政の大獄の時に頼みに来たあの生真面目な若者である。早速、方谷は久坂に手紙を書き、松助に届けさせた。

「先生、届けてまいりました」

「どうであった」

「それが、軍を率いて京に向かっているところでして、山崎の天王山のあたりに展開しておりました。一度長州に向かい、途中、広島で長州軍がすでに京に向かったことを聞き、急遽引き返して、やっと天王山のあたりで落ち合ってございます」

方谷は遅かったと心の中で呻《うめ》いた。長州を滅ぼせといい、その長州が孤立するように工作したのは、方谷自身である。

「久坂殿は」

「はい、ここで死んでも悔いはないと申しておりました。先生に、これしかないことはわかっていただきたいと伝えてほしいと」

久坂玄瑞は、非常に優秀ではあるが、生真面目で融通の利かない性格である。思い込んだら視野が狭くなり、そのまま真っ直ぐに進んで周辺の状況などが見えなくなるのだ。

苦悩する方谷を前に、みどりは何も言わず、黙って見ているしかなかった。

「今から京へ向かう」

方谷は立ち上がったが、みどりと小雪はその着物に縋りつくようにして止めた。

「おやめください」

「しかし、このままでは久坂殿が死んでしまう」

「先生、板倉様もすでに老中ではなくなり、幕閣に先生の意見を聞く人はいないのです」

みどりの言う通りである。そのうえ、板倉勝静に老中を辞めさせたのは、ほかならぬ方谷本人であった。

「もう一度手紙を届けてまいります。そして、そのまま久坂殿を見届けてまいります」

松助はそう言うと、その場で頭を下げた。まだ草鞋を脱いだばかり、松山に戻って水も飲んでいないのである。しかし、方谷のために、すぐにでも久坂玄瑞のところに戻るという。いや、方谷を守るためには、自分がもう一度久坂を止めに行くしかない。

「松助、絶対に久坂殿と行動を共にするでないぞ」

方谷も、やっとあきらめた。

「はい、必ずここに戻り、先生に詳細をご報告いたします」

「できれば、久坂玄瑞殿を引っ張ってまいれ。あのような将来有望な若者を無駄な争いで命を失わせてはならぬ」

松助は、再び天王山の久坂玄瑞のもとに戻った。まだ戦が始まっているわけではないので、陣の中に入ることは難しくなかった。

「久坂、貴様怖気づいたか」

天王山の上では、来島又三郎が大声を上げていた。

「いや、怖気づいてなどおりません。しかし、我らは尊王の志を持っておりますが、孝明天皇から京都よりの退去の勅命が出ております。勅命に反するのはおかしくないでしょうか」

「勅命というが、それはまことの勅命か。賊奸薩摩、会津の者どもが偽造したものではないと言い切れるのか」

すでに、死に場所をここに決めている来島は、そのような言い方しかしなかった。

「しかし、勅命は勅命であろう」

「何を申す。だいたい、本当に天皇がすべてを知って判断したのであれば、冤罪などできるはずがない。天皇は獅子身中の虫に騙され、誤った判断をしているものに過ぎない。その間違った冤罪を晴らしに行くのに、それを拒む勅命など出ようはずがないではないか。もし勅命であるとしても、それは天皇の意志でありながら、他の賊奸に惑わされてのこと。なおさら、賊奸を排除せねば、国が危うくなるのではないか」

真木和泉である。真木は急進派であり、他の慎重派の意見も無視するほどである。

「すでに水戸藩は先陣を切り動いておろう。また、われらが穏健に動いたとしても池田屋のように何もせぬうちに斬られてしまうだけではないか。同じ斬られるならばせめて一矢報いるべきであろう。それとも久坂殿は犬死がお好きか」

来島の強圧的な言葉は、いちいち癇に障った。

「まあよい、来島殿、怖気づいたものなどは置いて、我らだけで行きましょう」

真木は、全く意に介さない状況で言った。久坂は、止めることができなかった悔しさで涙を流していた。

「久坂殿」

陰で涙を流している久坂に、松助が近寄った。

「山田方谷先生の御使者の方ですね。確か松助殿」

「覚えていただき光栄でございます。山田先生から、これを届けるようにと」

巾着袋の中には、鰹節のかけらと手紙が入っていた。鰹節は、江戸時代の出陣の儀式で縁起を担ぎ「勝」という言葉にかけて食べるものであった。そして手紙には大きく「生きよ」と書いてあった。

「松助殿、先生にお伝えください。先生のお言葉を守れずに申し訳ないと。久坂玄瑞は先生に教えていただいた誠のために死ぬことができませんでしたと」

そう言うと、久坂玄瑞はそのまま他の長州兵と同じく山を降りて行った。

後の世にいう「禁門の変」といわれる事件である。下関における異国船打ち払いは幕府や朝廷の意向に基づいて行ったものであり、それで処罰されるのは冤罪であるということを訴えるために、長州藩の急進派志士が御所に向かったのである。しかし、長州藩を危険視している松平容保やそれに同調する薩摩藩の兵、そして京都守護をしている各藩の軍が、御所の門の前に布陣してそれを拒んだのである。もとより強硬に上訴するつもりであった長州藩は、その軍を排除するべく銃を撃ちかけた。その行為が「御所に弓を引いた」とされたのだ。長州藩は約三〇〇〇の軍であったのに対し、会津、薩摩、桑名、紀州、尾張の兵も率い、総勢八万にも及ぶ幕府軍で御所を護った。長州藩を何よりも驚かせたのは、御所の回りに尊王攘夷を掲げているはずの水戸藩の幟も立っていたことであった。

久坂玄瑞は、来島の戦死および戦線の壊滅の報を受けたが、それでも御所南方の堺町御門を攻め、その後朝廷への嘆願を要請するため侵入した鷹司邸で、寺島忠三郎とともに自害した。久坂玄瑞、二五歳であった。

長州藩は大敗した。長州藩の戦死者は二六五名、一方幕府側の死者は九七名と伝わる。

長州藩は、幕府軍から逃れるために市内に火を放ちながら逃亡したため、火災は三日三晩燃え続け二万八千戸、一条通から南は七条の東本願寺に至る広い範囲が焼失した。京都が戦禍にまみれるのは応仁の乱以来のことであり、京の人々は長州を恨むようになった。「長州は朝敵」という認識が、この事件で一気に広まったのである。

「京都の町が半分焼け落ちてございます。久坂殿は、立派な最期でございました」

「新撰組はどうした」

「はい、新撰組は徳川慶喜様の配下にあり、長州の軍を蹴散らしてございます。わが師、谷三十郎、谷万太郎も、竹田街道にて福原越後様の軍と戦い、活躍にございました」

久坂玄瑞よりも、やはり自分のことを育ててくれた谷三十郎の活躍の方が嬉しいらしく、松助は活き活きとした表情で報告した。

「谷と久坂が斬り合うことはなかったのだな」

谷三十郎と久坂玄瑞は、直接双方が知っている仲ではない。しかし、方谷にとってみれば、自分のところにいた人間がお互いに切り合う姿は、絶対にあってはならないのである。

「はい、双方ともにご活躍にございました」

松助は、方谷のその気持ちがわかるのか、戦の様子をつぶさに方谷に報告した。それを聞いて方谷は涙を流した。

国内の争いというのは、相手をよく知っており、そして戦後相手に優秀な人物を残すことが禍根を残すことになることを理解した戦いである。つまり、国内の争いになれば、優秀な人物から命を落としていってしまう。優秀であり先が読めるからこそ、先に命を散らしてしまうのであり、また死に場所を求めてしまう。何とかそれを止めなければならない。そのためにはさまざまな英知を結集しなければならない。清国のアヘン戦争などを見ていれば、欧米のやり方に対抗するためには、佐久間象山、春日潜庵、池田草庵はもとより、西郷隆盛や横井小楠、勝麟太郎、河井継之助など、全ての力を合わせなければならない。そのためには盟主が必要である。では誰がその盟主になりうるか。将軍がなればよい。しかし、将軍では何かあった時に問題が大きくなる。

元老中の藩主板倉勝静でよいではないか。藩主が集まるだけではなく、英知を集める。この構想を一刻も早く実現せねばならない。方谷は強くそう思った。


「元子、御根小屋に行くぞ」

方谷が準備をしているときに、玄関で大きな物音がした。

「先生、大変でございます」

みどりが大声を上げ、座敷に一人の女性を連れてきた。ずっと走っていたのであろうか。足は傷だらけで、着物の前がはだけていることも気にしない風である。

「山田方谷先生ですか」

はあはあ、と息遣いが荒く声にならない声で、やっとそのように言った。

「まずお水を。何があったかわかりませんが、ここは安全です。落ち着いて」

みどりは、その女性の背中をさすりながら、そっと手拭を首の回りに巻いた。水で濡らした手拭をまくことで、女性を落ち着かせることと、はだけた胸元を隠した。

「私、順子と申します。佐久間象山の妻です」

「象山殿の、象山殿の塾でお会いしたと思いますが」

象山の塾とその後の松山来訪と、二回も会っているにもかかわらず、女性にあまり興味がないだけではなく、あまりにも取り乱したその風貌に、方谷は気付くことができなかった。

しかし、そのような方谷の言葉を聞きもしないのか、順子は驚くような言葉を繋いだ。

「象山が殺されました」

「なに、象山殿は京都で徳川慶喜殿の顧問として活躍していたはずであったが」

佐久間象山は、元治元年になって謹慎が解かれ、徳川慶喜に呼ばれ、京都に出てきていた。京都から何度か手紙が来ていたが、すでに方谷が長瀬に戻ってきていたために、次に京都に行った時に会えばよいと、軽く考えていたのである。

象山は徳川慶喜だけではなく、山階宮、中川宮、二条関白など、皇族や公家など、彼の力を必要としている人々に、惜しまず蘭学や兵法だけでなく、天文・地理・兵法など知っている知識を惜しみなく披露した。

「七月十一日と聞きます。山階宮にいつものように天文や地理を講義し、その後自宅に戻る途中、三条木屋町に差し掛かったところで、因州の前田伊右衛門と肥後の河上玄齋という二人の浪士に、蘭学を旨とし、国是を誤る不忠の輩と称されて殺され、そのまま絶命いたしました」

「象山殿が死んだ」

方谷は、膝から力が抜けてゆくのを感じた。みどりが横で支えなければ、そのまま転んでいたに違いない。

どうも横柄で大言壮語が過ぎるところがあったが、しかし博学で何でも知っている男であった。これから日本国の英知を結集するにあたり、欧米のことを研究し尽くしている象山の力はどうしても必要であった。友を失ったばかりか、この日本を救う頼みの綱を失った。日本人は、そのようなこともわからずに優秀な人を殺してしまうのである。その尊王の気風が方谷には理解できなかった。

「葬儀が七月十三日、山階宮・中川宮・徳川慶喜様によって京都花園妙心寺行われたのですが、その直後、尊王派が攻めてきまして。慌てて逃げてきた次第でございます」

この七月だけで、久坂玄瑞、そして佐久間象山と優秀な人材を失った。二人も日本を導く才能を持った人物であった。御根小屋に行くといって立ち上がった方谷であったが、その気力は完全に失われてしまった。

「先生もお茶を」

みどりはすぐにお茶を差し出し、方谷の背中をやさしく数回叩いた。小雪は、やっと息をつけるようになった順子を座敷に上げ、何とか座らせ背中をさすった。

「象山殿は剛毅なお方であったから、供の物などを連れずに、浪士が屯する京都を一人で歩いていたのであろう」

「いつも子供のようにすぐに飛び出していって、そのまま一人で帰ってくる。そんな人でした。今でも象山殿が戻ってくるような気がして」

順子は、やっと張りつめていたものがなくなったのか、急に涙を流した。

「順子殿は、京に」

「いいえ、象山は何かを予期していたのかもしれません。私と息子の啓之助は、江戸の実家に戻されておりました。象山が死んだと聞いて慌てて京に参りまして、そのまま長州軍に巻き込まれてございます」

順子は、嗚咽交じりに見てきたものを語った。

方谷のショックは大きかった。しばらく、何も手を付けられる状態ではなかった。目の前には、走馬灯のように象山との思い出が流れていった。佐藤一斎の塾で毎夜のように議論をした日々、吉原で酔っ払いながらならず者と喧嘩をした夜、老中顧問となって目をキラキラ輝かせながら松山に来た時、久坂玄瑞や河井継之助を紹介しながら何の礼もない象山。横柄で態度がでかい大言壮語の士でありながらどこか憎めず、魅力のある人物であった。

「兄は」

「勝麟太郎殿でしたね。今は海軍総裁として大坂にいると思いますが」

「はい、勝は生前、あれはあれだけの男で、ずいぶん軽はずみの、ちょこちょこした男だった、などと申しておりましたが、訃報を聞いて『蓋世の英雄、この後、吾、また誰にか談ぜむ。国家の為、痛憤胸間に満ち、策略皆画餅』と言っておりました」

順子の兄、つまり、佐久間象山の義理兄である勝海舟は、生前は口が悪く、佐久間象山のことを散々悪く言っていたが、死後、佐久間象山の才を惜しむ発言をしている。西郷隆盛や山岡鉄舟には「君」や「殿」と敬称を付けていたが、生涯、佐久間象山に対してだけは「先生」と敬称をつけていたことでも、勝海舟が佐久間象山をどのように思っていたかを物語るものであった。

「みどり、順子殿をゆっくり休ませてあげてください。これ以上有望の士を失うことは、朝廷や幕府などということではなく、日本国全体の損失である。元子、松助、御根小屋に行くぞ」

数日、何もやる気がなかった方谷であったが、このままではいけないと思い直し、やっと重い腰を上げたのである。

松山城下は、蜂の巣をつついたような大騒ぎになっていた。すでに還暦になる方谷に道を譲るものもなく、多くの者がせわしなく動き、荷車が流れるように走ってゆく。

「殿、何事ですか」

御根小屋に入るなり、勝静に問いただした。

「長州を攻める、先鋒を仰せつかった」

「戦をしてはなりません」

「しかし、長州を滅ぼせと言ったのは、先生ではありませぬか。それに、長州が御所に向かって弓を弾き、京都を灰燼にまみれさせたことで、帝はたいそうお怒りで、朝敵長州を征伐するよう幕府が仰せつかったのです」

　禁門の変で、御所に向かって鉄砲を放ったということから、長州は朝敵となった。尾張藩の徳川康勝が総督、副総督は松平春嶽の息子越前藩主松平茂昭であり、三五藩、総勢一五万人の軍が、七月二三日の長州追討の勅命によって動員されたのである。

「十五万人とは、かなりの軍ですな」

「ああ、松山藩がその先鋒を仰せつかるとは光栄なことである」

「ですから、以前も申しましたように、国内で内戦を興せば、喜ぶのは異国の者ばかりとなります。清国のような日本を作りませぬように。殿は先鋒にございます。殿が進まなければ、戦は起きません。うまく軍を操られますようお願いいたします」

　そう言うと、方谷は席を立とうとした。

「先生、今回は大石も井上も、熊田もすべて私が連れて行ってしまいます。家老で残すのは大月外記だけです。そこで、留守の兵をお願いできませんでしょうか」

「留守を。兵を動かすということですか」

「はい、先生以外の血気盛んな者を出してしまうと、本当の戦になりますので」

たった一言ではあったが、勝静が方谷の言葉をすべて理解していることがわかった。

「大石、留守の軍はすべて方谷先生に任せる。本陣は頼久寺とする。そのように触れを出せ」

「承知」

やはり大石隼雄も武人である。方谷はその見違える姿に頼もしさを感じた。武人としての強さではなく、戦をしない者の強さである。戦の準備をしながらも、戦をしないように動く、これが真の強い武士の姿なのである。

「元子、薩摩の西郷隆盛という者を探して、ここに連れてきてくれ」

元子は、にっこり笑うとすぐに姿を消した。十五万の軍を統率するには、数カ月の準備が必要になる。その間に工作をすれば、戦を回避できるのではないか。そうであれば中心人物は誰だろうか。総督の徳川康勝や、副総督の松平茂昭は、幕府と朝廷の目がありうまくゆくはずがない。しかし誰でもよいというものではなく、戦の実戦で指揮をしているものでなければならない。海軍であるならば、佐久間象山の弟子であった勝麟太郎がいる。佐久間象山の死に、方谷と同じ感想を持っていると順子が伝えてくれているので、何も言わずとも戦を避ける方向で動くに違いない。山陽道の軍は、板倉勝静と大石隼雄にすでに言った。九州側から攻めるのは薩摩が中心になる。薩摩ならば西郷隆盛がいたはずだ。あの男ならば大丈夫である。元子にそのことを伝えると、西郷に人材を失わないようになるべく戦を回避し、和睦をするように手紙を書いた。

「大島吉之助と申します」

「西郷隆盛殿ですよね」

「はい。しかし、様々あり遠島を申し付けられ、現在は名前を変えて動いております」

入道のような大男が頼久寺に入ってきたのは、八月の終わりのことであった。誰もがその大男に目を見張った。そんなに高くない欄間に、頭が当たりそうである。その男が少し恥ずかしそうに名前が変わったいきさつを言うので、方谷はなんとなくおかしくなってしまった。

「春日潜庵殿のところでお会いして以来でしょうか」

「はい、恥ずかしながら、その後、藩主久光公の怒りに触れまして、しばらく浮世を離れておりました」

西郷は、にっこりと笑った。

「大島殿と呼んだ方がいいかな」

「いえ、方谷先生には、初めに会った西郷でお願い申し上げます」

この大男は、体の割には神経が繊細で、よく気の利く男である。この時、方谷は還暦、そして西郷隆盛は三十八である。

「潜庵殿のところであった時、至誠惻怛ということを申したと思うが」

「はい。覚えております。鏡のような心で人々のことを思いやる。正しい道を進むために心を磨く。今回も長州の民のことを思いやることが、最も肝要と存じます」

春日潜庵が見込んだ男だけあって、西郷は話が早かった。

「薩摩は先年、エゲレス国と戦をしております。薩摩は異国に占領されることもなく、名を高めました。異国のやり方もよくわかり、攘夷はかなり難しいこともよく理解できました。戦は勝っても民は傷つき、また、物資も食料も少なくなってしまい物価が高騰し、その後も民を苦しめます。いたずらに戦をするものではありません」

「しかし、西郷殿、今回の戦は、朝廷が勅命で朝敵を成敗するというもの。つまり、朝廷が許すか、あるいは長州が降伏する以外に道はありません。何か妙案はございませんか。以前長州に知己がおりましたが、今はいなくなってしまったので話す相手がおりません」

「吉田松陰先生と、久坂玄瑞殿ですね。春日潜庵先生からうかがっております。方谷先生の存念わかりました。この後、幕府の方と話ができれば、その後きっと長州を収めましょう」

「そうか、では、神戸の海軍操練所に勝麟太郎という者がいる。わが友佐久間象山の義理の弟にあたる人物です。手紙をしたためるので、ぜひ会って話してもらいたい」

西郷は、快諾すると、夜にもかかわらず松山を発った。


「兵の配置は、これでよいでしょうか」

家老で唯一残されたのが大月外記であった。そのほか有終館の三島中州などが、ここに残された。頼久寺は戦の本陣である。多くの者が甲冑を着け、歩くたびに音が鳴る。その中でいつも通りの平服でいるのは方谷と大月外記だけであった。

「大月殿も甲冑はお着けにならないのでしょうか」

「私ももう長生きしすぎましたので」

言葉の後には、甲冑が重いとつながるのか、あるいは、命は惜しくないとつながるのか。方谷にとっては、いらぬことが気にかかる。

「それにしても、最新式の鉄砲隊に、大砲三門。よく手に入りましたな」

「いやいや、戦などはするものではありません。大坂の商人の皆さんに負けていただいた十万両がたった一夜で無くなりました」

方谷にとっては、戦ほど無駄なものはない。戦をする暇があれば、国を豊かにすればよいのである。しかし、武士というものは、そういうものではないこともよく理解しているつもりであった。

「こちらに残されているのは、郷兵と老兵ばかりですが、大丈夫でございましょうか」

三島中州が心配そうに言った。先鋒で出征している板倉勝静は大石隼雄が心配するほど、主力の武士、そして里正隊も連れて行ってしまった。

「我が藩を先鋒として、十五万の軍が出て行きながら松山城下まで攻め込まれた場合、我が藩だけで守りを固めたところで守り切れるものではありません」

「先生は、初めからあきらめているのですか」

「はい。今回の守りは、長州征伐に乗じて乱を起こしたり、または流れ者などが悪さをしたりしないようにするための領内の警備であって、長州藩と戦うものではありません。それならばこれで十分、いや、誰かに守ってもらうのではなく自分たちの手で自分たちの村を守ることが良いのです」

「では、長州がもし攻めて来たらどうされるのか」

大月外記は、意地悪な質問をした。

「私と大月殿で腹を切ればよいでしょう。そのころは、殿も松山藩の兵も皆やられていますから、後を追えばよいことです」

方谷は、涼しい顔で言った。まさか、そんな答えが出てくるとは思っていなかった大月は、一瞬背中に冷たいものが流れた。

「てっきり、大月殿は、私と一緒に腹を切る覚悟があるから、甲冑は着けていないものと思いましたよ」

方谷は笑うと、自分の前にある書面にまた筆を走らせた。

「兵はすべて下知通りに配置しましたが、先生は何をされているのですか」

「私が尊敬する人物の中で前漢の蕭何《しょうか》という人がいます。劉邦が漢帝国を創る時に、その物資や食料を一手に引き受け、先鋒で戦う者が飢えたり、武器がなくなったりしないように机の上で戦った宰相です。今、先鋒を任されたということは松山藩が十五万の幕府将兵の物資や食料を賄えるように手配しなければなりません。そのために、他に先鋒を任された藩などに手紙を書いているところです」

松助だけではなく、早飛脚が毎日頼久寺から出て行っているのはそれであったのか。そういえば、大坂の米問屋からも様々な知らせが届いている。

「三島殿、戦は一つには物資や食料の戦いです。単純に匹夫の勇を競うものではありません。われら留守居を任された者は、その戦いに負けてはなりません。そのために普段から藩政を改革すべきではないかと思います」

三島は、改めて方谷の考え方に自分がまだ遠く及んでいないことを悟った。

「あんたが西郷さんかい」

後に、江戸城無血開城を行う勝海舟と西郷隆盛が初めて会うのは、この時であった。

「はい、松山の山田方谷先生のご紹介で参りました」

「長州のことかい」

「はい、その話をするように、申し付けられてございます」

勝海舟は、腕を組んで頭を掻いた。

「山田方谷先生は、義理の兄、佐久間象山先生の友人。私の見立てたところ、今を生きる学者の中で最も優れた人物であろう。だいたい、学問を行う者は学問だけ、武芸を行うものは武芸だけ、政は政だけになってしまう。しかし、そのすべてを人並み以上にこなし、なおかつ誰からも嫌われず、常に笑顔でいられ、他を心地よくさせられる人は、そうはいない。人間生まれたからには、あのようになりたいし、一緒に何かを成し遂げたいものだ。そうは思わねえか」

勝海舟の言葉は、べらんめえ口調であったが、その中に温かい心を感じるものである。口調や態度ではなく、その真心が伝わるというのは、まさにこのようなことに違いない。

「勝麟太郎殿は、攘夷について、どう思いますでしょうか。今回の長州の件も元はといえば、長州と朝廷と幕府の攘夷に関する考え方の違いにあると思います」

西郷は、すぐに長州の話にせず、まずはその根底にある攘夷ということに関して話をした。物事は原因を絶たなければ、また同じことが起きる。西郷にしてみれば、次に長州のように幕府に狙われるのは薩摩か土佐であろう。それを防がねば意味がない。

「長州が外国艦隊にやられたのでもわかるように、こっちに力がなくちゃ、どうにもなりませんぜ。幕府が中心になって、薩摩や長州、越前、土佐、肥前、それに御三家が一緒に外国軍艦を打ち破れるくらいに船や兵を整えれば、何とかなるだろうよ。当然に開港も断れるし、今いる異国人もすべて追い出せるってもんだ。逆に、力がなくっちゃ何をいっても始まりませんよ。ましてや、その力を求めて蘭学を学んでいれば西洋かぶれといって象山先生みたいに殺されちゃ、危なくってやってらんねえや。幕府の海軍は今このありさまだし、まあ、長州すら抑えられないようでは、幕府だけに政を任せても駄目になっちまう。まずは雄藩が連合し、力を固めて日本の行く方向を決めなきゃ、政なんか変わりゃしねえよ」

「では幕府はどうなるのです」

「幕府だと。そりゃ力がありゃ残るだろうし、ダメなものは無くなってゆく。今の幕府にはロクな奴はいないから、つまらんことを言う奴や、何かといえば昔のことを持ち出して、それに従うことしか能のない奴しかいねえ。今は昔のことなんか通用しないような時代になっちまってんのに、それすらわかんねえんだ。幕府は、今のままでは、どうなるか知ったもんじゃねえよ。まあいずれかは消えてしまうかもしれねえな」

西郷は驚いた。幕府の軍艦奉行が幕府は無くなるだろうと断言したのである。そのうえ理由も的を射ている。

「勝殿、そんなことを言って大丈夫ですか」

「なに、こんなことを言って処罰されるくれえならば、そりゃそんで幕府が消えちまうのが早まるだけだろうよ。山田方谷先生や、佐久間象山先生のような人材を、もっとうまく使えるようにならなきゃ、とてもこの難局は乗り切れねえよ」

「では長州は」

「戦っている暇なんかあるもんか。薩摩は戦うのかい。まあ、薩摩は薩摩の考え方があろうし、勝手にすりゃいいんだが、おい、西郷さんよ。もっと大きな目で物事を見なきゃいけねえんじゃないかな」

長州と戦ってはいけない。山田方谷も勝麟太郎も同じことを言っている。

視点が違い、大きく物事を見ている人は全く違う発想をするのだ。長州は敵ではなく、一緒に政治をしなければならない相手なのだ。それにしても勝麟太郎という男は、とんでもない大きな考えをもっている。西郷は、すっかり麟太郎に惚れてしまった。この時の印象が、少なからず後の江戸無血開城にも影響したのであろう。

西郷は、国元にいる大久保一蔵（利通）に手紙を出した。

「勝という人は実に立派だ。これほどの人は多くあるまいと思う。佐久間象山は学問では当世一流だろうが、実際の事に当たらせては到底、勝氏に及ぶものではない。実務にかけては勝氏は得難い人物だと感服した」

方谷の読み通り、西郷隆盛は薩摩藩の軍事力を背景に長州を単独で訪問し、軍を取り仕切っている高杉晋作と対帆楼で会談し、長州征伐が始まる前に禁門の変で上京した三家老（国司親相、益田親施、福原元僴）の切腹と四参謀（宍戸真澂、竹内正兵衛、中村九郎、佐久間左兵衛）の斬首、五卿（三条実美、三条西季知、四条隆謌、東久世通禧、壬生基修）の追放の降伏条件で、幕府軍の攻撃開始を猶予することで調整し、それを実行してしまったのである。

8　十五代

長州征伐の翌年、孝明天皇は元号を「慶応」と変えた。孝明天皇の考えからすれば、朝敵である長州がいなくなり、公武合体がなって将軍家茂と孝明天皇の政治による新たな時代の幕開けであった。

それにしても大きな犠牲であった。博覧強記で何でも実践して挑戦をする佐久間象山、朱子学の知識は素晴らしく、また志にまじめに向き合った将来を嘱望された長州の若者久坂玄瑞、そして、尊王攘夷の草分け的な存在で、あの藤田東湖ですら一目置いていた武田耕雲斎、さらに藤田東湖の遺児藤田小四郎。いずれも、これからの日本に必要な人材であったはずだ。

そのような天下の人材だけではなかった。長州征伐には新見藩も従軍し、竹原終吉の息子与三郎も見事に散ったという。そして、そのことから方谷の妻であった進も体調を悪くして世を去ってしまった。方谷にとっては公私ともに大事な人を失っていたのである。しかし、まだ全体の流れが大きく変わったわけではない。

「先生、また、老中に推挙いただいたのだが、怒るであろうか」

松山にいた板倉勝静は、御根小屋に方谷を読んだ。

「反対をしても、お受けになられるのでしょう。このような老いぼれを気にせず、なられたのならばそれで良いのではないでしょうか」

方谷は、少し呆れながら言った。

「先生は、本当にそのように思っているのでしょうか」

「まさか、殿には沈みかけた船に関わってほしくはありません。まずは松山の民のことを考えていただきたい。ただ、殿はそのように申し上げても、幕府を見捨てることはできないでしょう。そうであるならば、気持ちよく送り出してあげたいと思っているだけでございます」

「先生、以前申し上げたこと、お頼み申し上げます。嫡子勝全は江戸上屋敷詰めになりますので、何かあった時に人質になる可能性があります。その場合に備え、板倉勝弼殿が出家の予定を遅らせて、川田甕江に預け置くことにしますので、何かあればお願いします」

方谷は、その言葉で勝静の心情をすべて理解した。板倉勝静は、松平定信の孫として、幕府を最後まで見捨てないという武士の魂と、松山の民をつまらぬ武士の意地に巻き込まないという覚悟を決めていたのだ。方谷はそんな勝静に深々と頭を下げた後は、何も言わなかった。

「方谷先生、殿はまた老中になられるとか。大丈夫でしょうか」

御根小屋を出たところに待っていたのは熊田恰である。熊田恰は、剣術の稽古で竹刀の破片が目に入り、このころには隻眼となっていた。

「先行きは不安です。しかし、殿にはご覚悟があってのこと。あとは幕府と朝廷の間しだいでしょう。先日の長州征伐を見てわかるように、勅命が出れば十五万の軍が集まります。では、幕府単独の命令ではどれくらいの軍が集まるのでしょうか。もし朝廷が討幕の勅命を出せばどうなるか。残念ながら、今の幕府にそれを抑えるだけの力はありません」

「確かにそうですね」

熊田も不安を感じていたようである。

「先生、この熊田は命を捨てることなどは何も怖いこともありません。ただ、私が殿をお守りできずに藩がおかしくなり、先生が豊かにした松山がまた荒廃するのは耐えられません」

「熊田殿、藩は八年で豊かにすることができましたが、熊田殿が育つには何十年もかかります。そして熊田殿の代わりができる人などおりません。簡単に死なず、生きて役に立つことをお考え下さい」

このことは、熊田だけではなく、全ての人に言いたい言葉であった。もしかしたら、板倉勝静に最も強く言いたかったのかもしれない。

「いや、拙者は先生と違います。先生は生きていれば多くの人が救われますが、私のような武人には、命を盾にして殿や先生のような役に立つ人を守るしかないのです。お言葉、ありがとうございます」

「武人としての心得、私も深く理解します。殿に、そして熊田殿に江戸で何かあれば、まずは川田甕江殿に、それでもダメな場合は勝麟太郎に相談しなさい。身近に良い友人がいることは良いことと思います」

熊田は、軽く頭を下げると、そのまま去っていった。

その年の暮れ、板倉勝静、川田甕江、熊田恰などは、また江戸に戻っていった。

「京都の春日潜庵先生からお手紙です」

慶応二年（一八六六年）になり、しばらくゆっくりとした時間を過ごした時である。二月の寒い朝、早飛脚が春日潜庵から届いた。春日潜庵も還暦のはずだが、それでも相変わらず精力的である。

「京都で土佐藩浪士坂本龍馬の仲介により、薩摩藩と長州藩の同盟が成立。西郷隆盛と桂小五郎が会談」

方谷は一度驚いた顔をしたが、そのあと大きく息を吐いた。

「いよいよか」

薩摩と長州という、幕府の在り方があまり良くないと考えている二つの雄藩が同盟を結んだのだ。双方ともにイギリスから最新式の武器を手に入れている。同盟を取り持った坂本龍馬という男は、佐久間象山から一度名を聞いたことがある。なんでも土佐の男で、そのうえ戦国の世に織田信長を裏切った明智光秀の血を引くものであるという。象山曰く、学問よりも金や商売を重視し、その商売のために大法螺《おおぼら》を吹く男であると言っていた。

以前佐久間象山は、土佐の漁師であったジョン万次郎から情報を得ていた。もちろん、咸臨丸でアメリカに行った勝麟太郎からもそのことを聞いている。アメリカでは大きな戦争があり、その武器が大量に余っているという。坂本龍馬が象山の言う通り、商売や金儲けを中心に考える男ならば、国の将来など考えず、国内で戦を起こして武器を大量に売りさばくであろう。そうであれば、薩長と坂本は幕府という国内で最も大きな敵と戦を起こすに違いない。

松助と元子を伴って、方谷は春日潜庵のところに行った。方谷であれば京都に様々な友人がいるが、気を遣わずに話せる人はやはり春日潜庵しかいなかった。

「ということで、これから薩摩と長州が土佐の浪士の金儲けのために、戦を始めようとしている」

「では、薩摩の西郷隆盛と繋ぎを取って止めたらよいのか。それとも横井に言って、松平春嶽殿に何か言わせたらよいか」

「潜庵殿、止めても無駄であろう」

「無駄、どうしてそう思う」

春日潜庵も佐久間象山と同じように、自分にできないことはないと思う性格である。公家に出入りしているだけに、象山のように横柄な態度はとらないものの、弟子に対しての扱いは象山よりも悪い。

「もう西郷殿や横井殿で止められる状況ではない。幕府の腐敗は激しく、会津の松平容保公や桑名の松平定敬公、そして徳川慶喜公などに対しての反感があまりにも大きい。今は、かろうじて帝と将軍の関係で維持できているが、いつ戦になってもおかしくはない」

「そこまで酷くはあるまい」

「長州の毛利様に、蟄居するように先月幕府は命じている。しかし、一カ月経っても何もないではないか。つまり、もう、長州は薩摩と土佐を味方につけたことによって、幕府よりも強くなったということになる。前回の長州征伐では戦わずして戦を終わらせたが、次はそうはならないだろう。幕府は、薩摩・長州・土佐の連合軍に負けることになる」

「では、その同盟をやめさせれば、また秩序が戻ると言うか」

方谷は、笑うしかなかった。まさか陽明学を教えている春日潜庵が、突然ここで朱子学の強く言う秩序を言い出すとは思わなかった。

「潜庵殿、いつから儒学者になった。貴殿は久我建通様に仕えておられる。それに従え」

「いや、久我様に仕えていればこそ、西郷や桂などにものを言える。たまには安五郎の役に立たせてくれ」

「いや、西郷殿を紹介してくれただけで十分だよ」

「では何をしに京都まで来た」

「いや、これで最後かもしれないと思って顔を見に来た。戦になる。しかし、我らでは止められない大戦になる。お互い今度は命を大事にしよう。そう言いに来ただけだよ」

潜庵と話すことで、方谷は自分の頭の中を整理することができた。方谷といえども自分一人で考えていれば徐々に袋小路に入ってしまう状況にあったのだ。そうだ、いかに陽明学といえども、また西郷を知っていようとも、時代の流れに逆らうことはできないのである。

夜も更けたその日の帰り、方谷は、昔を懐かしんで東山の方へ向かった。

「先生どちらに」

「祇園の方を見てこようと思う。四月は卯の花が咲く月ということで卯月という。まあ、卯の花を見ることがどうかはわからぬが、せっかく京都にいるのであるから、少し風流を楽しんでもよいではないか」

「はい」

警護に当たる元子は、笑顔で答えた。松助は少し周辺を警戒しながらそれに従った。南禅寺から祇園にかけての卯の花はまだ早かったが、八坂神社境内の桜の花は満開である。

「まあきれい」

「ほんに、素晴らしいですな」

元子も松助も、それぞれ桜に見とれている。

「松山藩山田安五郎だな」

「その方たちは」

水色に誠の字を書いた派手な法被を着た男たちが、神社の石段の上で方谷を取り囲んだ。

「新撰組斎藤一。薩摩長州と結び幕政を歪めたこと、許しがたい。覚悟」

斎藤は持っている鬼神丸国重を抜いた。松助と元子も、直ちに刀を抜いて構える。数名の新撰組隊士も刀を抜いた。さすがの方谷も刀を抜くしかなかった。しかし、斎藤やそのほかの新撰組隊士の方が強いことは明らかである。

キーンと、刃が触れ合う甲高い音が響いた。周辺で桜見物をしている人々が、遠巻きに囲んだ。斎藤が刀を方谷の方に突き出した時、斎藤の刀に水色の法被が絡まった。

「何やつ」

「新撰組谷三十郎」

斎藤の刀の切っ先は、三十郎の方に向いた。谷三十郎は、斎藤の近くにいる新撰組隊士を二人、簡単に斬った。急所をうまく外しているのか、血は流れていて刀を落としたものの、絶命するほどのものではない。

「松助、元子、まだまだだな」

「はい、お義父上」

元子は山田方谷の前に立ち、松助は三十郎の横に進んだ。相手は斎藤一である。

「三十郎、なぜ邪魔だて致す」

「逆に問う、なぜ山田方谷先生を狙う。新撰組でも山田先生を狙うような話は出ていないはずだ」

「貴様、弟が近藤局長の養子にいるからといって調子に乗りやがって」

何度か刀と刀が当たる鈍い鋼の音が聞こえた。しかし、その刀にはまったくスキがなかった。一流の戦いというものはこのようなものではないか。

「狙う敵でもなく、長州者でもない。己の功名のためだけに人を殺めるようなことが許されると思うか」

「天誅を加えるものは俺が決める。三十郎、お前も敵だな」

「ああ、お前のような功名心だけで、日本のこの先に必要な人物を殺すような者が、新撰組にいられると思うか。お前のようなもともと武士でもない者が多少鍛錬し、剣や槍がうまくなっても、この国と民を救うという魂の無いものは、無益な殺生をするのだ。新撰組として恥ずかしい」

「何を」

斎藤は感情に任せて刀を振り回した。他の隊士はすべて刀を落としている。もう敵は斎藤一しかいない。三十郎は感情に任せた刀のそのすべてを簡単に振り払った。

「お前のような穢れた刃が俺を斬れると思うか」

「この野郎」

最後に斎藤が出した刀を、三十郎は簡単に払った。しかし、今まで動かなかった隊士がにわかに起き上がり、左手で刀を投げた。油断をしていたのか、その投げた刃が三十郎の胸を貫き、三十郎はそのまま石段を転がり落ちた。

「三十郎先生」

元子はすぐに三十郎に駆け寄り、松助はその間、斎藤を追い立てた。

「逃がすか」

松助を抜いてそのまま斎藤を追ったのは胸に刃が刺さったままの三十郎であった。しかし、すぐにバランスを崩し、祇園社の石段の下で動かなくなった。方谷はすぐに石段を下りた。

「しっかりしろ、三十郎」

「よかった。最後に先生に近づけたよ」

三十郎は少し微笑んでその一言だけ言うと、そのまま絶命した。その三十郎の笑顔の上に、桜の花びらが一片落ちた。

「先生、他がいるかもしれません」

元子と松助は、涙を流しながら、三十郎をそのままに松山藩邸に方谷を案内した。

谷三十郎の死は、新撰組の中の問題を露呈した。谷三十郎の普段の行いから、酒で足を踏み外したとか、他の隊士に殺されたとか、斎藤一と喧嘩をしたなど様々な噂が流れた。しかし、方谷も元子も松助も何も語らなかったために、結局、その死は謎に包まれたままになった。弟の万太郎は、新撰組の大坂駐屯を任せられていたが、新撰組と行動を共にしなくなった。また、末の弟で、近藤勇の養子になっていた周平も三十郎の死後養子縁組を解消している。

危ない思いをしたのであるから、松山に戻るように周囲には勧められた。しかし、方谷は自分の目で薩摩と長州、そして土佐が手を組んだということの意味が分かるまで、命の危険があっても、京都を離れるわけにはいかなかった。三十郎のおかげで、それ以降新撰組が方谷を狙うことはなかった。そのような中、徳川慶喜から二条城に呼び出しがあった。その横には当然のように老中になった板倉勝静が座っていた。

「山田先生、ご無沙汰しております」

「一橋様、還暦を過ぎた翁の古い意見など、全く役に立ちますまい」

「まあ、謙遜は良い。それよりも先日、薩摩の大久保と申すものが来た」

慶喜は、他人に責任を転嫁し、まずは自己の保身を得る性格である。今回も、そのようなことを注意しながら話を聞かなければならない。それにしても、幕閣で、この慶喜が将軍候補として何度も期待されているということ、他に一族の中で、候補がいないということが、今の幕府の状況を物語っている。口にこそ出さないが、徳川の治世はここで終わる。この慶喜という男を見ると、その思いが確信に変わってゆくのが不思議である。

「一橋様、薩摩を呼んだということは、もう一度長州を攻めるということで、その軍を出すように指示したということですね」

「ああ、そうだ」

慶喜は、さも当然のことであるかのように言った。

「それで、薩摩の大久保殿はなんと」

「風邪でよく耳が聞こえないなどと申し、大声で長州への出兵を命じたところ、薩摩と長州が朝敵になったのであれば、我らは戻って軍備を整えるなどと、とぼけたことを言いおった。薩摩が長州に軍を出す大義はないと」

方谷は失笑するしかなかった。西郷隆盛という男は二回会って居る。しかし、その西郷が頼みにしている大久保利通という者は、一度朝まで議論したが、大義を小手先で変えられると思っているところがあり、どうも気に食わない男であった。

あきらめの早い慶喜と、策を弄する大久保、そして、いまだに薩摩と長州が同盟を結んだということを知らない時勢の読めない幕閣。これではうまくゆくはずがない。硬直化した官僚組織の欠点であり、その代表格が板倉勝静のような人物だ。しかし、そのような人物は自分の頭の中の思い込みを常識と思って森羅万象を判断してしまう欠点があり、何を言っても無駄である。

「私ならば、口だけ動かし、無言であれば承諾と看做すとして、そのまま承知させました。そのうえ薩摩が異論を唱えれば、その大久保が嘘をついたのであるから首を持って来いと命じたでしょう」

方谷は笑顔交じりに言った。もちろん、徳川慶喜も板倉勝静も、そのようなことのできる人物ではない。

「そんなことをして、だまし討ちにするのか」

「交渉とはそういうものです。相手が耳が聞こえないと申せば、こちらはもっと小さな声で言う。相手の想像と違うものを出して、相手の本音を探るのが必定でしょう」

「しかし、今まで尊王を掲げていた薩摩が、勅命を無視して断ってくるなどとは全く思いもしなかった」

慶喜はこの期に及んで、まだ朝廷に責任を転嫁しているのである。

「以前、尊王攘夷を掲げるのは、長州・薩摩・土佐・水戸と申しました。長州と薩摩はわかりましたし、水戸は、武田耕雲斎殿や藤田小四郎殿が処罰され、力を失っています。では土佐の山内殿は、どうされておりますか」

「土佐だけではない、宇和島の伊達殿も兵を出さぬという」

慶喜は、方谷が自分の部下であるかのような言い方をした。

「まあ、私から言えることは戦わぬことです。戦わねば負けません」

「なんだと」

慶喜は、少し気色ばんだ。

「今のままであれば、長州側から幕府に攻め込んでくることはございますまい。将軍が京都にいるのに、薩摩も併せて朝敵になるという選択はしないでしょう。つまり、長州から攻めてくることはありません」

「幕府が朝廷からの勅命を無視しろと申すか」

「勅命と申しても、幕府側から出してもらったようなものでございましょう。それならば、前回の長州征伐の時に中途半端でやめてしまったのは何故でしょうか」

「そのような昔のことを申すか」

「昔のことと申しますが、そこに原因があるので今の結果があります。その時に収められなかった責は、幕府では誰が取られたのでしょうか」

慶喜は、顔を真っ赤にしてプイと横を向いた。

「戦わねば負けることはありません。このように申しても、戦をされるのでしょう。しかし、大久保某が老中を揶揄いながら、幕府として何もできない。それでは、その薩摩が長州と結び、土佐、宇和島が手を結んで、幕府が対応できるのでしょうか」

「やらねばならぬのだ」

慶喜は怒鳴った。

「一橋殿、よろしいでしょうか。やらねばならぬという結論があれば、私がそれを下策と申しても戦われるのでしょう。私の意見は意味がありませせぬな」

方谷は、そのまま退席した。これ以上話しても意味がない。坂本龍馬がアメリカから買ってきた最新式の兵器を使い、異国と戦った経験を持った薩長の軍を相手に、数百年前の甲冑をつけた武士の軍が戦えるはずがない。それを戦うしかないと言い、責任はだれも取らないということでは、物事が好転する要素は何一つないのである。

「方谷先生、いかがいたしますか」

慶応二年六月、幕府軍十万と長州軍は再び対峙することになった。老中となった板倉勝静は松山藩にはなく、大坂城の本陣に入っていた。そのため、大石隼雄が留守居役となり、軍をまとめ、井上権兵衛が一部の兵を連れて長州征伐に参加していた。

　そのような中、長州の立石孫一郎率いる一隊が倉敷の代官所を襲い、そしてそのまま浅尾藩陣屋に攻め入ったのである。方谷は、自ら一隊を率い妙本寺に本陣を置いて、野山口（現在の岡山県加賀郡吉備中央町）の防衛を行った。

「敵の大将は」

「立石孫一郎と申す強者にございます」

「倉敷の被害は」

「米も運んだ後でしたので、代官所の役人など十名ほど。その後、倉敷の街を荒らし軍資金などを略奪したものと思われます」

　陣屋の方谷は、藩兵の報告とともに、松助が横で頷いているのを確認した。多少の違いはあってもあまり大きな違いはないのであろう。

「四段に構えて敵に備えよ。松助は大砲の準備を」

「どこを狙いましょう」

「陣屋」

「陣屋ですか」

「浅尾藩は昨日の倉敷の騒ぎを聞いてほとんど避難しておる。陣屋に入ったところを狙う。そうでなければ敵を逃すことになる」

　ここにいるものは、農兵や郷兵が多く、前の長州征伐を含め実戦の経験はない。当然に、敵に恐れをなし、脅えて体が硬くなっていた。

「少し様子を見る」

方谷はそういうと、甲冑もつけず、最前線に現れた。

「方谷先生」

「危ないです。こちらに隠れて」

「危なかったら、敵が来た時に撃って私を守ってください」

方谷の最前線の闊歩は、腰を抜かしそうな恐怖の中にいる郷兵たちを鼓舞するのに十分であった。

その日の未明、立石孫一郎率いる約一〇〇の兵は、倉敷から移動し、浅尾藩陣屋を襲撃した。

「陣屋から火の手が上がっております」

「何もないから火を点け始めたか。訓練ができていないと見える。よし、大砲を」

方谷が大砲を撃つと、浅尾藩の藩士が避難した場所からも大砲が撃たれた。立石孫一郎はその音と攻撃力に恐れをなし、逆に逃げていった。なお、長州の立石孫一郎は広島で助命を願い出る間に、仲間によって殺されてしまう。

倉敷浅尾騒動から始まった第二次長州征伐では、十万の軍の幕府が、たった三五〇〇の長州兵に翻弄され、全く良いところがなかった。薩摩藩が支援し、土佐の坂本龍馬が最新式の武器をもたらしたことで、長州はかなり強くなっていた。そのうち、小倉藩、広島藩など、幕府に相談なく、勝手に長州との間で和議を結んでしまう藩が出てきたのである。方谷の思ったように、幕府では収拾がつかなかった。

そのような中、七月二〇日、大坂城で陣頭指揮をしていた将軍家茂が二〇年の生涯を閉じた。

家茂は長州征伐への進発に際して「万一のことあらば田安亀之助をして、相続せしめんと思うなり」と和宮と天璋院へ伝えるように命じていた。家茂はすでに、今回の上洛で自分が死んでしまうことを予見していたのである。そして、家茂は方谷と同じように、慶喜について、幕府を任せられる器ではないということを感じていたのである。

しかし、江戸の和宮は亀之助が将来の相続者であるとしながら「唯今の時勢、幼齢の亀之助にては、如何あるべき」「然るべき人体を、天下の為に選ぶべし」と、この時点で亀之助の相続を否定したため、相続者は慶喜以外にはいないという結論になった。すでに逃げ腰の慶喜は、徳川宗家は継承するとしたが、なお将軍職は辞退するとした。あくまでも自分に降りかかる責任はすべて払いのけ、逃げて回る性格なのである。これにはさすがに多くの家臣たちも慶喜の態度に呆れてしまった。

「方谷先生、先生の申した通りになっております。しかし、事態を見捨てるわけにはまいりません。この長州の件をどのようにしたらよろしいでしょうか」

板倉勝静から、血を吐くような手紙が舞い込んだ。大石隼雄が、また長瀬の自宅に駆け込んで来たのである。

方谷は、文箱から上策・中策・下策と書かれている紙を出すと、大石隼雄に渡した。

「上策」大挽回の策。徳川慶喜を将軍、勅許を得た通商条約に従って政治を行う。長州藩の攘夷実行は勅を奉じて故表彰すべき。長州藩に更新の道を与え、幕府は大公至正の政治を行い、天下の耳目を一新する。

「中策」小挽回の策。慶喜が将軍固辞の時、尾張藩主徳川慶勝を将軍に。慶勝自身が広島に赴き、二年前の征長総督であった慶勝の寛大さでもって長州藩と休戦にもちこむ。

「下策」一時姑息の策。長州藩に対し、いたずらに寛大な措置をとるが、諸大藩の調整に任せる。天下の侮りを来たし、再乱を招き挽回は出来ない。

「先生、殿に長州を赦せと言われるおつもりですか」

「大石殿、殿はすべてお分かりです。赦せば戦はなくなります。今は戦をなくすことが最も重要な判断でしょう。幕府と長州の間のわだかまりは、攘夷と開国です。しかし、今まで攘夷といっていた長州や薩摩が、今やエゲレスと結び開国して武器を買っています。そう考えれば、過去を忘れ、今後薩長が行おうとしていることを肯定することで争点を無くし、幕府の権威を挽回するしかありません」

「きっとそのように伝えます。しかし私一人でできますでしょうか」

「大丈夫、大坂には勝麟太郎殿がいますから、しっかりと説得してくれるでしょう」

大石隼雄は、自ら馬を飛ばして大坂城に赴き、板倉勝静と勝麟太郎に面会した。

「板倉様はどう思われる」

大石隼雄の持参した手紙を見て、勝麟太郎は勝静に言った。

「方谷先生には申し訳ないが、今の幕府で長州を赦すというのは権威を損なうのではないか」

「老中殿、今権威を考えている余裕はありますまい。戦をしないことが最も重要でございましょう。幕府を守るのは、薩長に勝たせないこと。そのためには戦わないことしかありますまい。勝てる力がないのに権威とか武士の誇りとか、何のことかわからん」

大石隼雄は、方谷が見込んだ勝麟太郎を見て驚いた。うまくそのままとりなし、そのまま慶喜のところまで行ってしまったのである。

この年も師走になり、十二月五日、慶喜は混乱の中、第十五代将軍に就任した。そしてその二十日後、十二月二十五日、幕府を擁護していた孝明天皇が崩御した。死因は天然痘であるとされているが、この崩御に関しては現在になっても暗殺説が絶えない。

第六章　維新という変革

1　別離

明けて慶応三年（一八六七年）、この年は方谷にとって二つ良いことがあった。一つは、養子の山田耕蔵に待望の男の子が生まれた。方谷にとっては初孫である。山田準と名付けた。早苗も涙を流して喜んだ。耕蔵は早苗とみどり、二人の母を持っていたために、どちらにも悪くないようにうまくやっていたのである。

「義父上、やっと孝行ができました」

「いや、耕蔵には苦労を掛けてばかりである。立派にお役に立つように」

みどりも笑顔で、まだ柔らかい準を抱いた。

そして、もう一つは、小雪が嫁いだ。門弟としては短かったが、その後何かにつけて一族のように支援してくれた矢吹久次郎が、小雪をずっと養育してくれていた。その久次郎の息子発三郎に嫁いだのである。

「山田家のような高貴の家のお嬢様ですから、家格が会わないのではないか心配で」

「何を言います。矢吹殿。土を耕し土とともに生きるのが最も良いのです。義母近は、常に土と共に生きることを、教えてくれたのものです。矢吹殿は、常に天とともに生きているのですから、最も高貴なのではないでしょうか」

「先生にそういっていただくとうれしいです」

少し話は前後する。この年の一月、孝明天皇の崩御に伴い、明治天皇が即位した。前年まで孝明天皇と十四代将軍家茂という「義兄弟」によって公武一和が実現していたが、明治天皇と十五代将軍慶喜になって、その関係は一気に冷え切ったものになっていった。

そのような中、六月に方谷は再度京へ上って、老中板倉勝静の補佐をすることになった。松山藩五万石と違い、さすがに幕府全体となれば、その規模は大きく、改革といっても簡単にできるものではなかったが、方谷は淡々と多くの仕事を片付けていた。

「先生、将棋でも指しませぬか」

老中になってから、意見と時間のすれ違いが多く、将棋を指すのも久しぶりである。

方谷が上京してすでに二カ月。盆地である京都のうだるような暑さは、勝静にとっても方谷にとっても過ごしにくい。暑さでなかなか寝付けない方谷は、この日久しぶりに勝静の将棋に付き合うことにした。

「そうですね。久しぶりに一勝負しましょうか」

勝静はしばらく使っていないのか、うっすらと埃の被った将棋盤を自ら持ってきて楽しそうに駒を並べた。

「殿、今年は準という名の孫が生まれまして、顔を見たいと願っております。お盆にはお暇をいただいて、松山に戻ろうかと思いますがお許し願えますでしょうか」

「そうか。お盆では仕方がないな」

勝静も、ある程度はあきらめていた。もう隠居の方谷を、いつまでも京に留めて置くわけにはいかないのである。

「もう一度伺いますが、老中をお辞めにはなりませぬな」

「ああ、この板倉勝静、ここまで来たら幕府とともに倒れようと思う」

「わかりました、もう何も言うことはございません」

勝静は、静かに駒を進めた。

「そういえば、あの新撰組という浪士たちは、すべて幕臣として取り立てたぞ」

「そうですか、彼らも喜んでいますでしょう。農民や浪士として倒れるのと、幕臣として死ぬのとでは意味が違います」

方谷はさりげなく厳しいことを言いながら、序盤の将棋を進めた。幕臣となったのであれば、谷三十郎は喜んだであろう。他にも新撰組に入るものが出るかもしれない。

「今後について、何か気に留めるものはありますか」

「警戒すべきは、公家の岩倉具視殿でしょう。岩倉殿は策謀が得意な方。そこに薩摩の大久保や長州の桂といった者が出入りしております」

そう言うと、将棋盤の端の香車が一気に前に進み成り駒になった。

「例えば」

「江戸でしょう。殿も将軍になられた慶喜様も、多くの幕閣が京都におります。今江戸を見ているのは水戸の徳川慶篤様とまだ年少庄内藩酒井忠篤様。少々手薄かと思います」

方谷は、角がとられ手薄になった勝静の陣の左側に、もう一つ桂馬をぶつけた。

「勝麟太郎では抑えられぬか」

「勝殿は、大きな視点で広く物事を見て、物事の本質を捉えることには長けておりますが、個別の策略まで見透かし、それに備えることは得手ではありません」

方谷のこのような人物評は常に的を射ている。いや、正確な人物評に事件や事象を当てはめるので、未来が読めるのである。実際に松山藩でも、このように適材適所に人を動かして使ったので、藩政改革は、たった八年ですべて終わらせている。


「勝麟太郎殿は、そのような方であるか」

「はい。ですから、幕府の命運を左右する段になれば、勝殿を頼られることが良いと思います。殿は、勝殿とはすでに親しくなられているので、私が言うまでもないと思いますが」

「他に役に立つ人物はおらぬか」

「私もすべての者を存じ上げているわけではございません。陪臣では長岡藩の河井継之助殿が、長らく私の家にいて気心もわかりますゆえ役に立つかもしれません」

「河井継之助と申すは、方谷先生が言うほどの者か」

「はい、彼ならば私がいなくなった後を任せられる人物です。あとは、榎本武揚殿。ちょうど黒船が来た辺りで、佐藤一斎先生の下にいらっしゃった方ですが、清濁併せ呑む度量と懐の深い部分があり、人望は人並み外れてございます。ただ、それでも、薩摩の西郷隆盛などに比べれば、飛車と香車の差かと」


また、二人の間に言葉が無くなった。たまにパチンと駒の音が聞こえるばかりである。

「で、今後どうなる」

「火の手が上がれば、そこで大義名分を作り、戦になりましょう」

「討幕の軍が出ると申すか」

「はい。神君家康公が、豊臣家から天下を奪うにあたり、関ケ原で大きな戦をしました。それに倣い大きな戦をし、そして民を心服させたうえで天下を取る。これが必定でしょう」

「では、その戦をさせなければよいということか。長州征伐の時も戦わねば負けはしないと言われていましたが、その通りなのだな」

「はい。やっとお分かりで」

方谷はそう言うと、にっこりと笑った。

「時期が変われば、様々な物が変わります。以前は、慶喜様の大政奉還の議論に、国難から逃げると申しましたが、ここに至っては、そのことも検討しなければなりません」

「ああ、そうだ。先日土佐藩の家老後藤象二郎が、大政奉還の建白書をもってきました。松平春嶽殿も同様に大政奉還の論を持っているようです。将軍がいなければ、討幕はないということのようです。まさに、王将がなければ、王手がないということです」

勝静は、いたずらに王将を盤面から外した。勝静は、しばらく眺めて違和感を覚え、また王将を元に戻した。

「ご覧の通りです。王将がなくなれば、違和感で他の駒も動かなくなります。先日の長州征伐のように、幕府とは関係がなく勝手に討幕側に寝返るような者が出てきましょう」

「ではどうする」

「何とか戦を避けなければなりませぬが、避けられぬかもしれません。老中として、そして藩主としてどうされるか、お決めいただかなければなりません」

方谷は、きっぱりと言った。藩のことはある程度収めることができる。しかし、老中をしている板倉家のことは、ただでは済まない。

「天皇はどうか」

「帝は、まだ幼くあらせられます。岩倉殿などに操られ、討幕の勅命を出してしまわないとも限りません。ましてや、一度政変で外れた七卿が全て戻っております。朝廷の討幕の勢力は大きくなっています」

その言葉以降、勝負がつくまで二人の間に会話は無くなってしまった。お互いに、近い将来何が起きるかよく見えていた。これが最後の将棋になるかもしれない。方谷も勝静も、盤面がにじんで見えた。

「名残惜しい。先生に習ったことはすべて忘れません」

勝負がついて、駒を片付けながら、ぽつりと一言いうと勝静は自らの脇差し「備前介宗次」を方谷に与え、そのまま奥に入っていった。


方谷の読み通り、明治天皇が薩摩や長州を近づけたために、将軍や幕閣は大坂城に拠点を移さざるを得なかった。京都にも二条城があったが、松平春嶽などが使っていて、すべての話が岩倉具視などの討幕派に筒抜けになってしまうために、使えなかったのである。

その大坂城で、慶喜は、そこに集まった幕閣に大政奉還について諮問した。大坂城には　板倉勝静の他、小笠原長行、松平定敬、井伊直憲、藤堂高猷などが集まっていた。

「松平春嶽殿の言うように、大政奉還などせずとも何とかなるのではないか」

桑名藩主で京都所司代の松平定敬はそのように言った。松平定永の家系、つまり松平定信の血筋であり勝静と親族ということになる。

「なるほど、では討幕軍が出た場合は勝てると申すか」

「畏れながら、戦になった場合は神君家康公以来、井伊と藤堂が先鋒を務める慣わしとなっております」

「そんなことを聞いているのではない。薩長に勝てるかと聞いておる」

慶喜は、少しいらいらしながら言った。

「勝てませぬ。勝てるのであれば、先代将軍の時の長州攻めが成功しているものと思われます」

勝静は、威勢がいいだけの無責任な言動を止めた。

「なぜ勝てぬ。こちらの方が兵は多いはずだが」

「二つ。一つは軍備が整っておりません。最新式の銃と種子島では話になりません。また、人材も違います」

「聞くところ、西郷隆盛はたいそうな人物であるという。では、幕府に西郷を超える人物はいるのか」

そこに居並ぶ大名たちは、黙るしかなかった。誰も思い当たらないのである。

「当家の山田方谷によれば、勝麟太郎と榎本武揚であっても飛車と香車の違いと」

広間にはため息が漏れた。以前は佐久間象山や佐藤一斎など多彩な人物がいたはずである。

「人物もおらず、軍備も整わずではどうやって戦うのだ。皆、余が腹を切ればよいと思って勝手に言っているだけか」

慶喜は半狂乱になっていった。もともと責任を転嫁する性格である。

「上様、それは言い過ぎではないでしょうか」

さすがに、勝静は慶喜を諌めた。ここにいる誰もが、まだ慶喜を将軍というよりは将軍後見職というように思っている。長く将軍になっていなかったというのはこういうことなのである。しばらくの沈黙が続いた。次に誰が何を言うのか、将軍と臣下の睨み合いのような感じになってしまった。

「上様、このまま黙っていても何も得られません。意見も無いようなので、ご裁可を」

勝静は老中として、よく通る声で言った。

「大政を奉還する。上奏の文書は以前の実績より、松山藩の山田方谷に命ずるよう、老中板倉勝静に申し付ける」

将軍という立場になり、逃げられなくなると身近な人に当たり散らし、そして、暴言を吐くようになる。人望が失われ力を失い、そして滅びる。十四代家茂は、そのように慶喜を見ていたのに違いない。この時、自分が最後の将軍として、後世に名を遺すことになるというような感慨があったのであろうか。

「方谷先生」

十月十三日、大坂から熊田恰が早馬を飛ばしてやってきた。松山の御根小屋に寄ってこなかったのは、他に誰もいないことからもわかる。

「熊田殿、こんなにお急ぎで。お上がりください」

すっかり方谷の妻として落ち着いているみどりは、そう言うと、すぐに湯呑に温い白湯を差し出した。松助は何も言わずに盥に水を張って熊田の足を洗い、元子は外に出て馬に水を与えていた。

「方谷先生にこれを」

熊田は襷掛けにした風呂敷包みを出すと、その中から書面を取り出した。よほど急ぎなのであろう。みどりは、すぐに奥にいる方谷にその手紙を持って行った。熊田は旅支度を解き、方谷の前に出られるように身なりを整えると、みどりの案内で中に入っていった。

「熊田殿。ご苦労でございます」

「いや、読んでいただいて、だいたいのことはお分かりと思いますが」

「ああ、慶喜公ならばそのようになるでしょう」

熊田が驚くほど、方谷は落ち着いていた。いや、方谷には未来が見えている、勝静は常々そういっていたが、熊田は現実に肌で感じていた。

「実は、すでに書いてあります」

方谷は文箱を持ってくると、その中から最も下にある文書を出した。熊田は、恭しく頭を下げると、その文書を広げた。中には「上」と書かれた書面が出てきた。そこには何回か書き直した跡があり、また勝静に宛てられたものであるか、あるいは慶喜に対して直接書かれたものであるか、小筆で解説のような内容も書かれている。

「殿はなんと」

「これで幕府はなくなるのであるから、戦を起こさず欧米と肩を並べられるように、素晴らしい文書を書いてもらいたいと。そして、慶喜公の性格はあまり考えなくてよいと伝えてほしいと」

「そうですか。殿はわかっておられるのですね」

そう言うと、方谷は感極まって涙を流した。最近年を重ねたせいか少し涙もろくなっていた。

「それと、内密にとのことです」

「それは、もちろんでしょう。だから熊田殿は御根小屋に寄らなかったのでしょう」

熊田は頭を畳にこすりつけるように下げた。

「熊田殿、小半時お待ちください。今お見せしたものを少し直して、あとで我が殿に一筆差し上げたいと思います」

方谷は、勝静に松山藩について約束通りにするということと、何かあれば川田甕江を使うということをしたためた。そのうえで、方谷の助言で保有していた快風丸を横浜に向かわせることを書いた。幕府に何かがあっても、快風丸は松山藩のために使うと宣言したのである。そして幕府がおかしくなった時は、殿を何とか助け出すとのことをしたためた。

そしてもう一つには、「大政奉還上奏」と書かれたものをしたためた。

そこにはこのように書かれていた。

臣慶喜謹テ皇國時運之改革ヲ考候ニ、昔王綱紐ヲ解テ相家權ヲ執リ、保平之亂政權武門ニ移テヨリ、祖宗ニ至リ更ニ寵眷ヲ蒙リ、二百餘年子孫相受、臣其職ヲ奉スト雖モ、政刑當ヲ失フコト不少、今日之形勢ニ至リ候モ、畢竟薄德之所致、不堪慙懼候、況ヤ當今外國之交際日ニ盛ナルニヨリ、愈朝權一途ニ出不申候而者、綱紀難立候間、從來之舊習ヲ改メ、政權ヲ朝廷ニ奉歸、廣ク天下之公儀ヲ盡シ、聖斷ヲ仰キ、同心協力、共ニ皇國ヲ保護仕候得ハ、必ス海外萬國ト可竝立候、臣慶喜國家ニ所盡、是ニ不過奉存候、乍去猶見込之儀モ有之候得者可申聞旨、諸侯江相達置候、依之此段謹テ奏聞仕

候　以上

【現代語訳】陛下の臣たる慶喜が、謹んで皇国の時運の沿革を考えましたところ、かつて、朝廷の権力が衰え相家（藤原氏）が政権を執り、保平の乱で政権が武家に移りましてから、祖宗（徳川家康）に至って更なるご寵愛を賜り、二百年余りも子孫がそれを受け継いできたところでございます。そして私がその職を奉じて参りましたが、その政治の当を得ないことが少なくなく、今日の形勢に立ち至ってしまったのも、ひとえに私の不徳の致すところ、慙愧に堪えない次第であります。ましてや最近は、外国との交際が日々盛んとなり、朝廷に権力を一つとしなければもはや国の根本が成り立ちませんので、この際従来の旧習を改めて、政権を朝廷に返し奉り、広く天下の公議を尽くした上でご聖断を仰ぎ、皆心を一つにして協力して、共に皇国をお守りしていったならば、必ずや海外万国と並び立つことが出来ると存じ上げます。私が国家に貢献できることは、これに尽きるところではございますが、なお、今後についての意見があれば申し聞く旨、諸侯へは通達しております。以上、本件について謹んで奏上いたします。

「熊田殿、ご苦労だが急ぎこれを」

熊田恰はまた襷がけに手紙を持つと、元子が引いてきた馬に乗った。

「殿に、手紙は恥ずかしいので、読み終わったら燃やすように伝えてください」

「かしこまりました」

「熊田殿も、命を大事にされよ」

備中松山藩の方谷から渡された原文は、その日のうちに大坂の板倉勝静の手で京へと運ばれ、翌日には若年寄の永井尚志の手により清書され、一〇月一四日、天皇に対して「大政奉還上奏書」として提出された。手が加えられたのは、慶喜から天皇に提出された上奏文は「我」で始まる方谷の原文を「臣慶喜謹テ」とへり下るように直し、あとは再度「臣慶喜」を文中に入れて、十月十四日慶喜。で終わるようになっているだけである。

方谷は、幕府のことよりも勝静のことを心配していた。薩長は必ず幕府を戦に引きずり込むし、また「一会桑」といわれる一橋家（慶喜）会津藩（松平容保）桑名藩（松平定敬）は絶対に許すとは思えない。神君家康公が関ケ原で戦ったような戦争を行うに違いないのである。その時、勝静は最後まで幕府を守ることになろう。手紙には書いたが、逃げ出して松山藩に戻ってくるようなことはないだろう。では、いかにして松山藩を救い、そして勝静を救うのか。方谷は頭を悩ませた。

大政奉還と同時に、討幕の密勅が出され、徐々に徳川宗家である慶喜を包囲する形勢になっていった。当初、大政奉還をしても天皇は関白として徳川家を任命するに違いないと、板倉勝静は考えていたのであるが、それは、あくまでも孝明天皇の時の話であり、自分の考えの甘さに気が付いた。そのような先読みは、方谷に遠く及ぶものではない。

実際に、現代からの視点で見れば、この時の佐幕派は、孝明天皇と明治天皇の意向の違いを理解しておらず、先代の孝明天皇の言葉などで動いてしまって、徐々に自分の首を絞めてしまっていることが少なくない。方谷が近くにいれば、そのようなことにはならなかったであろうが、大坂や将軍の近くに知恵者がいなかったということが、佐幕派の悲劇であったのかもしれない。

「松助、大変申し訳ないが。これを長岡藩の河井継之助殿に届けてほしい。たぶん、江戸の長岡藩藩邸にいるはずだ。そしてこちらを川田甕江殿に」

　方谷は、大政奉還の原文の密使を送り出した後、長文の手紙を二つ松助に預けた。すでに討幕の密勅が出るということは、春日潜庵からの知らせでわかっていた。そうなれば、河井継之助なども守らなければならない。沈みゆく幕府という船とともに沈めてしまってはいけない人材なのである。

「渡した後、いかがいたしましょう」

　松助は、手紙を渡したまま帰ってきてよいとは思っていなかった。松助自身、谷三十郎から学問を習い、方谷の傍に仕えて、方谷の考えることをわかるようになっていた。

「しばらく、河井継之助殿を助けてくだされ。ある程度して、長岡藩で準備ができたら戻ってきてもらいたい」

「河井継之助殿は、戦を行うおつもりでしょうか」

「長岡も多分戦になるでしょう。長岡藩主の牧野様は我が殿と同じような考えをお持ちだ。幕府と命運を共にすることを望むであろう。しかし、戦になっても河井殿を殺すわけにはいかない」

「かしこまりました。先生がそのように申されていたことも、併せてお伝えいたします」

「返す返す申すが、まずは松助、貴殿が無事に戻ることが一番である。次に河井殿を助けてほしい。そして戦が始まる前に戻ってきてほしい」

　松助は、頷いた。

「先生、ここは戦になるのでしょうか」

　横にいた元子が、尋ねた。

「ならないようにしないといけませんね」

方谷は、にっこり笑って立ち上がった。

「お出かけですか」

みどりが声を掛けた。小雪が嫁いでなんとなく寂しくなったが、それでもみどりは明るく方谷を支えていた。よく見ると、みどりも頭に白いものが混じるようになった。

「御根小屋に行ってくる」

「元子さんもお支度を」

御根小屋は、あくまでも藩主板倉勝静の執務の場所である。もう隠居になっている方谷は、牛麓舎に寄った。塾長の三島中州が出迎えた。すぐに進昌一郎も有終館から戻ってきた。矢吹久次郎と発三郎も来た。この矢吹発三郎が、娘小雪の夫である。

「どうされました」

「幕府が終わる。将軍慶喜公が朝廷に大政奉還する。その準備をせよ。一刻の猶予もならぬ」

皆、神妙な顔をして動きを止めた。一瞬何をしてよいかわからなかったが、しかし、方谷の普段では絶対にない厳しい口調に、事態の深刻さを知った。進昌一郎は、近くにいた若者を、大石隼雄のところに走らせた。

「そうなれば朝廷の軍がここに来るであろう。もしかしたら長州藩が来るかもしれぬ」

「先生、長州や薩摩と戦でしょうか」

「薩長に同調しているだろうから、広島藩や岡山藩が敵になるでしょう。時間がたてば、そこに土佐や肥前の軍も合わさることになります。藩の主力は江戸に向かいますが、それでも多くの藩が松山藩を囲むことになります」

「強敵ですね」

大石隼雄は、腕を組みながら言った。

「敵は約五万、こちらはせいぜい二千。いや熊田恰殿などの主力は殿とともに行ってしまっているので、約千しかいません」

「全く勝負になりませんな」

大石は、笑いながらそう言った。二回目の長州征伐ではない。今回は向こうの方が士気も高く兵器も最新式なのである。

「では、松山城を無血開城するしかないので、藩内をそうまとめるように、今から準備してください。もちろん他言無用。しかし、誰が徹底抗戦をする意思があるのか、事前に調べてください」

方谷は、矢継ぎ早に指示を出した。無血開城をしても、何かあれば戦えるように、城外の倉庫などに米や水、鉄砲などを分散してしまった。また里正隊にはいつでも集合できるように命じた。こうして松山では、他の藩よりも早く準備を進めたのである。

「殿、これでよろしいな」

方谷は、独り言のようにそっとつぶやいた。


「厄介な仕事を押し付けられたな」

方谷からの手紙を見て、江戸上屋敷に控えていた川田甕江は、吐き捨てるように言った。

「大坂に行って、殿に自重せよというのか。まあ難しいな」

実は川田甕江も、老中を辞任するようにかなり強く勧めていた。しかし、方谷が言っても老中を辞めない勝静に、川田甕江が何度言っても態度を変えるはずはないのである。

川田はブツブツ文句を言いながらでも、大坂城に向かうように手はずを整えた。屋敷の者に早馬を用意させ、最低限の者を伴って大坂に急いだ。

「ところで京の都は通れるのであろうか」

川田甕江は、江戸にいただけに、松山にいる三島や大石とは違って世の中の流れがよく見えていた。

「名古屋までは問題ないが、その後は奈良を抜けた方がよさそうだな」

川田は、馬を走らせながら様々なことを考えた。心なしか鉄砲や武器、そして米を積んだ荷車が多いような気がする。

「急がねば」

川田甕江は馬に鞭を入れた。


「河井殿、山田方谷先生より書状にございます」

松助は、江戸の長岡藩上屋敷にいる河井継之助に手紙を渡した。

「山田方谷先生は達者でござろうか。いやご苦労」

普段は常に人を小馬鹿にした態度ばかりの河井継之助が、山田方谷の使いというだけで態度が豹変した。周囲の者は意外なものを見るように松助を見た。松助にしてみれば、かえって居心地が悪く感じるくらいである。

「方谷先生より、河井先生の手伝いをするように申し付けられております」

「一緒に死ねと言われたか」

松助は驚いた。方谷に「死ぬな」と書かれた手紙をもらっているはずなのに、このようなことを言ってきたのである。

「いえ、死ぬなと。しかしぎりぎりまで手伝えと。そう言わております」

「そうか。少し遊ばせてくれということか」

そう言うと、河井継之助は笑いながら懐から金を出し、そして松助に渡した。

「まず、しばらく江戸を離れなければならない。そこで、吉原の珠川楼の喜久乃という女にこの銭を届けてきてくれ。その間に準備をしておく。長岡藩では松助殿に見せられないお宝も山ほどあるからな。例えばこれだ」

河井継之助は、見せられないというのに、そのまま松助を蔵に案内した。蔵の中には、当時最新式のガトリング砲があったのだ。

「江戸屋敷の物品などは何の役にも立たないから、すべて売って、代わりに仕入れたガトリング砲だ。これを長岡まで運ぶ算段をつけなければならぬ。もちろん、薩長の奴らに見られないようにな」

驚いている松助に、継之助は笑って見せた。方谷の言いつけを守って戦わずに命を惜しむような人物ではない。それどころか、この時点ですでに死の境地にいるのだ。

「松助殿、長岡にこれを運ぶのを手伝ってもらいますよ」

「あ、はい」

「薩長の輩は、大政奉還を受けながら裏で様々な画策をして戦にしようとしているであろう。つまり、我々はどうしても戦をしなければならないということだ。それならば、戦に備えねばならぬからな」

上屋敷を出るとき、河井継之助は「至誠惻怛」と書いた本を大事そうに懐にしまった。

「ガトリング砲は無くても何とかなるが、先生の教えは二度ともらえないからな」

松助は、自分が仕えている山田方谷という人が、ここまで尊敬され慕われている人物であるということを初めて実感したのである。

2　賊軍

慶応三年（一八六七年）十一月、京都近江屋で、坂本龍馬と中岡慎太郎が暗殺された。

現在でも、誰が竜馬を暗殺したかはわかっていない。

「有能な人の死に不謹慎だが、武器商人がいなくなれば、少しは薩長の軍の動きが鈍くなるかもしれない」

大政奉還から一カ月経つ。明治天皇の姿は見えず、薩長の動きばかりが見えるようになった。一方の徳川慶喜は、なぜか大坂で時間を空費している。板倉勝静は、心ばかりが焦るが、何かをできるような状態ではなかった。

そのような動きを方谷は慎重に見ていた。元子は何度も大坂や京都に行き、その情勢を知らせてきた。松山藩には、方谷よりも少し遅れて様々な情報がもたらされる。いまだに備中鍬など商業が盛んな松山に、大坂商人が様々な情報をくれるのである。物と金と情報は一緒に動くということが、この頃になって松山城下の人々もわかってきたようだ。その中で、いつまでたっても坂本龍馬を殺した下手人が出てこないことで、山田方谷が坂本龍馬を殺したのではないかと噂が立つほどであった。

討幕を行う薩長の連合の蝶番《ちょうつがい》は、まさに、坂本龍馬であった。そしてその媒介は、西洋から輸入する兵器である。つまり、その武器を運んでいる土佐藩浪士の坂本龍馬を殺せば、その動きが少しは収まるのではないか。

「まさか。この老いぼれが人を殺すはずがない」

「そうですよね。しかし、似たような考え方をする人がやったことは確かでしょう」

戦の準備をしながら三島中州はそのように答えた。

「春日潜庵殿は無事であろうか。何かあった時には、春日殿に力になってもらわねばなるまい」

方谷は、坂本龍馬などの死よりも次のことを考えていた。いや、松山藩をどのように守るかということばかりが気になっていたのである。

その年の十二月九日、御所の警備から会津藩が締め出された。そして「王政復古の大号令」が出たのである。

「そのようなことを許していては、まとまるものもまとまらないでしょう」

王政復古の大号令に前後し、長岡藩主・牧野忠訓は、河井継之助らを伴って上洛。途中大坂城に登城し、老中板倉勝静に会い徳川家への再度の政権差し戻しを建言した。さらに河井継之助は京都の新政府軍に藩主に代わり建言した。

建白書は「恐れ乍ら、謹んで申し上げ奉り候」と書きはじめられている。保元以来の武家政治の正当性と徳川家の功績を訴え、薩長両藩を暗に姦雄とし、強烈な非難を書いている。そのうえで、関西と関東との間で戦が生じることを懸念し、それを収められるのは徳川家をおいて他にないと説く。そのうえで、徳川家の疲弊は日本の疲弊であり、今一度、大政を徳川家に委任するよう訴えたのである。

しかし、待てど暮らせど建白書の回答はなかった。

牧野忠訓と河井継之助は、老中板倉勝静と面会した。

「そなたが河井継之助殿か、山田方谷先生から非常に優秀であると聞いている」

「山田先生が、そのようなことを言っておられましたか。嬉しいです」

継之助は、無邪気に喜んだ。

「山田先生に習ったということは、この板倉勝静と兄弟弟子ということになります。ですから、何でも気軽に言ってください」

勝静はそう言って、河井継之助の話を聞いた。内心、山田方谷の話とどれくらい異なるかが楽しみであった。

「では、恐れながら、大坂城内では薩摩・長州討つべしと言っておりますが、冷静に考えて、勅命がある第二次長州征伐で十万の軍を率いても勝てなかったものが、帝が向こう側にいるときに、どうして勝てると思っておるのでしょうか」

「方谷先生にも同様に言われております。戦にならぬように、大政奉還をしたのですが、なかなかうまくゆきません」

「ならば話が早い。拙者はすっかり、方谷先生が大坂城で戦うように指示したのかと思っておりました」

「方谷先生は、そのようなことは言わないでしょう。戦はするな、死ぬな、先生はそればかりです」

板倉勝静は笑いながら言った。河井継之助も全く同じであると言って笑った。二人とも、方谷から手紙をもらっているのであるから、話は早い。

「河井殿、今の幕府には、この大坂城内の雰囲気を変える力すらないのです。それは老中の私だけではない。将軍慶喜様も、同じなのです」

「それで王政復古ですか。幕府には任せておけない、いや、幕府がやっていたからこんなに悪くなってしまったと、天皇様が自ら世直しですか」

少し憤慨しながら河井継之助は言った。継之助の怒りの矛先は、そのような王政復古をした朝廷なのか、それとも、そのようなことを言わせ、すべて幕府に責任転嫁をしている薩長や公家なのか、あるいは、それを跳ね返すことのできない幕府に対してなのか、自分でもわからなかった。

「すべて方谷先生の言うとおりになっている。このままでは……」

板倉勝静は、少し声を潜めながらも厳しい口調で言った。

「わかりました」

不満そうな河井継之助を黙らせ、牧野忠訓がそう言って話を切ってしまった。

会津藩の南摩綱紀は、後にこの当時のことを回想し、「継之助、真に東北の一豪傑、若し慶喜をして、その説に従わしめば、兵を伏見に出さず。則ち内乱起らず。人民死傷せず、財貨濫費せず、国力衰耗せず。而れども其の説行われず。嗚呼命か、惜しいかな」と記している。長岡藩の軍と河井継之助は、しばらく大坂城に残ることになった。

「先生、大変です。庄内藩が、薩摩の江戸屋敷を焼き討ちしました」

雪の中、長瀬の自宅に元子が駆け込んできた。もう、慶応三年師走二十五日、江戸で狼藉を行った浪士たちを追っていたところ、薩摩藩江戸藩邸がかくまった。庄内藩は、その浪士を追って薩摩藩邸を襲撃したのである。

「薩摩は、とうとう策で戦を始めたな。あの大久保のやりそうなことだ」

方谷は、表情に怒りを溜めて立ち上がった。

「あなた、どちらかにお出かけですか」

みどりが心配そうに言った。もうあと数日で方谷も六三歳になる。国のため松山のためといっても、あまり無理をしてほしくはないという気持ちもあるのだ。

「御根小屋に」

方谷から見れば、夏に板倉勝静に予言として話した通りになっている。きっと薩摩藩の大久保一蔵、そして岩倉具視あたりが策謀し、まだ年が若く、潔癖症なところのある庄内藩主酒井忠篤を怒らせ、強引に攻めさせたに違いない。

「あるいは西郷がやったのか。いやまさか」

一瞬、方谷が心がきれいと思った西郷隆盛がやったのではないかと疑った。

「元子、いま戻ってきたばかりで済まぬが、京の春日殿のところに行って、西郷隆盛が仕組んだのか聞いてきてくれぬか」

元子は黙って膝をつくと出ていった。馬を使っているとはいえ、江戸から松山まで四日とは早い。谷元子と谷松助の二人は、速さは誰にも負けなかった。

「大石殿、戦が始まります」

「いよいよですか」

大石はつけていた帳簿の筆を置いた。数日前、年越しで必要であろうと、米と金を大坂の板倉勝静のところに送ったところである。護衛として鈴木元之進をはじめとした数名をつけていた。鈴木元之進は、子供のころ瑳奇に水をかけて病気にさせ、その後加藤や小泉と謀って一揆を偽装した時に、そのことを知らせてきた者であった。大石の帳簿に、その名前があったことを、方谷は見逃さなかった。

「なぜ鈴木を大坂に」

「好戦的です。今回大坂には、もしもの時に藩論を二分しないように、好戦的な者を大坂に向かわせました」

大石らしい配慮である。

「では、もし何かあれば説得はできるな」

「お任せください」

大石は自信をもって言った。


元子が京に着いた時、京の都は官軍の兵で混乱していた。

「春日殿、あけましておめでとうございます。この騒ぎは何でしょうか」

「戦だ。徳川慶喜殿が兵を率いて京に攻め上ってくる」

元子がどんなに急いで夜通し走っても、馬と船を使って二日はかかる。慶応四年（一八六八年）正月三日、大坂の徳川慶喜は兵一万五千を率いて御所に新年の挨拶に向かった。勝静などは止めたが、しかし、彦根の井伊家や津の藤堂家、または桑名の松平定敬などに押し切られてしまったのだ。

元子はちょうどその日に、京都に来てしまっていたのだ。

「薩長は」

「元子殿、薩長ではない。朝廷の錦の御旗を立てているのだよ」

官軍は伏見の代官所を通さない構えで、伏見御香宮を中心に布陣し、そのまま一方的に砲撃を加えた。世に言う鳥羽伏見の戦いである。

「久我家から、戦の内容が逐一知らせが来るのだ。元子殿も聞いておかれよ」

潜庵の家には、まるで帷幕の中のように、久我家の使用人が戦況を知らせに来ていた。

「春日殿、方谷先生より今回の江戸での薩摩藩邸襲撃事件は西郷殿が謀られたのかと尋ねてくるように申し付けられております」

「西郷は、そのようなことはせぬ。あのような卑劣なことを考えるのは大久保である。大久保というのは手段を選ばぬ男だ。今伏見で戦っているのが西郷だ。あいつは、心が方谷みたいに鏡のような男だ。それだけに大胆な動きもするし、方谷みたいに王道を歩かせたら負けはせぬ」

「そうですか。では戦の主力は」

「そうだ、西郷になろう。江戸に向かい江戸城を攻める軍に西郷がいることになる。大久保や桂は京に残って、岩倉や三条とともに、何か卑劣なことを考えるに違いない」

「そのように先生に伝えればよろしいでしょうか」

「ああ、江戸へ西郷が向かうといえば、方谷ならば江戸を戦火で焦土にしない策を考えるであろう。私も、西郷には言っておく」

「わかりました。大坂が通れるうちに戻ります」

春日潜庵は、元子を少しだけ止めると、お屠蘇と餅を弁当のように包んで渡した。

「正月だ。道中食べてゆけ」

元子は、にっこり笑って受け取ると、まだ騒然としている京の町を走り抜けた。

大坂城には敗残兵が多く集まっていた。

「松山藩、鈴木元之進にございます」

間が悪い男というのは、まさにこの男のようなことを言うのであろう。松山藩を出て米と金を運んできた鈴木元之進一行は、一月六日、鳥羽伏見で官軍に完膚なきまで叩きのめされ、老中まで務めた芥川城の稲葉正邦に裏切られ、絶望的な状況に陥った大坂城に入城したのである。

「殿、松山より米と軍資金が届きました」

川田甕江は、徳川慶喜が控える大広間に入って大声で言った。

「おお、川田か。ご苦労。鈴木元之進か。相分かった」

勝静はそういうと、そのままそこに座った。陣中であるため、皆が甲冑である。甲冑を着ていない川田は、周辺に奇異な目で見られている。しかし、それ以上に川田はその大広間の雰囲気が何か違うような気がしていた。緒戦で負けたとはいえ、これから城で迎え撃つような様子ではない。

「勝静、この戦いに大儀はあるか」

慶喜の問いに、さすがの勝静も怒りが込み上げてきた。

「板倉、あの旗を見たか。錦の御旗だ。天皇の旗だ。われらは朝敵となってしまった。もしもここで戦ったとして、それでどうなる」

慶喜は、窓から大坂城に次々と戻ってくる敗残の兵を見ながら言った。

「上様、畏れながら、幕軍は薩長の奸計に騙され、冷静な判断を失われておられる帝にお諌め申し上げるために、これから薩長と戦うということでございましょう。一戦で敗地にまみれたからといって、武士の棟梁たる上様がおっしゃられることとは思えませぬが」

川田甕江が、勝静の方を振り返りながら言った。

「何を言う。向こうに錦旗が立ったということは、われらが朝敵なのだ。今まで朝敵だった長州が官軍になり、われらが朝敵になってしまったのだ。そして朝敵になりたくない井伊や藤堂、稲葉、みな裏切っていったのだ」

慶喜は、完全に取り乱していた。

「上様、では紀州殿や尾張殿に使いを出してはいかがでしょうか。また、越前の松平殿や加賀の前田殿、姫路の酒井殿もまだ控えております」

「そんな奴らが来るか。来る気ならとっくに来て一緒に戦っておるわ」

慶喜は扇をぱちぱちと開いたり閉じたりしながら、床几の周りを歩いていた。川田が見たところ、膝が小刻みに震えているようである。勝静も川田も、また桑名の松平定敬も、少し様子を見て慶喜が落ち着くのを待った。

「決めた。江戸に帰る」

「はあ」

大声を上げたのは、長岡の河井継之助であった。河井は長岡藩主牧野忠訓とともに大坂に来ていた。

「板倉、その方もよく言っておるように、いま欧米列強が日本国内の動向をつぶさに監視している。そして国内争乱が起これば、ただちにこれに乗じて、日本を併合してしまおうと考えている、ここで日本人同士殺し合ってどうする、戦でほどよく両軍の戦力が減ったところで欧米列強が清国と同じように攻めてくるに違いない。それならば江戸に戻って力を蓄えなければならぬ」

「逃げるんですか」

河井継之助は、大声で言った。

「逃げるのではない。欧米に備えて兵を温存するのだ」

「でも、今目の前にいるのは薩長でございましょう。その者たちをとりあえず排除し、その後交渉をして欧米に備えるべきでございましょう」

川田は落ち着いてそのように言った。川田甕江も河井継之助が長瀬の山田方谷の家にいたときに、よく語り合った仲である。打ち合わせも何もせず、二人の考えは一致していた。

「板倉、戦うなといったのはその方であろう」

「上様、その時と今とでは場合が違います。いま、この状態で引いてしまえば、敵に背を見せるのと同じで誰も納得しません」

「誰も全軍引くと言っておらん、儂と板倉、容保、定敬らでこれから江戸に帰る。すぐに船を用意せよ。残りの者は、兵をまとめ大坂城で敵を迎え撃て」

板倉勝静は、首を振ってがっくりと肩を落とした。川田甕江が何かを言おうとしたが、河井継之助が川田の腕を引いて首を振った。これ以上何を言っても無駄なのである。

「河井殿、道中お気をつけて。お互い必ずまた会いましょう」

「川田殿、ありがとう。方谷先生に会いたかったなあ。でもこれからやることは少なくないみたいです。方谷先生に、なるべく教えは守ります、そうお伝えください」

河井継之助はにっこり笑うと、長岡藩の兵をまとめ、大坂城を後にした。牧野忠訓を案内しながら、伊勢から海路江戸に向かい、そこから長岡に戻ったのである。

「熊田はいるか」

板倉勝静は、熊田恰を呼び出した。大坂城の中は、幕府の軍船開陽丸に乗る者と残されるもので混乱していた。

「熊田、松山の藩兵は何人いる」

「本日松山から来た者はわかりませぬが、江戸藩邸から殿とご一緒した兵は、一五八名にございます」

熊田恰は、よく兵をまとめていた。

「熊田、その者どもを連れて松山に戻れ」

「いや、この熊田、殿と生死を共に致す所存にございます」

「熊田、私は老中であるから、上様とともに江戸に向かう。しかし松山藩兵は、江戸に行く必要はないし、幕府を守る者でもない」

「殿、お待ちを。今は大政奉還を行い、幕府は既にありません。殿も松山に戻るべきにございます。また、方谷先生からも必ず殿を連れて戻るように手紙が参っております」

川田甕江は、そのように言うと頭を下げた。

「川田、戦の備えのない者は足手まといだ。熊田とともに松山に帰れ。帰って松山藩を守れ。いや、山田方谷先生を守れ。これは命令である」

「では、殿のお供は」

「今日来た鈴木元之進などを連れてゆく。この状況で寄越したということは、好戦的なものなのであろう。あとは江戸藩邸の者でよい」

熊田はまだ食い下がろうとしたが、川田はそれを押しとどめた。

「殿、ご無事で。御武運を」

板倉勝静は、徳川慶喜とともに開陽丸でそのまま江戸に去ってしまった。

指揮官のいない幕府軍は、すでに戦えるような状況にはなく、次々と新政府軍に討伐されていった。


「ああ、やはり」

方谷は、慶喜と勝静が船で江戸に向かったことを聞き、深いため息をついた。もう幕府のことなどは考えず、徳川宗家、そして自分のことしか考えない徳川慶喜と、崩れかけた幕府という残像を守り、それに殉じようとしている板倉勝静の姿が目に浮かぶようであった。

「で、熊田と川田は」

「他の皆さんとともに、船で戻られるはずです」

一人でも多くの兵が命を落とさずに戻るのは良いことである。元子は、大坂の様子を伝え、その後、春日潜庵の言葉を伝えた。江戸の策略は大久保一蔵と岩倉具視であるということ。そして、西郷は王道の戦は強いということなどである。

「先生、春日様は、江戸に向かうのは西郷殿であると伝えよと」

元子は、最後にそのように付け加えた。

「春日殿は西郷殿について何か言っていたか」

「はい、方谷ならば江戸を焦土にしない策を考えるであろう。私も、西郷には言っておくと」

「春日殿には感謝しなければならぬな。これで江戸は守られた」

方谷はそう言うと、慌てて勝麟太郎に手紙を書いた。慶喜が一敗地に塗れただけで江戸に逃げ帰ったということは、当然に、幕府軍と江戸城の全権は勝麟太郎が執り、それを老中の板倉が後方から援助するということになる。そうであれば、勝麟太郎と西郷隆盛とで戦にならぬ方法を考える。そのことを勝麟太郎に知らせなければならないのだ。

「松助。この手紙を勝麟太郎に届けてくれ」

松助は、手紙を受け取ると、そのまま消えるようにいなくなった。

「さて、あとはどうやって松山を守るかだ」

方谷は、長瀬から松山城下に移った。

3 開城

かくして、備中松山藩は賊軍となった。藩主板倉勝静が徳川慶喜とともに江戸に籠って抵抗する構えを見せたのであるから、仕方がない。すぐに岡山藩池田家を中心に「賊軍」を攻撃する軍が編成された。

この時に一つの悲劇があった。

「朝廷から、このような通知が来た」

新見藩の陣屋には、朝廷からの書状を岡山藩の使者が持ってきた。新見藩だけではない津山など、松山藩の近隣の藩はすべて書状が届けられている。

「大橋殿、これは」

陣屋に呼ばれたのは、藩士の丸川義三であった。

「この度の伏見での戦で、朝廷の御旗があるにもかかわらず松山藩は慶喜公とともに帝の軍に弓を引いたらしい」

「要するに、松山藩は朝敵賊軍であるということでしょうか」

家老の大橋は困った顔でうなずいた。新見藩の家老は初代より代々大橋家が担っていた。以前、若原進について方谷との間にわだかまりがあったのは大橋伊代守であり、今はその孫が家老である。

「そこで、丸川殿、貴殿に討伐隊の隊長を命ずる」

丸川は、意外そうな目で大橋を見上げた。この時、藩校思誠館の学頭は平田豪谷、つまり竹原終吉と芳の子供が務めていた。丸川は次席であったのだ。

「なぜ拙者が」

「なぜも何もない。貴殿ならば、朝廷の敵ということの意味が最もよくわかるであろう」

「いや、松山藩ということは、山田方谷先生を攻撃しろということでござろう」

「丸川殿、松山藩は朝敵である。個人的な感慨はご放念くだされ」

丸川義三は、丸川松陰の孫、丸川慎齋の子である。山田方谷は父、祖父が幼いうちから育て、また義三自身が幼い時に、油を売りに来ては様々な話をした親族に近い人物である。そのうえ、新見の城下の人々にも信頼されている。何よりも隣松山藩の改革の成功で、新見藩もかなり潤い、備中鍬だけでなくタバコや柚餅子の材料を含め、多くの利益をもたらしてくれている。この地域でも、長持に「方谷」と書いてあれば、その長持を襲うものはいなかった。いまだに西方村の菜種油は飛ぶように売れている。農民の間にも町人の間にも、方谷の信頼と声望は高いものがあるのだ。

丸川義三は、その山田方谷を育てたのは自分の祖父であるということを誇りに思っていた。その山田方谷を討てと言っている。いや、命令は松山藩を攻撃するということであるが、それは方谷を殺すことに等しい。それればかりか新見藩の農民や町人をすべて敵に回すことに等しいのである。

「大橋殿、それればかりは」

「いやしかし、新見藩が朝敵になるわけにはいかぬ」

「では、長州征伐の際に精鋭を誇った松山藩の里正隊に勝てるとでも」

「そこでだ、丸川殿なら攻撃を受けずに済むと思うのだ」

大橋は臆面もなくいった。戦いたくない、でも朝敵にもなりたくない。そのうえ相手が山田方谷であると知り、攻撃されにくいであろう丸川を選んだのである。何か言葉にできぬ邪悪なものが心の中に湧いてくることを感じた。

新見藩の兵は十五名。その隊長が丸川であった。岡山藩や津山藩と連合で討伐軍を編成していた。誰も松山藩と戦いたくはないので、自然と行軍は遅くなっていた。新見から松山までは女の足でも数時間。しかし、この討伐軍は三日かけても新見から松山に到着しなかったのである。

「伝令、松山藩が降伏してございます」

伝令が松山藩の隊列に注進に来た。

「よかった」

討伐軍の中から自然とそんな声が出た。近在の人々は誰も山田方谷とは戦いたくはなかったし、また、山田方谷が育てた里正隊の強さを知っていた。

「さあ、戻ろう」

その場で討伐軍を解散し、新見藩は元の十五名になってそのまま帰路についた。

「休憩しよう」

討伐軍として来るときは、現在の道路で行けば津山から真庭を通り、他の軍と合流して現在の国道三一三号を南下してきた。しかし、解散した新見藩の討伐隊は、そのまま高梁川を上って戻ることになる。解散してすぐの木野山八幡宮で津山や岡山の軍を見送ると、新見藩の十五名は休憩した。

「このまま川沿いに行くと長瀬の方谷先生のご自宅ですね」

「その向こうには西方のご生家もあります」

方谷の生家は、今も辰吉の息子松吉が菜種油を絞り商売にしていた。そればかりか、その代金を山田方谷の家と思誠館に長々と寄付していたのだ。

「討伐軍を出したのに前を通るのは嫌だなあ」

「隊長、道を変えませんか」

部下たちは、思い思いにそのようなことを言った。

「あれ、隊長は」

丸川義三がいないのである。この時、木野山八幡宮の里宮本殿の裏の林の中で、丸川義三は腹を切って見事な最期を遂げていた。この自刃が、大橋への抗議のためであったのか、あるいは、山田方谷への謝罪のためであったのか、それとも自分の中の黒い闇に耐えられなくなったのか、そこはわからない。いずれにせよ、丸川義三にとって、この討伐隊隊長がかなり大きな負担になっていたことは間違いがない。

享年三九歳。この丸川義三の死を方谷が知るのは、ずっと後のことになる。

新見藩を除く近隣各藩によって討伐軍が編成され、岡山藩伊木若狭が鎮撫総督となって、美袋に本陣を構え、松山城下を取り囲んだ。

御根小屋では、抗戦か恭順か。藩論は真っ二つに割れた。戦えば、最新西洋銃で装備した備中松山藩里正隊は一時的に岡山藩の軍を排除することは可能であった。旧軍が、新式の兵装をしている農兵に簡単にやられてしまうのは、長州征伐の時に奇兵隊と幕府軍の戦いや、鳥羽伏見の戦いで明らかであった。

「松山藩の意地を見せるべきであろう。松山藩には武士の意地はないのか」

徹底抗戦を主張する者はこのように吠えた。

方谷は、御根小屋とは少し距離を置いて頼久寺に臨時の藩庁を置いた。御根小屋はあくまでも勝静の政務の場所であり、家老大石隼雄や大月外記、井上権兵衛が守っていた。頼久寺には三島中州や川田甕江が控え、押しかけてくる抗戦派の武士たちの対応に当たっていた。

「やはり山田も三島も、貧農の育ちは怖くて戦ができぬか」

「古来、君主がいないまま戦をして勝ち戦になった事はない」

方谷は、還暦を過ぎてまで貧農の子といわれながら、徹底抗戦を主張する者たちを説得した。

「埒が明かぬ。三島殿、藩の主だったものを御根小屋に集めよ」

方谷は、多くの武士の意見を聞きながら、だいたいの抗戦派の顔と主張を覚えたのである。

「おのおの方。今、松山藩は官軍岡山藩に囲まれ、恭順か抗戦かを問われておる。そこで、皆の意見を伺いたい」

このような時は、歳を重ねた大月外記の声が最も響いた。

「武士である以上、敵が攻めて来たら一矢報いるのが本懐であろう。松山藩は腰抜けばかりか」

物頭の赤羽良蔵という者であった。最近は赤羽永蔵が家を継ぎ、すでに隠居である。この赤羽の言葉に、何人かが同調の声を上げた。

「ここは、匹夫の勇を披露する場所ではない」

大石隼雄が言う。大石の意見に従う方が多いのか、同調の声はこちらの方が大きかった。

「なんだと、学問ばかりで武士の心を忘れたか。たまたま借金を返せたからといって、小賢《こざか》しい」

「なんだと、ではお前らの威勢だけの口調で松山藩を守れるのか」

口論が始まる。しばらくは御根小屋が喧騒に包まれた。しかし、方谷が大声を出した。

「うるさい」

「山田殿、あなたになんの権限があるのだ」

山田方谷は、前年の八月、板倉勝静から拝領した「備前介宗次」の脇差を抜いた。

「藩主板倉勝静様より藩の運営を任され、その証としてこの脇差を拝領している。何か文句があるのか」

普段は使わない強い口調で、徹底抗戦を主張する武士たちをにらみつけた。普段温厚な方谷だけに、その迫力はすさまじかった。

「よいか、この松山の山河と民を救うこと、そして殿の血筋を守ることを第一に考える。武士の誇りなどというものは二の次とする」

官軍と戦うよりも国土が焦土化するのを憂い、或いは松山の領民を救うために無血開城を決断した。

「殿がいない間に、そのようなことを勝手に決めてよいのか」

「殿は、山田方谷先生に従えといった。それはこの川田甕江も大坂城内でしかと聞いておる。誰か殿から他の言葉を聞いた者や、方谷先生に任せることはならぬと聞いた者はおるのか」

川田甕江は、よく通る声で言った。抗戦派も実際に先日まで大坂城で一緒にいた者に言われると、それ以上言葉が出なかった。

「では官軍に詰め腹を切らされたらいかがいたす。殿はおらぬぞ」

「生贄が必要なら、わしの白髪頭をくれてやろう」

方谷がそういうと、あとは誰も何も言わなくなった。これで無血開城が決まったのである。


「伊木殿。この通り、松山城を開城いたします」

大石隼雄、井上権兵衛、三島中州は、美袋の鎮撫使のところに伺いを出した。

「大石殿、鎮撫使といえども、もともとは隣藩。降伏文書に調印してくれればよいのですよ」

伊木はそういうと、用意してきた降伏文書を取り出した。

持って帰ってきた降伏文書を見た方谷は、大石を呼び出した。

「大石殿、これはなんだ。降伏をするのであるから屈辱的な言葉があろうとそのことは問題はない。しかし、大逆無道とは何事であるか」

「はい」

大石も、三島もそのまま立たされたまま、何も言えなかった。

「大逆無道とは帝に弓を引き、人の道を踏み外すこと。これでは、藩主板倉勝静は、死罪になってしまう。君主に許可なく無血開城し、そのうえ、大逆無道として殿が死を賜ったらどうする。三島、大石、私のところで学びながら、それくらいのこともわからないのか」

怒髪天を突くとはこのことであろう。普段怒らない人が激怒すると、このようになるのである。三島はその場で震え上がり、大石はすでに泣きべそをかいていた。

「君主板倉勝静は、ここに書かれたような大逆無道な人間ではない。実際に、鳥羽伏見の戦いも薩摩藩に大砲を撃ちかけられたので、対抗したまでのことである。そもそも、薩摩藩の江戸での仕打ちはどういうことか。それこそ非難されるべきことではないか。まあよい。この言葉を抜かないならば、私はこの場で腹を切る。その後、松山藩を上げて攻撃せよ」

その場で方谷は、里正隊への命令書を書き始めた。

「先生、お待ちを。この文字は何かの間違いにございましょう。もう一度交渉してまいります」

脱兎のごとく頼久寺を飛び出すと、大石と三島は再度伊木のところに出向いて、事の次第を話した。

「文字を変えることなどできない」

伊木はそう言った。

「そんな、それでは松山藩は終わってしまいます。松山藩の里正隊がここに押しかけ、多くの民が死に、藩が滅びることになりましょう。そのような松山藩を見たくはありませぬ。この大石を、この大石の首を刎ねてくだされ」

大石隼雄は、土下座したまま号泣した。ここで三島まで大騒ぎをしてはかえって心証を害する。三島中州は何も言わず傍らに立っているしかない。井上権兵衛も同じだ。

「井上殿、貴殿はもともと岡山の人間ならば、何か言ってくれても良かろう」

さすがの伊木若狭も、困り果てた。

「伊木殿、だいたい岡山藩主池田茂政公は、将軍慶喜公の弟君ではないか。その藩主の兄上に従った板倉家を攻めるとは何事であろう。もちろん降伏をしないと言っているのではない。この大逆無道の四文字を変えたところでどうなる」

「いや、井上殿そこを言われても困る。藩の行動に藩主の個人の事象などは関係がないのだ」

「ではなぜ、板倉勝静公が老中として将軍慶喜公とともに江戸に行っただけで、松山藩全体が敵になるのであろうか。伊木殿このまま大逆無道の四文字を下げねば、山田方谷先生が腹を召されることになる。そうなれば、武士だけではない。民兵里正隊五万が、ここを攻めに来ますぞ」

伊木若狭にしてみれば、この井上権兵衛の言葉は最も痛いところを突いたものであった。そもそも池田茂政は徳川慶喜の実弟であり、早々に薩長に靡いたものの、官軍の中には池田家を怪しむ者が少なくない。そのような疑いを払拭するために松山藩を討ち、名を上げたいのが本音である。しかし、敵が山田方谷である。岡山藩でも有名であり、岡山藩の中にも尊敬するものが少なくない。その山田方谷を殺したとなれば、この地域全体から恨まれることになる。そのうえ、山田方谷が最新式の武器を揃え、訓練を積んだ里正隊が攻めてきては岡山藩士の犠牲も少なくないであろう。そうなれば、その後の岡山藩を治めることが困難になるのだ。

このように考えれば、「大逆無道」の四文字を換えることくらいは妥協し、山田方谷を生かした方がよい。

「三島殿、どのように換えればよかろうか」

困り果てた伊木は、横にいる三島中州に尋ねた。

「軽挙妄動、これではいかがでしょうか」

「わかった。新政府も文言にまではこだわらないでしょう。それでお願いします」

降伏文書はこのようにして「大逆無道」から「軽挙妄動」に文言が換えられ、慶応四年一月十八日に無血開城した。

岡山藩の中には、山田方谷の首を刎ねるべきという意見が出たが、伊木はその意見を握りつぶした。

「熊田恰殿が」

大坂からの船が時化《しけ》で遅れたために、松山藩の降伏、無血開城をした翌日に、タイミング悪く玉島に戻ってきてしまったのである。川田甕江は船着き場で船が出ない時点で、平服でもあったことから馬で戻ったが、伏見の戦いの後、軍備を整えた百五十の兵が姫路や岡山の城下を通ることは憚られた。そこで、大坂にいた熊田他の一隊は、船で戻ることにしたのである。勝静の親衛隊を務めた剛の者も、船の揺れには耐えられず疲労困憊して玉島の松山藩吟味役柚木廉平宅やその近隣の家や寺に入ったのである。

松山藩の周辺はまだ岡山藩などの討伐軍の兵が囲んでおり、美袋には、伊木若狭の本陣が残っていた。

「もしも、戦うようなことがあれば、我らは敵軍を背後から突く。われらの役目は松山藩を守ることであり、また殿からは山田方谷先生を守るように言明されている。よいな」

熊田は、幹部を集めまた周辺で鍛錬を行った。

「あの軍をどうします」

「しかし、あれは新陰流の熊田恰。戦えば恐ろしいことになります」

岡山藩兵は、軍を分けて玉島を取り囲んだ。玉島の周辺の住民たちは、ここが戦場になるのではないかと右往左往するようになった。

「熊田様、お話が」

家主の柚木廉平が熊田恰の部屋に入ってきた。

「実は、申し上げにくいのですが、松山藩はすでに討伐軍に降伏し、松山城は開城しております」

「負けたのか」

熊田は、絶望に打ちひしがれた表情をしていた。熊田の心を支えていた何かが音を立てて崩れ、すべてが終わってしまったと感じたのである。

「いえ、戦わずに」

「山田方谷先生らしい。負けたと見せかけて、最後に勝つ。それが山田先生だ」

熊田はそう言うと同時に、自分のような剣術で生きることの限界を悟った。

一方松山藩は、降伏文書を取り交わしたばかりなのに、もう一つ別な話が出てきて面食らった。すでに山田方谷は松山を去り長瀬に戻ってしまっている。まずは井上権兵衛がもう一度美袋の討伐軍本陣に出向いた。開城の事務は大月外記と三島中州、そして方谷の息子耕蔵が行っていた。

「いやこの度はお願い事を」

井上権兵衛の横にいる川田甕江の書いた嘆願書を出した。伊木はその嘆願書に目を通すと、大きくため息を吐いた。

「玉島の件ですか」

「熊田恰も松山藩士なれば、ぜひにも寛大な処置をお願いしたい」

伊木若狭は渋い顔をした。「大逆無道」に関しては、山田方谷の命そして里正隊との戦になるかどうかということが掛かっていた。また降伏させることが重要であって、四文字を換えたところで大勢に影響はない。しかし、玉島の熊田恰の件は全く事案が異なる。まずは妥協をしなかった場合にも里正隊など恐れることは何もない。また、松山藩は直接鳥羽伏見の戦いにも板倉勝静のこの度の一件にも関係がないが、熊田恰たちは大坂城にいた者たちである。松山藩の言いなりになる必要はないのである。

「井上殿。今回の朝敵の一件、そもそもは正月に起きた伏見での戦に関してであり、その戦に参陣したものを許すわけにはまいらない」

「いや、熊田殿や松山藩の者たちは、大坂城に留守居をしていた者たちであり、戦には参陣してはおらぬが」

「そう言い切れるか」

「もし言い切れないにしても、主君が戦になれば、その下知に従うのが武士の忠誠でござろう。伊木殿」

「井上殿、すでに大政奉還し幕府はなく、将軍もいない。天皇が最も高い位置にあり、忠誠はそちらに尽くすのが筋でござろう。そして熊田殿をはじめ藩士たるもの、藩主がそれに間違えていれば、それを諫めるのが武士の道というものではございませぬか」

「伊木殿、確かにそうではありますが、しかし、大坂城の中にいて、それを行うのは難しくないでしょうか」

大坂城の中を知る川田は口をはさんだ。

「川田殿。山田方谷先生も、そして川田殿も、老中を辞められるよう板倉様に何度も話したと聞きます。では熊田殿はいかがでしょうか」

「なぜそれを」

「岡山藩主池田茂政は、将軍慶喜公の弟君。慶喜公よりそのような愚痴の手紙が何度か参ってござる。我ら岡山藩も幕府に忠誠を誓うか、朝廷に忠誠を誓うかで藩論を二分しております。その中で茂政公の血ではなく、理をもって藩の先を考えてございます。今回、松山藩に関しては、山田方谷先生の功績も多く、また様々な事情があることを理解して、降伏を認めまたその文字を換えることを許しましたが、大坂の事情を知り、板倉殿をそのまま逃がした者を許すわけにはまいりません」

「そこを曲げて」

井上は食い下がったが、伊木若狭は首を横に振った。万策尽きた瞬間であった。

「ではせめて、私川田を囲いを解いて入れていただくことには参らぬか」

伊木若狭は、武士ではないという理由で、川田甕江が柚木邸に入ることに同意した。


「申し上げにくいのだが、そういうことで、熊田殿、松山藩のために死んではいただけぬか」

川田は率直に言った。このような時に、情を絡めずに死を告げるのは難しい。

「川田殿は、ここ玉島のご出身でしたな」

熊田恰は、切腹の申し出に直接は答えず、川田の話をした。

「はい、回船問屋大国屋の生まれにございます」

「船着き場の近くの大店か。それではここ玉島が戦場になれば困りますでしょう」

「そのようなことは申しておりません」

自分に恩を着せられるのは、川田にとっては嫌であった。

「川田殿は武士ではないし、また山田方谷先生の塾生でもない。玉島の出身の商人の出であり、損な役割を引き受けられ、大変でございましょう。他の者たちに代わって感謝いたします」

熊田は、頭を下げた。

「実は、柚木殿から松山城が開城したと聞いて、武士の時代が終わったと感じておりました。もう剣一本で生きてゆく時代ではなく、これからは貴殿や方谷先生のような学問で世の役に立たなければならぬ時代。この命の役に立つ場所をこれから思案せねばならぬところ、存外早く松山藩のために死に場所を作っていただき、川田殿には二重に感謝せねばなりませぬな」

熊田は、かえって晴れやかな表情であった。

「熊田殿、申しわけない。この川田が力不足であったために、守ることができず」

川田は涙した。一緒に聞いていた熊田恰の親戚大輔も、そして、柚木廉平も泣いた。

「ところで川田殿、一緒に大坂にいたよしみで、一つ頼みがある。この熊田の欲であるが、腹を切るのはこの恰一人にしてもらいたい。勝静様からお預かりした将兵の命、救ってもらえるように嘆願書を拙者に代わって書いていただけぬか」

川田は墨を涙でにじませながら、必死に書いた。

「この度、君主勝静公を不義に陥れ、それを止めることならず、松山藩諸士が鳥羽伏見の戦いに参加したとの疑いを受けたことは、自分一人の不調法であり、一死を持ってお詫びする。水野以下百五十余名の助命、よろしくお願い申し上げまする」

川田はすぐにその書を届け、鎮撫使はそれを受け入れた。

「武士というものは、死を恐れていてはならないものでございます。敗軍でありながら誰も腹を切っていない。これでは松山藩が後世の恥であろうと思います」

一月二十二日、熊田恰は籠っていた玉島の柚木邸に、川田甕江や岡山藩からの見届け人が集まった。親戚の熊田大輔が介錯を務めることになった。

熊田大輔が介錯に用いた刀は、以前将軍徳川慶喜より藩主板倉勝静が賜ったものを、藩主勝静が「これを我と思え」と別れのとき大坂城で熊田恰が拝領した正宗の名刀であった。この刀で介錯してもらうことは「誠に本懐の至りである」と言い、大輔に向かって「日頃のたしなみは今日にある、予の首級は実検に供するものである、一藩の面目を汚すことなかれ」と戒め、静かに東に向かって一礼して遥かに主君板倉勝静に別れを告げ、見事に腹を切った。熊田大輔は「介錯」と言って刀を振り下ろし首尾よく役目を果たした。熊田恰四十四歳であった。玉島では、備中松山藩ゆかりの羽黒神社境内に熊田神社を祀ることが許可され、また鎮撫使として敵対した岡山藩主池田茂政は「重臣の亀鑑」と称賛して遺族に金十五両と米二十五俵を贈った。

「川田殿、なぜ私を殺さなかった。熊田殿のような将来有望な人の命を奪わぬとも、この首をいつでも差し出すものを」

方谷は落ち込んだ。そして人目をはばからずに泣いた。

「あなた」

みどりは、そっと近くに寄ると方谷の背をそっと擦った。

4　流転

「川田殿、一つ頼みがあるのだが」

松山城も御根小屋もすべて明け渡してしまっているので、頼久寺がそのまま仮の旧松山藩庁になっていた。

「先生、熊田殿の一件では不調法でございました。今度はこの川田が命に代えまして」

「いや、これ以上犠牲者を出してはならぬ。そのためには藩主が必要である」

無血開城をしたものの、松山藩は今でも板倉勝静が藩主であった。これでは勝静が戻った時に問題が出る。場合によっては降伏したのにまだ戦ったとして改易もありうるのだ。

「藩主ですか、それは勝静様を連れ戻せというのでしょうか」

「いや、増上寺に板倉勝弼《かつすけ》様がいらっしゃるはずだ。勝弼様を連れて戻ってきてくれ。元子、一緒に行ってくれるか」

元子は頷くと、川田甕江とともに江戸へ向かった。

板倉勝弼は、四代藩主板倉勝政の十一男であった板倉勝喬の四男である。よって白河松平家より養子に来た板倉勝静とは血の繋がりはない。勝静を養子に迎えるにあたり、板倉の血を引く者をすべて出家させることになったのである。まだ年の若い勝弼であったが、松山から遠い江戸に送り、得度させる予定であった。

「板倉勝弼様でいらっしゃいますか。松山藩の江戸詰めの学頭をしておりますす川田甕江と申します」

「ふむ、私はこれから得度して、こちらの寺で様々学ぶので、学頭は必要ないが」

勝弼は迷惑そうな顔で川田甕江を見た。当然に、鳥羽伏見の戦いのこともすでに江戸では話題になっていたし、また、その時に勝静がどのような行動をとったのか、松山藩がどうなったのかも勝弼はよくわかっていた。

勝弼からすれば、本来自分が引き継ぐはずであった松山藩五万石を、血筋が良いからといって他家の勝静に奪われ、挙句の果てに松平定信の血筋ということで藩を賊軍に貶めたのである。あまり良い印象があるはずがない。

「勝弼様、是非松山藩にお戻りいただき、藩をお救いくださ い」

「お救いくださいだと。川田とやら何を申す。松山藩を救うために出てゆけと言われたのだ。今度は戻って救えとは、一体どういうことだ」

「大変申し訳ございません。ただご存じのように、今の藩主板倉勝静、勝全父子は松山になく、賊軍として追われております。勝静様、勝全様を廃嫡し、勝弼様が藩を継いていただきたいと願っております」

川田甕江は深々と頭を下げた。

「都合がよすぎる」

勝弼は、今までの不満をぶちまけた。何かすべてを壊したい衝動に駆られていた。

「勝弼様、では我ら女子供まで見捨てなさいますか」

川田が答えに窮しているときに、元子が口をはさんだ。

「勝弼様は、得度され仏の道に進まれるのかもしれませんが、目の前にある我らを見捨てて何を救うのでしょう」

まだ若く、そして長く寺で修行をしていた勝弼にとって、元子のような女性に怒られるという経験はなかった。男性というのは不思議なもので、身分などは関係なく女性に怒られると、急に静かになってしまうものである。

「私は言われて一緒についてきたんだけど、あんたみたいに昔のことをいつまでも言ってるような弱虫が、今の松山藩を救えるはずないでしょう。川田様、あきらめて戻りましょう」

元子は立ち上がった。川田甕江は、何をしてよいかわからず、両方の顔を見比べた。

「弱虫と申したか、この阿婆擦《あばず》れが」

「弱虫に弱虫と言って何が悪いんだい。一人でも人を救おうというなら、立ち上がる時はわきまえているはずでしょう」

「何を言う。わかった。この私が松山藩を救ってやろうではないか」

勝弼は立ち上がって旅支度をしてきた。もともと出家をするはずであったために、私物などは何もない。袈裟など置いてくるだけでよかった。

川田甕江と板倉勝弼、そして元子の三人は、そのまま横浜に向かった。横浜には松山藩の快風丸がある。昨年からそのままここに停めてあるのだ。しかし横浜に来てみると、快風丸は幕軍の管理の下にあった。船に乗れず困って船着き場で立ち止まってしまった。

「谷元子さんと違う、三十郎様の道場にいらっしゃった。何度も行ったんですよ。三十郎様の道場も。方谷先生から言われてずいぶんご支援させていただきました」

その横浜で声を掛けてきた女性がいた。頭には白いものが混じり、もうかなり高齢ではないか。

「あなたは」

「山田方谷先生には随分と恩のある者で、楓と申します。大坂天王寺屋の番頭の妻です」

「楓さん、もしかしてみどりさんと一緒に」

川田が思い出したように言った。

「松山藩が大変お困りと聞いて、快風丸を受け取りに来たんや。天王寺屋が買うと申せば、薩長もあまり渋い顔はできしませんやろ」

「でもそれならば、天王寺屋さんや番頭さんがいらっしゃるのでは」

「あらあら、元子さん。それじゃあなたの顔を見つけられへんやろ」

「もしかして方谷先生が」

楓は、笑って何も答えなかった。

「うちの船がございます。天王寺屋の船にお乗りなさい。それでも官軍の連中が何か言うでしょう。うまく演技なさい」

楓はそう言うと、勝弼を大坂商人の丁稚の姿に変えた。着物まで変えることはできないので、荷物を持たせたのである。

「今松山藩に何かしていただいても返せないかもしれません」

川田甕江は、申し訳なさそうに言った。

「何を言うてるの。山田方谷先生には、返しきれないほどの恩があります。それに三十郎様にも、何回も店を守っていただいております。こちらがまだ返しきれていないんですから気にしないでくださいな」

楓は笑顔で言った。

船着き場に来てみると、やはり薩長の人間たちが江戸から逃げる藩主や侍に対して検問を行っていた。

「勝弼様、勧進帳をご存じですか」

川田甕江は勝弼に囁いた。

「歌舞伎の勧進帳か」

「はい」

勝弼には何のことかわからなかった。

「次、お前らどこに行く」

「はい、これから大坂に出向きまして天王寺屋さんと商談し、少々備中鍬を仕入れさせていただこうと思っております」

「備中、松山藩は朝敵ではないか」

川田は一瞬怒りの表情を浮かべたが、それでもいきなり笑顔に戻した。

「いえいえ、われらが参るのは天王寺屋さん。大坂の大店でございます。備中までは参りません。そんな戦のあるようなところは恐ろしゅうて」

官軍の男は、いきなり勝弼の方を見ると一言言った。

「この男、商人には見えぬが」

それを聞いた川田は、いきなり勝弼を蹴飛ばした。

「この野郎、お前の修行が足りないから商人に見えないなどと言われてしまうではないか」

勝弼は一瞬怒りの表情を浮かべたが、ふと、先ほど勧進帳の話をしていたのを思い出した。

「申し訳ございません。わたくしが大坂を見物したいなどと申したばかりに」

川田は、さらに勝弼を蹴飛ばした。

「お前などが大坂見物などと言うから商売ができないではないか。何軒もの大店が待っているのに商品がなくてどうするのだ。お前の修行が足りないからだ」

元子はすぐに勝弼の横に行き、一緒に土下座をした。

「旦那様申し訳ありません。私が情をかけたばかりに疑われてしまい商売ができなくなってしまいます。どうぞ私を蹴ってください」

川田は、元子もついでに蹴飛ばした。

「もうよいではないか。わかった。お前らは乗ってよい。船の中で喧嘩するなよ」

官軍の者は、苦笑いしながら川田ら三人を通した。

「うまくゆきましたね」

元子が言った。勝弼は不満そうであったが、船に乗れたのは良かったという表情である。

「私が江戸で見ていたところ、薩長の者どもは下級武士が多ございますれば、芝居などは見ていないと思いましたので。勝弼様、大変失礼いたしました。お叱りは松山に戻ってからお受けいたします」

「川田、怒ってはいないが、次は手加減して蹴るように」

三人は笑った。船のへりに立ち上がって岸壁を見ると、楓が手を振っている。なんていい人なんだ。そして山田方谷という人はどれくらいの人に慕われているのであろうか。

「川田。先ほど言っていた山田方谷というのは、どんな人物だ。私も会いたい」

「松山に着いたら、ご案内いたします」

船はこれからの松山藩を暗示するように順風満帆に進んだ。

無血開城をしたのち、松山は静かな時が流れた。五万石から二万石に減らされたが、そのことで、大きな影響はなかった。減封で足りない分は、商業で稼ぎ出したのである。備中鍬や柚餅子などは、天満屋や美吉屋の船で、多く京都や大坂に運ばれた。松山藩は、板倉勝静、板倉勝全を廃嫡し、板倉勝弼を藩主とすることとした。方谷は、勝弼を説得したばかりでなく、後の憂いがないように、勝静、勝全が戻ったのちは、家督を譲るという起請文を勝弼に書かせている。この起請文があることによって、勝静や勝全こそが世継ぎであると信じている藩士も納得せざるを得なかった。

世の中は、かなり大きく動いた。

三月には、新政府は「五箇条の御誓文」を出した。一方、板倉勝静は、慶喜とともに江戸に行ったが、その後、政治らしい政治もなかった。幕臣としたことから新撰組の多くが板倉勝静の配下になり、新政府軍を迎え撃つ準備をしていた。

「余は戦などは嫌だ」

将軍であるはずの慶喜は、相変わらず逃げ腰であった。

「では軍の全権を譲ってみてはいかがでしょうか」

板倉勝静は、そのように慶喜に提案した。

「しかし、小栗忠順も、榎本武揚もみな江戸で戦い、城を枕に討ち死にすると言っておる。あいつらは官軍の強さを知らんから勝手なことばかり言って」

先日の会議で「江戸八百八町の住民を人質に戦いましょう」と小栗忠順、榎本武揚、大鳥圭介、水野忠徳らは徹底抗戦を主張していた。慶喜はうんざりとした顔で皆を見ていたのである。

「薩長軍が箱根を降りてきたところを陸軍で迎撃し、同時に榎本率いる旧幕府艦隊を駿河湾に突入させて艦砲射撃で後続補給部隊を壊滅させ、孤立化し補給の途絶えた薩長軍を殲滅しましょう」

確かそのようなことを言っていたと、勝静も記憶している。そんなに簡単にできるはずがない。そもそも、開陽丸以外の船では箱根の山に大砲の弾が届かないのである。少し内陸を通られてしまえば、補給部隊などはいくらでも通れる。ましてや、薩長の大砲の方が性能が良いので山の上から砲撃されて船が沈められてしまう可能性もあるのだ。

「勝麟太郎に任せましょう」

「勝、あの軍艦奉行か」

「はい、あの者ならば上様の言う通り、うまく江戸を戦に巻き込まないで解決できると思います」

「なぜ」

「当家山田方谷の意見にございます」

徳川慶喜は小栗を罷免し、恭順策をとる勝海舟を陸軍総裁に任命した。そして慶喜自身は勝手に江戸城を出て、寛永寺に自ら蟄居してしまったのである。そして新政府軍が駿府に来たところで、三田の薩摩藩邸で勝海舟が西郷隆盛と交渉を行うことになるのである。

「西郷さんよ、拙者の言った通り、幕府がなくなりましたな」

勝海舟は敗軍の将というような感覚は全くなく、旧来の友人に会うかのような感じである。

「勝先生、私は勝先生や、山田先生に習ったように、人を殺したくはないのです。だから長州戦争の時に、神戸まで出向いて勝先生に頼んだ通りでございます」

西郷は、窮屈そうに言った。

「その山田方谷先生から手紙をもらいましてな。いや、あそこには松助殿というよい男がいて、ほとんど何も話はしないのですが、手紙を届けることだけはしっかりとやる。その男の持ってきた手紙には、西郷殿が必ず来るから、江戸で人を殺させるなと」

勝麟太郎は笑いながら言った。全く負けている方ではない、どちらかというと西郷に何かを教えている先生のようである。

「さすが方谷先生。余計なことを言わない使者が最も重要ですからね。こちらは方谷先生ではなく、余計なことをずっと話す春日潜庵先生に申し付かっております。戦になる前に、必ず勝先生と話し、江戸を守れといわれました」

「なるほど、江戸を戦場にしないということは山田方谷先生と春日潜庵先生の知恵か。では、戦などはできませぬな」

「しかし、それでは示しがつきますまい。私が総大将ならばそれでも良いですが、総大将は有栖川宮熾仁親王でございます。どのようにして彼らを納得させるかが問題でしょう」

西郷は困ったように言った。

「それじゃあ、示しをつけるために、江戸の人々を犠牲にするのかい」

西郷は黙った。勝の迫力に声が出なかったのである。

「新政府ってのは自分たちのために、何の罪もない町人を殺すのか」

「いえ、そんな政府ではありません」

「ならば、我らの降伏を認めよ。それが多くの人の望みだ」

「わかり申した。私が腹を切ってでも説得しましょう」

西郷は勝の話を呑んだ。

「長州の件で勝先生に会ったときもそうですが、勝先生には勝てません」

「そりゃそうだろう、俺が勝なんだ」

勝麟太郎はつまらない洒落を言って大笑いした。勝麟太郎とは、このような場面でも洒落が言えるほどの人物であった。


こうやって江戸城の無血開城が成立した。江戸の街も松山城下同様、戦場にならずに終わったのである。

慶喜の蟄居は続いた。しかも、その蟄居の慶喜に付き従っているものは少なかった。幕閣の主だったものは、誰もいなかった。なお、この時に付き従った一人が、後に日本の資本主義の父といわれる渋沢栄一である。この時に慶喜から話を聞いて学問に興味を持ち、三島中州に師事することになるが、それは後の話である。

「慶喜様」

勝静は最後にもう一度慶喜と話をしようと思った。最後くらいは元将軍らしいことをするのではないか。水戸藩の徳川斉昭の息子で、あれだけ期待された男であったはずだ。

「勝静か。謹慎しておるのだ。すでに降伏したのであるからもう関係ないのではないか」

「上様それでは幕府を信じた者、将軍家についてきた者はどうします」

「そのようなことは知らぬ。幕府などはなくなったのだ。それに、軍は勝麟太郎に任せてある。余は徳川宗家を残すことが重要なのだ」

方谷の言ったように、慶喜は自分に責任が及ぶことはすべて逃げ、そして、何もしない人間なのであった。このような者に期待した自分は何だったのであろうか。

勝静は、榎本武揚の船で仙台に抜け出し、奥羽越列藩同盟の結成に参画する。勝静の参画により奥羽越列藩同盟には方谷・勝静・慶喜の主張である「欧米列強への対抗」の精神が色濃く表れていた。孝明天皇の御舎弟・輪王寺宮法親王（後の北白川宮能久親王）を「東武皇帝」として擁立。板倉勝静は同盟公議府の参謀として軍事作戦を取り仕切っていた。

そのころ、新政府軍軍監、岩村精一郎と長岡藩主席家老河井継之助との間で、世に言う小千谷談判が行われた。河井は会津征伐の中止を訴えたが岩村精一郎は拒否、河井の「いま日本は国内において内戦をしている場合ではない」という訴えは、岩村によって握りつぶされてしまう。

「あなた方が真の官軍ならば恭順してもよいが、討幕と会津討伐の正当な理由は何か。旧幕府や会津を討伐すると言いながら、本当は私的な制裁や権力奪取が目的なのだろう、長岡領内への侵入と戦闘は断る」

継之助は、至誠惻怛の心で見て、すべてが見えていた。そして岩村が自らの欲で戦をして、華々しく勝ちたいだけであるということを見破っていた。

北越戊辰戦争において長岡藩兵は、山田方谷が里正隊を育てたのと同じ手法で近代的な訓練と最新兵器の武装を施されており、継之助の巧みな用兵により開戦当初では新政府軍の大軍と互角に戦った。しかし、米の調達や長岡城の新政府軍の占領などから、領内各地で世直し一揆が発生し、その一揆に悩まされ、長岡藩は不利になっていった。

「一揆がなければ、互角に戦えますものを」

江戸で勝麟太郎と接触した松助は、そのまま長岡に入り、方谷の言いつけ通りに、継之助の傍に控えていた。

「一揆が出てしまうのは、我らがまともに政を行わなかった天の罰だ。仕方がなかろう」

「仕方がないではございません。継之助殿、一揆は官軍が何か仕掛けたものであると思います。私が見てまいります」

「それには及びませんよ、松助殿。そろそろ松山にお戻りになったらいかがか。方谷先生は、戦になったら戻れと言っていたはずであるが」

「いえ、もう少し。継之助殿の戦を方谷先生に知らせなければなりません」

「まあ、好きにされればよかろう。せっかくであるから、最後の戦までご覧になられたらどうか」

河井継之助は、長岡城を取り返すために、ぬかるみで誰も通ることのできないところを通過して意表を突く八丁沖渡沼作戦を決行し、長岡城を再度奪取した。そして城の中に自軍の兵を引き入れ、また武装を整えたのである。

「このようなことになるのであれば、小千谷談判であの河井継之助のいうことを受け入れていればよかったではないか」

北陸鎮撫軍の四條隆平は参謀の黒田清隆、山形県有朋を呼び、苛立って一度兵を立て直させた。

「あの河井継之助を狙え」

四條隆平は大声で言った。

翌日、薩摩の狙撃兵が城の周囲に構えた。長岡藩は、すべてが河井継之助で動いていた。そのため城の防御の要所は、必ず毎日継之助自身が自分の足で回ったのである。

その時、パンと乾いた音がした。

「継之助殿」

継之助は、その音と同時に足を抑えて倒れた。すぐ近くを歩いていた松助は、継之助の近くに寄ってすぐに手拭で血を止めた。

「源義経は鵯越《ひよどりごえ》で意表を突いたが、この河井継之助は八丁沖で義経と同じになったなあ。方谷先生にそのようにお伝えくださるい」

「そんなこと言っている場合ではありません。この傷」

松助は、焼酎を流して傷の手当をした。

「松助殿、もうここまでだ。松山にお帰りなさい。新政府軍はすぐに来るでしょう。それまでに出てください。山田方谷先生に、継之助は最期まで先生の教えを守りましたと。そうお伝えください」

河井継之助は、その後も戦ったが、長岡城は落城した。

「私は会津に向かう。他の者は庄内を頼れ」

河井継之助はそのように言い、会津へ向けて八十里峠を越える。その際「八十里 腰抜け武士の 越す峠」という自嘲の句を詠んだ。しかし、その後傷が悪化し、八月十二日に塩沢村で亡くなった。四十二歳であった。

「継之助殿まで」

松助が戻り、継之助の訃報を聞いた日、行燈を消した暗い部屋で、自らは断った酒を取り出し、東の方に向けて一杯、その酒を注いだ。その日は一人、涙を流しながら、暗い中で継之助に話しかけていた。

後日、方谷は、河井継之助の遺族に、こちらに来て一緒に暮らしませんかと、誘っている。もちろん、遺族が困窮しているのではないかと気遣ってのことである。遺族は河井継之助の墓碑を方谷に頼んだが、「碑文《いしぶみ》に書くもはずかし死に後れ（山田方谷）」と書いて断ったために、三島中州が千数百字の碑文を残した。

5　晩年再会

「山田方谷先生のご自宅はこちらでしょうか」

明治も八年（一八七五年）になっていた。長瀬を引き払い、方谷はこのとき小阪部に小さな庵を結んで住んでいた。その小阪部に一人の男が現れたのである。方谷はすでに七一歳になっていた。三年前に最愛の娘であった小雪もなくなり、みどりと二人ひっそりと暮らしていた。

「どちらさまで」

「おお、先生。懐かしや」

「もしや……殿」

「将棋を指しに来ました」

板倉勝静もすでに五二歳になっていた。長い蟄居生活ですっかりと表情も変わっていた。

「ええ、殿様ですか。まあまあ、殿様の来るような場所ではありませんが、まあ、どうぞ」

みどりは、子供に教えるための小坂部塾も一緒になっている家の奥座敷に板倉勝静を招き入れた。

「息災か」

「いや、もうあの頃の者たちもみな、召されたか、あるいは巣立っていったか。進昌一郎、川田甕江、三島中州、もう松山藩のためではなく、日本のために役立つように言いました」

方谷は、昔を懐かしんだ。

「さあさあ、将棋盤ですよ」

元子は、近くにいて農家に務め、松助は三島中州を手伝うとして江戸から名前の変わった東京に出て行ってしまっていた。たまに風のように三島の様子を伝えに来ている。

「先生は、いかがでした」

「何がでしょう」

そっけない言葉であった。いや、この二人の間は、何年も会っていなくてもこの言葉で通じる間柄であった。会話が進まないまま勝静は、駒を並べながら笑った。

「七年は長かったですね」

暇をもらってから、七年経つ。その間、松山城は開城し、そして幕府はなくなり、都は東京に移った。変わったことを話すよりも、変わらなかったことを話す方が早い。

「殿は、どうでした」

「蝦夷地の函館というところに行ってきた。この私も、よく戦えたのだよ」

「それは、松平定信公のお孫様ですから、政だけではなく軍も動かせるはずでございましょう」

勝静は、しばらく周囲を見回した。

「方谷先生に一つだけ言いたいことがあります」

「何か間違えたかな」

「勝弼。あれはいいが起請文は良くない。朝敵になった勝全に松山藩を継がせるわけにはまいらないでしょう。あの起請文は、先生が書かせたものであっても、破らせてもらいましたよ」

「ああ、それでよい」

いうまでもなく、板倉勝弼に書かせた家督を勝全に譲るという起請文である。群臣を集め、勝静はその前で起請文を破り勝弼への忠誠を改めて誓わせた。

「殿は、熊田恰には会いに行きましたかな」

「熊田、どうしておる」

「見事にこの賊軍のすべての汚名を背負って、今は玉島の熊田神社に眠っております」

「そうか。申し訳ないことをした」

「殿から拝領した正宗。喜んでおりました」

「せめてもの救いだな」

パチン、と駒を動かす音がした。

「こうやって、よく、先の世界の話をしたな」

「今、先の話をすると、あの世の話をしなければなりません」

方谷は半ば冗談でもないような話をして笑った。勝静は、笑いながらも涙を流していた。もっとこうしていたかった。もっと方谷の話を聞いていれば、こんなことにはならなかった。慶喜も、勝麟太郎も、すべて方谷の言う通りの人間であった。

「先生、年を召されたが、この国のためにまだまだ生きてもらわないと困ります」

パチン、と今度は方谷の指が動いた。

「いや、先日も大久保利通殿に言われたといって、県令様がいらっしゃり、新政府に出仕せよと仰せでしたが、何分、主君を裏切り勝手に城を開城して降伏し、勝手に主君を隠居させてしまった大逆者。このようなものを政府に入れると、政府の品格が落ちると断り申したばかりです」

「いや、先生がそうしてくださったおかげで、松山の山河も街も、昔のまま残っておるのです」

いつの間にか、松山に残っている方谷の弟子たちが集まってきていた。元大参事の大石隼雄や矢吹久次郎なども姿を見せた。

「言いたいことがたくさんあったはずですが、先生の顔を見たらすべて忘れてしまいました」

「それでいいのです。殿、至誠惻怛。これが始まりで、これが全てなのではないでしょうか。最近では『心を磨け』と、子供達にはわかりやすくそのように言っております」


（了）


板倉勝静は、この後二泊し、小坂部を辞した。後に、上野東照宮の祀官となり、その後板倉勝弼や三島中州・川田甕江の協力を得て第八十六国立銀行（現在の中国銀行）を設立した。

方谷は、明治十年（一八七七年）、小坂部の家で七三歳の生涯を閉じた。臨終の枕元には、板倉勝静公から贈られた「備前介宗次」と「小銃」、そして生涯の愛読書だった「王陽明全集」が置かれていた。

あとがき

平成十八年に上梓した「暁の風　水戸藩天狗党始末記」の後半に、将軍後見職としての徳川慶喜の懐刀として出てくるのが山田方谷である。「元の三田」の一人と称される武田耕雲斎とお互いにその才能を認める天才として、耕雲斎が最後に望みをつないだ人物という設定で登場する。今回の「備中松山藩幕末秘話」でも、その天才のイメージを崩したくなかった。いや「天才というのはどうしてできるのか」ということが、この本の一つのテーマではないか。

「天才」という言葉は「天賦の才能」という意味で生まれながらにして能力を持っているということではないか。しかし、どんなに素晴らしい才能を授かって生まれてきても、その才能を磨き、使わなければ何の役にも立たない。また、その才能を見出す人物が身近にいることも重要だ。このように「天才」とは「天才であること」ではなく「天才であると自覚すること」と「天才であると認めてもらうこと」が条件になる。この本を読んだ方は、山田方谷という人物は、まさにその条件にしっかりとあてはまった人物であるということがよくわかるのではあるまいか。そして自分もそうありたいと、日々の努力を行う方になっていただければ嬉しいと思う。

さて、幕末の小説を書く時というのは、他の時代の小説を書くのとは全く異なる注意点がある。この時代は、多くの志士が日本の行く末を案じて動いていた時代。初めのうちは理論で話すようになっていた。「尊王」「佐幕」そして「開国」「攘夷」というそれぞれの考え方があり、藩や学問、その志士の置かれた環境などによってそれぞれの立場が決まってゆく。そのうえで多くの事件の影響を受けて、その考え方が変わってゆくのである。その考え方の変遷をしっかりと書いてゆかないと、この時代の面白さが半減してしまう。そして、その志士の多くが学んでいるのが儒学の持つ秩序的な考え方ではなかったか。目上の人を尊敬するとか、義や仁を重んじる価値観などは、儒学の基本的な考え方であり、この時代の一般教養であったと思われる。

しかし、山田方谷は「陽明学」に出会うことによって、その価値観が根底から覆されるという経験をする。普通ならば大塩平八郎のように「心即理」という考え方に囚われてしまい、自分を持ち崩すのかもしれない。しかし、山田方谷がそのようにならなかったのは、やはり彼が天才でありなおかつ、多くの天才であると認めている人々と切磋琢磨していたお陰ではないか。自分の欲に塗れた心では「心」は「理」と違ったところに行ってしまう。心と理が一致するために、山田方谷が行き着いた先が「穢れのない澄んだ心を持つこと」に至ったのである。

至誠惻怛

山田方谷が自分の弟子である河井継之助に送ったこの言葉こそ、そのことをもっともよく表した内容ではないかと思うのである。仏教の僧侶などが「悟り」を開く時に欲を失うということが言われている。しかし、学問を治めること、そして「治国平天下」を成し遂げるということから、私利私欲を捨て澄んだ心を手にした為政者や権力者はいたであろうか。現在でも建前でクリーンをうたっている人は少なくないが、山田方谷のように「聖人為政者」として動かした人は他にいないのではないかという気がする。

もう一つ山田方谷に注目するのは「補佐役」であるということである。最後の将軍徳川慶喜が大政奉還の起草を任せるほどの信用を、幕府の直臣ではなく陪審である山田方谷に依頼したのは、その才能を高く評価していただけではなく、幕府の中にそれを超える人物が見当たらなかったということであろう。つまり、当時幕府の中で最も信用があり、そして先が読める人物が山田方谷であった。そのことは、彼の主君板倉勝静も同じように考えていたに違いない。山田方谷のような補佐役がいることが、藩を任せて幕府のために最後まで戦うことができた理由であろう。藩を完全に任せられる人物がいるということが、藩の外で活躍できる条件であろう。

この本はあくまでも「小説」として書いたつもりである。歴史や山田方谷の一生の真実を学ぶのであれば歴史学を学んで頂きたい。この本はあくまでも小説なので、当然に物語を重視し、事実を誇張表現にしたり、架空の人物を出したりして話の流れを読んでいただけるようにしている。当然に、この場所でこのようなことを言っていないとか、こんな人物は存在しないなど、様々なご意見はあると思うが、あくまでも物語と思ってご容赦願いたい。逆に、「小説」であるということから、現代の皆さんの生活の中で、この物語が何かの方向性を示すことができたならば有難いと思っている。身分、コミュニティでの仲間外れやいじめ、疫病、経済的な問題、様々な問題が現在もあるが、今から一五〇年以上前の山田方谷もこれらに悩み、そして何とか乗り越えている。そして乗り越えるたびに一つの大きな力になり、そして、また新たな問題に立ち向かってゆく。徐々に大きな問題になり最後は国を動かすほどの力になる。

そのような山田方谷に師事し、現代の日本の礎を作った人は少なくない。国家が変わらずに同じ文化を継承している日本の場合、日本の歴史に学ぶことから、現在の問題の解決に役に立つ。当の山田方谷も「友に求めて足らざれば天下に求む。　天下に求めて足らざれば古人に求めよ。」といっているが、現代のわれわれが、「古人・山田方谷」に学ぶことはたくさんあるのではないか。本書はその個人に学ぶための一助となれば、筆者としてこれほど幸福なことはないと思う。

なお、最後に、本書を執筆するにあたって相談に乗て下さった「夢を駆けぬけた飛龍 山田方谷」の著者であり、山田方谷の御子孫である野島透氏、そして振学出版の羽後正高氏にこの場をお借りして深くお礼を申し上げ、あとがきに代えさせていただきたい。

【著者略歴】

宇田川 敬介（うだがわ　けいすけ）

1969年、東京都生まれ。麻布高等学校を経て中央大学法学部を1994年に卒業。マイカルに入社し、法務部にて企業交渉を担当する。初の海外店舗「マイカル大連」出店やショッピングセンター小樽ベイシティ（現ウイングベイ小樽）の開発などに携わる。その後国会新聞社に入り編集次長を務めた。国会新聞社退社後、フリーで作家・ジャーナリストとして活躍。日本ペンクラブ会員。

著書に『庄内藩幕末秘話』『庄内藩幕末秘話第二』『日本文化の歳時記』『暁の風　水戸藩天狗党始末記』『時を継ぐ者伝 光秀 京へ』（ともに振学出版）など多数。

カバーデザイン　柏木 陽子

カバー写真　畠中 和久

備中松山藩幕末秘話
山田方谷伝 下

2021年4月14日　第一刷発行

著　者　宇田川 敬介

発行者　荒木 幹光

発行所　株式会社振学出版
東京都千代田区内神田1-18-11 東京ロイヤルプラザ1010
TEL03-3292-0211　http//www.shingaku-s.jp/

発売元　株式会社星雲社（共同出版社・流通責任出版社）
東京都文京区水道1-3-30
TEL03-3868-3275

印刷・製本　サンケイ総合印刷株式会社

ISBN978-4-434-28781-7　C0093

株式会社 振学出版
〒101―0047 東京都千代田区内神田 1―18―11
東京ロイヤルプラザ1010
TEL/03―3292―0211
URL:http://shingaku-s.jp E-mail:info@shingaku-s.jp